Schöningh

EinFach Deutsch

Patrick Süskind

Das Parfum

... verstehen

Erarbeitet von
Stefan Volk

Herausgegeben von
Johannes Diekhans
Michael Völkl

Bildnachweis

S. 39, 138: action press/Everett Collection, Inc.; S. 120, 131: picture-alliance/ Mary Evans Picture Library; S. 140: Interfoto

Sollte trotz aller Bemühungen um korrekte Urheberangaben ein Irrtum unterlaufen sein, bitten wir darum, sich mit dem Verlag in Verbindung zu setzen, damit wir eventuell notwendige Korrekturen vornehmen können.

www.schoeningh-schulbuch.de
Schöningh Verlag, Jühenplatz 1–3, 33098 Paderborn

Druck A 5 4 3 2 1 / Jahr 2020 19 18 17 16
Alle Drucke der Serie A sind im Unterricht parallel verwendbar.
Die letzte Zahl bezeichnet das Jahr dieses Druckes.

Umschlaggestaltung: Nora Krull, Bielefeld
Umschlagbild: picture alliance/Mary Evans Picture Library
Druck und Bindung: westermann druck GmbH, Braunschweig

ISBN 978-3-14-022541-0

Inhaltsverzeichnis

An die Leserin und den Leser 5

Der Inhalt im Überblick 7

Die Personenkonstellation 10

Inhalt, Aufbau und erste Deutungsansätze 11

Hintergründe 140
Süskinds Lebensstationen 140
Literarische Einflüsse 141
Bildungsroman 144
Postmoderne 146
Die Entstehungsgeschichte des Romans
„Das Parfum" 148
Wirkung und Rezeption 149

Der Roman „Das Parfum" in der Schule 151
Der Blick auf die Figuren:
Die Personencharakterisierung 151
Eine literarische Figur charakterisieren –
Tipps und Techniken 151
Grenouille 153
Madame Gaillard 159
Der Parfümeur Giuseppe Baldini 162
Der Marquis de la Taillade-Espinasse 165
Antoine Richis 169

Der Blick auf den Text:
Die Textanalyse 172
Einen Textauszug analysieren – Tipps und Techniken . 172
Beispiel für eine lineare Textanalyse 174
Beispiel für eine aspektgeleitete Textanalyse 181

Der Blick auf die Prüfung:
Themenfelder 186
Übersicht I: Zentrale Motive und Themenfelder 187
Übersicht II: Handlungsverlauf und Identitätssuche
im Überblick 188
Übersicht III: Gattungsvielfalt 190
Übersicht IV: Vergleichsmöglichkeiten mit anderen
literarischen Werken 191

Internetadressen 192

Literatur 192

An die Leserin und den Leser

Patrick Süskinds 1985 erschienener Roman „Das Parfum" gilt bis heute als der erfolgreichste deutschsprachige Roman der Nachkriegszeit.

Erklären lässt sich dieser spektakuläre Erfolg eines Autors, der mit „Das Parfum" seinen bislang einzigen Roman veröffentlichte, nur ansatzweise. Die Vielschichtigkeit und Vieldeutigkeit des Romans aber dürften wesentlich zu seinem Erfolg beigetragen haben. Der Roman „Das Parfum" ist einerseits leicht zu lesen, spannend geschrieben, sinnlich und vollmundig, verbirgt zugleich aber zahlreiche Anspielungen und versteckte Deutungsmöglichkeiten, sodass er als kurzweiliger Unterhaltungsroman und anspruchsvoller literarischer Text gleichermaßen funktioniert.

Diese doppelte Lesbarkeit kennzeichnet das Werk „Das Parfum" als postmodernen Roman, der sich einerseits als Kriminalroman und andererseits als (negativer) Bildungsroman lesen lässt. Darüber hinaus eröffnet „Das Parfum" noch weitere Deutungsebenen. So thematisiert der Roman neben der Frage nach der menschlichen Identität auch die Verführbarkeit der Massen, das Wesen der Kunst, die Figur des genialen Künstlers und setzt sich kritisch mit den Idealen des Aufklärungszeitalters auseinander.

Nicht alle Literaturkritiker und -kritikerinnen konnten sich für diese Widersprüchlichkeit und Vielstimmigkeit begeistern. Manchen erschien das beliebig und austauschbar. Marcel Reich-Ranicki (1920–2013), bereits 1985 einer der bedeutendsten deutschsprachigen Literaturkritiker, äußerte sich jedoch geradezu begeistert: „Also das gibt es immer noch oder schon wieder: einen deutschen Schriftsteller, der des Deutschen mächtig ist; einen zeitgenössischen Erzähler, der dennoch erzählen kann: einen Romancier, der uns nicht mit dem Spiegelbild seines Bauchnabels belästigt; einen jungen Autor, der trotzdem kein Langweiler ist."[1]

Es sind Süskinds betont unmoderne, beinahe altmodisch anmutende Erzählweise und das historisch-märchenhafte Handlungsgeschehen, die dem Roman einen zeitlosen Charakter verleihen. Die Konflikte zwischen Innen- und Außenwelt, Individuum und Gesellschaft, die der Roman behandelt, bleiben auch für die heutigen Leserinnen und Leser unverändert aktuell. Und gerade weil sich Süskind auf keine modischen Experimente einließ, hat sein Sprachstil nichts von seiner unbekümmerten Frische und Sinnlichkeit eingebüßt. Heute wie damals mag das der eine oder die andere als pathetisch empfinden. Das bleibt letztlich Geschmackssache. Unbestreitbar jedoch ist der hohe Stellenwert, den Süskinds Roman „Das Parfum" in der deutschen Literaturgeschichte mittlerweile einnimmt.

Der vorliegende Band aus der Reihe „EinFach Deutsch – ... verstehen" will Ihnen dieses Werk näherbringen. Er soll Ihnen die Erschließung des Personengefüges erleichtern und Zugänge zur Interpretation des Romans aufzeigen. Darüber hinaus vermittelt er auf anschauliche Weise die biografischen, zeitgeschichtlichen und kunsttheoretischen Hintergründe des Werks. Zum Zweck der erfolgreichen Prüfungsvorbereitung können außerdem die Aufgabenform „Personencharakterisierung" sowie textanalytische Verfahren erarbeitet und die wesentlichen Aspekte des Romans in übersichtlicher und einprägsamer Weise wiederholt werden.

Viel Freude beim Lesen, Verstehen und Diskutieren wünscht Ihnen

Stefan Volk

---

[1] Reich-Ranicki, Marcel: Des Mörders betörender Duft. In: FAZ, 2. März 1985

Der Inhalt im Überblick

Patrick Süskinds Roman „Das Parfum" spielt in Frankreich Mitte des 18. Jahrhunderts. Der Roman erzählt die Lebensgeschichte des Waisenjungen Jean-Baptiste Grenouille, der am 17. Juli 1738 auf einem Fischmarkt in Paris geboren wird und im Alter von 28 Jahren am 29. Juni 1767 am selben Ort stirbt.

Grenouilles Mutter, eine arme, ungebildete Fischverkäuferin, bringt Grenouille während ihrer Arbeit am Fischstand zur Welt. Sie möchte das Neugeborene in den Fischabfällen sterben lassen, so wie sie es schon mit mehreren Kindern zuvor getan hat. Grenouille aber erweist sich als ungewöhnlich zäh. Sein Schrei rettet ihm das Leben. Seine Mutter dagegen wird als Kindsmörderin hingerichtet.

Grenouille kommt anschließend bei der Amme Jeanne Bussie unter, die das seltsam geruchlose Kind jedoch ebenso von sich weist wie Pater Terrier, der sich von dem schnuppernden Säugling in seinem Innersten durchschaut fühlt. Terrier bringt Grenouille als Ziehkind (Kostkind) bei der gefühllos kalkulierenden Madame Gaillard unter. Grenouille, dem menschliche Empfindungen weitgehend fremd sind, gedeiht in dieser emotionslosen Umgebung. Als die Zahlungen für den inzwischen achtjährigen Grenouille ausbleiben, verkauft ihn Madame Gaillard an den brutalen Gerber Grimal, der ihn als billige Arbeitskraft ausbeutet. Auch hier entgeht Grenouille nur aufgrund seiner widerstandsfähigen Natur einem frühen Tod.

Im Alter von 15 Jahren stößt Grenouille in den Straßen von Paris auf einen unwiderstehlichen Geruch, der ihn zu einem rothaarigen Mädchen führt. Er tötet es, um sich seinen Duft einzuverleiben. Nach dem Tod des Mädchens aber verliert sich dieser Duft. Deshalb beschließt Grenouille, einen Weg zu finden, einen solchen Geruch zu bewahren und Parfümeur zu werden. Es gelingt ihm, eine Lehrstelle bei dem angesehenen Pariser Parfümeur Baldini zu erlangen. Dank Grenouilles Genialität erlebt Baldinis Laden, der seine besten Zeiten eigentlich längst hinter sich hat, einen spektakulären Aufschwung. Weil ihm das von Baldini angewandte Herstellungsverfahren für Parfüme nicht genügt, bricht Grenouille am Ende seiner Lehrzeit nach Grasse auf, um dort andere Methoden zu erlernen.

Auf seiner Wanderschaft entfernt sich Grenouille immer weiter von der menschlichen Zivilisation und ihren störenden Gerüchen, bis er sich schließlich ganz in einen Bergstollen vergräbt. Dort baut er in seiner Gedankenwelt ein eigenes Duftimperium auf. Sieben Jahre verbringt er so völlig zurückgezogen, ehe er schockartig begreift, dass er selbst keinen eigenen Geruch besitzt. Ohne Eigengeruch aber empfindet er sich als unvollständig. Daher bricht er auf, um sich einen eigenen, individuellen Geruch zu erschaffen.

In Montpellier nimmt ihn der Marquis de la Taillade-Espinasse unter die Fittiche. Der Marquis präsentiert den Höhlenmenschen Grenouille als Kuriosum und Studienobjekt. Scheinbar gelingt es dem Marquis, Grenouille in einen vorzeigbaren, kultivierten Menschen zu verwandeln. Tatsächlich aber basiert die Veränderung vor allem auf einem Parfüm, das Grenouille zusammengebraut hat und ihn wie einen normalen Menschen duften lässt.

Nach diesem Erfolg verlässt Grenouille Montpellier. In Grasse findet er Arbeit in der Parfümerie der Witwe Arnulfi. Bei seiner Ankunft in Grasse riecht er ein rothaariges Mädchen, Laure Richis, deren Geruch ihn an das Mädchen erinnert, das er einst in Paris ermordet hat. Er beschließt, in den kommenden zwei Jahren ein Parfüm zu kreieren, um Laures Duft festzuhalten. Zu diesem Zweck tötet er nach und nach 24 Jungfrauen und zuletzt auch Laure. Vergeblich versucht Laures Vater, den Tod seiner Tochter zu verhindern. Grenouille konserviert den Körpergeruch seiner Opfer und verarbeitet ihn zu einem Parfüm mit magischer Wirkung. Zwar wird Grenouille als Mörder verhaftet und zum Tode verurteilt. Als er aber das Parfüm aufträgt, verzehrt sich die Menschenmenge derart nach ihm, dass sich die geplante Hinrichtung in eine Massenorgie verwandelt.

Grenouille weiß jedoch, dass die unterwürfige Liebe der Menschen nicht ihm gilt, sondern nur dem Parfüm. Enttäuscht und verzweifelt kehrt er an den Ort seiner Geburt zurück. Dort übergießt er sich nachts mit seinem Parfüm. Eine Gruppe Obdachloser gerät durch den betörenden Duft derart in Verzückung, dass sie sich in einem Gefühl der Liebe auf Grenouille stürzt und ihn buchstäblich mit Haut und Haaren auffrisst.

Die Personenkonstellation

GRENOUILLE

als sozialer Außenseiter und Geruchswesen am Rand der Gesellschaft

Die Zurückweisenden:
Grenouilles Mutter, Amme Jeanne Bussie, Pater Terrier

Die Profiteure:
Madame Gaillard, der Gerber Grimal, der Parfümeur Giuseppe Baldini, Marquis de la Taillade-Espinasse, Madame Arnulfi, der Geselle Dominique Druot

Der Gegenspieler:
Konsul Antoine Richis

Die Opfer:
Mirabellenmädchen, 24 Jungfrauen, Laure Richis

Inhalt, Aufbau und erste Deutungsansätze

Negativer Bildungsroman

Der Roman besteht aus 51 Kapiteln und vier Teilen. In Anlehnung an den Aufbau klassischer Bildungsromane (insbesondere Goethes „Wilhelm Meisters Lehrjahre“ und „Wilhelm Meisters Wanderjahre“) ist folgende Gliederung denkbar:

Gliederung als negativer Bildungsroman

Erster Teil (S. 5–145)[1]	Zweiter Teil (S. 147–208)	Dritter Teil (S. 209–314)	Vierter Teil (S. 315–320)
Kindheit & Lehrjahre	Wanderjahre/ Wandlungsjahre	Meisterprüfung	Scheitern

Die ersten drei Teile orientieren sich formal am Aufbau eines klassischen Bildungsromans. Der zusätzliche vierte Teil formuliert in einer Art Epilog das Scheitern des dem klassischen Bildungsroman zugrunde liegenden idealistischen Konzeptes, das die Entwicklung eines Menschen als positiven Reifeprozess darstellt.
Orientiert am Handlungsverlauf und den jeweiligen Schauplatzwechseln lässt sich der Roman alternativ auch analog zum klassischen Fünf-Akt-Drama gliedern in: Exposition, Steigerung, Höhe- und Wendepunkt, Umschwung (fallende Handlung), Schluss (Lösung oder Katastrophe).
In Verbindung mit der formalen Vierteilung des Romans sowie einer denkbaren Gliederung als negativer Bildungsroman lässt sich der Aufbau von Patrick Süskinds Roman „Das Parfum“ dann so darstellen:

---

1 Sämtliche Stellenangaben beziehen sich auf die im Literaturverzeichnis aufgeführte Textausgabe des Diogenes Verlags.

Erste Charakterisierung Grenouilles

Bereits der erste Romansatz charakterisiert Grenouille auf mehrfache Weise: erstens als genial, zweitens als abscheulich, drittens als widersprüchlich – positiv (genial) und negativ (abscheulich) – und viertens, durch die verwendeten Superlative, als eine Ausnahmeerscheinung. Zusätzlich betont wird dies dadurch, dass die Zeit, in der sich Grenouille hervortut, als eine Ära bezeichnet wird, die „an genialen und abscheulichen Gestalten nicht arm[ ]" (S. 5) gewesen sei. Grenouille zählt dadurch zu den Genialsten der Genialen und Abscheulichsten der Abscheulichen.

Anschein einer historischen Persönlichkeit

Konkret stellt ihn der Erzähler in eine Reihe mit vier realen Beispielen für „geniale Scheusale" aus dieser Zeit in Frankreich:

- dem Schriftsteller Marquis de Sade (1740–1814), der durch sein literarisches Werk, in dem er die Darstellung von Gewalt und Sexualität verknüpfte, den Begriff des Sadismus prägte,
- dem Revolutionär Louis Antoine de Saint-Just (1767–1794), der im Verlauf der Französischen Revolution (1789–1799) massenhaft Hinrichtungen anordnete,
- dem Politiker Joseph Fouché (1759–1820), der während der Französischen Revolution 1793 in Lyon für über 1.600 Todesurteile verantwortlich war,
- dem französischen Kaiser, Diktator und Feldherrn Napoleon Bonaparte (1769–1821).

Dadurch erweckt der Erzähler den Eindruck, als handele es sich auch bei Grenouille um eine historische Persönlichkeit und nicht um eine erfundene Figur. Einerseits erscheint Grenouille von der gewaltsamen Epoche, in der er lebt, geprägt. Andererseits wird er als eine außergewöhnliche Figur seiner Zeit dargestellt.

Dass Grenouille dennoch „heute in Vergessenheit geraten" (S. 5) sei, erklärt der Erzähler damit, dass er sich in einem Gebiet hervorgetan habe, dass „keine Spuren" (S. 5) hinterlasse: dem „flüchtige[n] Reich der Gerüche" (S. 5). Dass diese Erklärung nicht unbedingt überzeugend ist, spielt insofern keine Rolle, da es Süskind ohnehin nicht darum geht, eine glaubwürdige Geschichte zu erzählen. Vielmehr unterbreitet er der Leserin und dem Leser ein Angebot, sich auf das Gedankenspiel einzulassen, Grenouille habe tatsächlich im 18. Jahrhundert in Frankreich gelebt.

Einseitige Begabung, sozialer Außenseiter

Lässt man sich darauf ein, könnte die Bemerkung, dass Grenouilles „einziger Ehrgeiz" (S. 5) dem Reich der Gerüche gegolten habe, erklären, weshalb er in Vergessenheit geraten ist. Er besitzt keinen sozialen Ehrgeiz, strebt nicht nach Anerkennung und Ruhm. Meist wirkt er im Geheimen.

All das wirft ein bezeichnendes Licht auf Grenouille. Jenseits seiner einseitigen Begabung erscheint er als ein „beschränkte[r]" (S. 5) Charakter und, das lässt sich bereits erahnen, sozialer Außenseiter.

Geniales Scheusal

Grenouilles negative Eigenschaften werden durch den Vergleich mit den anderen „geniale[n] Scheusale[n]" (S. 5) zusätzlich hervorgehoben: „Selbstüberhebung, Menschenverachtung, Immoralität, kurz [...] Gottlosigkeit" (S. 5). Die teuflischen Züge, die der Erzähler Grenouille im weiteren Verlauf des Romans mehrfach zuschreibt, deuten sich bereits an.

Charakterisierung Grenouilles im ersten Absatz des Romans

„genial"	←――――――→	„abscheulich", „Scheusal", „gottlos", amoralisch
positiv	**widersprüchliche Ausnahmeerscheinung**	negativ
Geruchsgenie, überlegen	←――――――→	sozialer Außenseiter

Allwissender Erzähler

Formal gibt der erste Absatz die Erzähltechnik vor, die den Roman wesentlich mitprägt. Es handelt sich um eine Er-Erzählung mit einem auktorialen, scheinbar allwissenden

Erzähler. Allerdings variiert die Erzähltechnik im Laufe des Romans mehrfach.

Gestank

Nachdem der Erzähler das „Reich der Gerüche" im ersten Absatz als ein wichtiges Thema eingeführt hat, geht er nun ausführlicher darauf ein. Bezeichnenderweise wendet er sich jedoch nicht wohlriechenden Düften zu, sondern dem „kaum vorstellbare[n] Gestank" (S. 5), der zur Zeit von Grenouilles Geburt in den Städten herrschte.

Erzählstil betont Allgegenwärtigkeit des Gestanks

Im zweiten Romanabsatz (S. 5f.) beschreibt der Erzähler diesen Gestank. Auffällig sind die Wiederholungen von Wörtern mit dem Wortstamm „stank". Mehrere Sätze beginnen nacheinander mit „es stanken" (S. 5). Bei einer solchen Wiederholung einer Wortgruppe am Anfang aufeinanderfolgender Sätze handelt es sich um eine Anapher. Ein weiteres markantes Stilmittel in diesem Absatz sind die Parataxen. Eine Parataxe bezeichnet eine Aneinanderreihung von Hauptsätzen. Diese Stilmittel betonen die penetrante Allgegenwärtigkeit des Gestanks: Er ist überall, durchdringt alles und verschwindet nie.

Keine sozialen Unterschiede

Auffällig ist außerdem, dass der Erzähler seine parataktische Aufzählung mit dem Gestank der „Straßen" (S. 5) beginnt und beim Gestank des Königspaares endet (vgl. S. 6). Er arbeitet sich auf der sozialen Leiter nach oben, vom Gestank der „Hinterhöfe" (S. 5) zu den „Palästen" (S. 6), vom „Bauer" zum „König" (S. 6). Zudem wechselt er vom Gestank der Straßen und Gebäude zum Gestank der Menschen und Körper. So verdeutlicht er, dass der Gestank vor nichts Halt macht und keine gesellschaftlichen Unterschiede kennt.

Zunehmender Gestank = Annäherung an Grenouilles Geburtsort

Spricht der Erzähler zunächst allgemein vom Gestank „in den Städten" (S. 5), nähert er sich im Folgenden schrittweise Grenouilles Geburtsort an. Der Gestank nimmt dabei jeweils zu. Der Blickwinkel des Erzählers verengt sich im dritten Absatz auf „Paris" (S. 6), die „größte Stadt Frankreichs" (S. 6), in der auch der „Gestank am größten" (S. 6) ist. Der am meisten stinkende Ort in Paris wiederum ist der „Cimitière des Innocents“ (S. 6), der damals größte Friedhof der Stadt. „Hier nun, am allerstinkendsten Ort“ (S. 7) Frankreichs, in unmittelbarer Nachbarschaft des Friedhofs, wird Grenouille geboren.

Annäherung an Grenouilles Geburtsort, Gestank spitzt sich zu

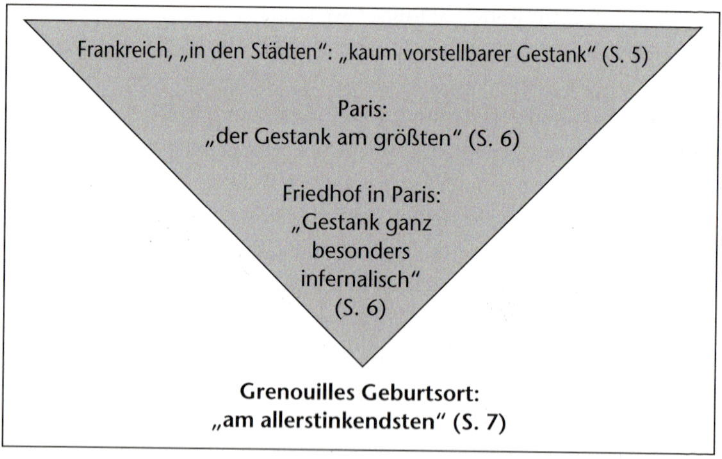

Zu Beginn des vierten Absatzes ist damit nicht nur der Ort von Grenouilles Geburt, sondern auch der Höhepunkt des Gestanks erreicht. Grenouilles Geburt wird begleitet von „infernalisch[em]“ (S. 6) Gestank und steht damit unter denkbar schlechten Vorzeichen.

Geburt in den Tod hinein

Grenouilles Mutter, die als Fischverkäuferin in der Nachbarschaft des Friedhofes arbeitet, bringt den Jungen an ihrem Fischstand zur Welt. Sie hat nicht vor, sich um ihn zu kümmern, sondern lässt das Neugeborene bei den Fischabfällen liegen, wo es „verrecken“ (S. 9) soll. Bereits bei seiner Geburt erscheint Grenouille dem Tode geweiht. Auch der Geburtsort neben dem Friedhof und der dort herrschende Verwesungsgestank (vgl. S. 7) verdeutlichen, dass Gre-

schöpft seine Kraft aus dem Leben anderer. Auch im Sprachbild des „Zecks", das allerdings erst deutlich später (S. 27) eingeführt wird, schwingt dieses parasitär-vampirische Element mit. Im ersten Kapitel schlägt es sich darin nieder, dass alle Ammen, denen Grenouille übergeben wird, den Säugling als „zu gierig" (S. 9) empfinden. Er entziehe ihnen „die Milch" (S. 9) und „den Lebensunterhalt" (S. 9); letztlich also das Leben.

Erste Lebensstationen

Nachdem Grenouille unter dem Schlachttisch auf dem Fischmarkt entdeckt worden ist, kommt er in die Obhut einer Amme. Als seine Mutter einige Wochen später hingerichtet wird, hat er „bereits das dritte Mal die Amme gewechselt" (S. 9). Keine will ihn länger haben. Von Geburt an wird Grenouille zurückgewiesen. Schließlich landet er im Kloster von Saint-Merri, wo er auf den Namen Jean-Baptiste getauft wird. Das Kloster trägt die Kosten für seine weitere Unterbringung und übergibt ihn der Amme Jeanne Bussie.

Funktion des 1. Kapitels für den Roman

Innerhalb des Romans erfüllt das erste Kapitel die Funktion einer Einleitung bzw. Exposition. Mit Jean-Baptiste Grenouille wird die Hauptfigur eingeführt und in groben Zügen charakterisiert. Frankreich im 18. Jahrhundert bildet den Rahmen des Romans. Mit Grenouilles widersprüchlichem Charakter als „geniale[s] Scheusal" (S. 5), seiner einseitigen Geruchs-Begabung, seiner Widerstandsfähigkeit und Beschränktheit, den Zurückweisungen, die er erfährt, sowie dem Gestank und dem Tod, die ihn umgeben, klingen wesentliche Themen des Romans an.

2. Kapitel (S. 11–18): Die Amme Jeanne Bussie

Nächste Lebensstation

Im zweiten Kapitel wird erzählt, wie die Amme Jeanne Bussie Grenouille bereits nach „einige[n] Wochen" (S. 11) wieder loswerden will. Sie sucht das Kloster Saint-Merri auf, um ihn dort an den zuständigen Mönch, Pater Terrier, zurückzugeben. Für Grenouille beginnt damit die nächste

Lebensstation. Das, was sich in den vorangegangenen Wochen ereignet hat, erfährt die Leserin bzw. der Leser aus dem Dialog zwischen der Amme und dem Mönch.

Kein Eigengeruch

Jeanne Bussie möchte Grenouille zurückgeben, weil er sie „bis auf die Knochen" (S. 11) ausgesaugt habe. Der „Bastard" (S. 11), wie sie das uneheliche Kind abfällig nennt, ist ihr auf Dauer zu gefräßig. Das aber, was sie am meisten stört, ist, dass er keinen Eigengeruch besitzt. Die Amme ist damit die erste Figur des Romans, die diesen Mangel Grenouilles bewusst bemerkt und ausdrücklich darauf hinweist. Abgesehen von Grenouille selbst wird sie die Einzige bleiben.

Duftende Mütterlichkeit

Für die Amme wiegt dieser Makel Grenouilles deshalb so schwer, weil sinnliche Gerüche für sie das menschliche Wesen ausmachen. Sie selbst strömt einen „angenehme[n] Duft" (S. 12) aus, von dem auch der Pater ganz eingenommen ist und der in scharfem Kontrast zum Gestank steht, der Grenouilles Geburt begleitet hat. Die vom Muttermilchduft umwölkte Amme erscheint als positive Gegenfigur zu Grenouilles leiblicher Mutter (Anti-Mutter). Während diese ihre Kinder sterben ließ und selbst schon vom Tod gezeichnet war, wirkt die Amme wie das blühende Leben, und die Säuglinge, um die sie sich liebevoll kümmert, gedeihen an ihrer Brust.

Teufel, Kröte, Grenouille – mit dem Säugling scheint etwas nicht zu stimmen

Dadurch aber, dass die Amme so positiv und kinderfreundlich beschrieben wird, bekommt ihre ablehnende Haltung gegenüber Grenouille eine besondere Bedeutung. Mit dem Säugling scheint etwas nicht zu stimmen. Grenouille, so behauptet sie, sei „vom Teufel besessen" (S. 14). Offenbar nimmt sie das Kind als eine animalische, wenn nicht gar teuflische Kreatur war, die alles „frißt" (S. 11), was man ihr anbietet. Mit „angeekelte[m] Blick" betrachtet sie den Korb, in dem Grenouille liegt, „als enthielte er Kröten" (S. 17). Kröten aber werden traditionell mit dem Teufel in Verbindung gebracht. Der Name „Grenouille" bedeutet wörtlich aus dem Französischen übersetzt „Frosch". „[D]as da" (S. 17), was da im Korb liegt, ist für die Amme offensichtlich kein richtiger Mensch.

Die Amme Jeanne Bussie als mütterlicher Gegenentwurf

Grenouilles leibliche Mutter (1. Kapitel)	**Amme Jeanne Bussie (2. Kapitel)**
umgeben von Tod und Gestank	angenehmer Duft, „warme[r], wollige[r] Milchdunst"
kränklich gefühllos, lieblos Anti-Mutter, lässt ihre Kinder sterben	gesund liebevoll mütterlich, fürsorglich
↓	↓
weist Grenouille zurück, weil sie nicht zur Mutterliebe fähig ist	weist Grenouille zurück, weil er keinen Eigengeruch besitzt und deshalb keine Liebe auslöst
Grund der Zurückweisung verlagert sich von der Mutter zu Grenouille.	

Zusammenhang zwischen Geruch und Liebe – zentrales Motiv des Romans

Als entscheidenden Grund dafür, dass sie Grenouille ins Kloster zurückbringt, nennt die Amme im Gespräch mit Pater Terrier den fehlenden Eigengeruch Grenouilles. Ihr „graust" vor ihm, „weil er nicht riecht, wie Kinder riechen sollen" (S. 16). Auf Terriers Bitten hin versucht sie, in Worte zu fassen, wie ein Baby riechen sollte. Wenn ein Kind einen solchen Geruch verströme, sagt sie, müsse man es einfach lieben (vgl. S. 17). Damit bringt die Amme Geruch und Liebe in einen ursächlichen Zusammenhang. Diese Verbindung ist ein zentrales Motiv des Romans. Der fehlende Eigengeruch Grenouilles führt dazu, dass er keine Liebe erfährt.

Pater Terriers Versuch, die Amme zu überzeugen

Pater Terrier, der im Gegensatz zur wohlig duftenden jungen Amme als ein ältlicher „fünfzigjährige[r] kahlköpfige[r], leicht nach Essig riechende[r] Mönch" (S. 11) beschrieben wird, weigert sich zunächst, Grenouille zurückzunehmen.

Das Fehlen eines Eigengeruchs des Kindes nimmt er nicht wahr. Das Argument, Grenouille sei ein „Kind des Teufels" (S. 15), weist er entschieden zurück. Doch obwohl er der Amme mehr Geld für ihren erhöhten Aufwand bietet, ist diese nicht bereit, sich länger um Grenouille zu kümmern.

Geruchswelt entzieht sich gesellschaftlichen Normen

Um Geld, das der Pater selbst als ein Kennzeichen der modernen, oberflächlichen Zeit beschreibt, geht es der Amme nicht. Als Geruchsmensch handelt sie instinktiv und gefühlsmäßig. Terriers Argumente und Geldversprechungen verfehlen daher ihr Ziel. Die Geruchswelt der Amme entzieht sich den üblichen gesellschaftlichen Normen. Der menschliche Geruch ist aus ihrer Perspektive ein Ausdruck tief verwurzelter Eigenschaften bzw. der Seele. Ein Mensch ohne Eigengeruch wäre demnach ein Mensch ohne Seele. Da sich die Amme Jeanne Bussie von Pater Terrier weder belehren noch bestechen lässt, bleibt dem „gemütliche[n]" (S. 11) Mönch, der doch am liebsten seine Ruhe hätte, nichts anderes übrig, als Grenouille vorübergehend bei sich aufzunehmen.

Funktion des 2. Kapitels für den Roman

In diesem Kapitel wird geschildert, wie Grenouille ein weiteres Mal zurückgewiesen wird, diesmal von der Amme Jeanne Bussie, einer Frau, die mit ihrem mütterlichen Wesen einen Gegenentwurf zu Grenouilles leiblicher Mutter bildet. Besonders wichtig für den weiteren Handlungsverlauf ist die Erkenntnis der Amme, dass Grenouille über keinen Eigengeruch verfügt. Deshalb erscheint er der Amme als ein seelenloses, unmenschliches und nicht liebenswertes Wesen. Da die Amme in diesem Kapitel als eine mitfühlende, sympathische Person beschrieben wird, werden auch die Leserinnen und Leser dazu angehalten, ihr Urteil zu übernehmen. Grenouilles Charakter erhält somit teuflische Züge.

3. Kapitel (S. 18–25): Pater Terrier

Terrier zwischen Tradition und Aufklärung

Im Gegensatz zur sinnlichen, instinktiv handelnden Amme versteht sich Pater Terrier als ein Mann des „Geistes"

(S. 18). Das Zeitalter der Aufklärung, in dem er lebt, hat seine Spuren bei ihm hinterlassen. Die Philosophen der Aufklärung, die Terrier gelesen hat (vgl. S. 18), haben die Menschen aufgefordert, sich ihres eigenen Verstandes zu bedienen, anstatt einfach zu glauben und zu gehorchen. Auch wenn diese Philosophen nicht alle an Gott zweifelten, so stellten sie doch die Macht kirchlicher und weltlicher Herrscher infrage. Nicht Glaube, sondern Vernunft und Wissenschaft sollten die Grundlage menschlichen Handelns sein. Auf diese „Vernunft" (S. 19, S. 20) und den aufklärerischen Anspruch, „Licht" (S. 20) ins Dunkel zu bringen, beruft sich Terrier.

Aufklärung

Sein aufklärerisches Denken stößt jedoch dort an Grenzen, wo es das traditionelle katholische Weltbild – „die Wahrheit der […] Heiligen Schrift" (S. 18f.) oder „die Existenz des Satans" (S. 19) – infrage stellt. Der Bruch mit solchen Traditionen und die von grundlegenden Veränderungen verursachte „Unruhe" sind „ihm zu ungemütlich" (S. 19). Terriers Hinwendung zum Gedankengut der Aufklärung bleibt oberflächlich und halbherzig.

Terriers Ansicht: primitiver Geruchssinn

Aus seiner überheblichen aufklärerischen Haltung heraus weist Terrier die von der „einfältige[n]" (S. 19) Jeanne Bussie geäußerten Gedanken, Grenouille könne mit dem Teufel im Bunde sein, als Aberglaube zurück. Den Geruchssinn, auf den sich die Amme beruft, betrachtet er als „primitiv[ ]" (S. 20), nennt ihn den „niedrigsten der Sinne" (S. 20). Für Terrier verkörpert die Amme als Nasenmensch den finsteren Aberglauben, wohingegen er als Augenmensch für das Licht der Aufklärung steht.

Terrier überprüft Grenouilles Geruchlosigkeit

Doch so entschieden Terrier das „arme kleine Kind" (S. 20) auch vor den „ekligen Verdächtigungen" (S. 20) der Amme verteidigt, kann er nicht umhin, zu überprüfen, ob Grenouille tatsächlich keinen Eigengeruch besitzt. Dazu aber muss er sich auf eben den Geruchssinn verlassen, den er gerade noch abgewertet hat – ein Widerspruch, der ihm selbst nicht bewusst wird. Wie ein Tier „schnobert[ ]" (S. 21) er mit seinen „Nüstern" (S. 21) über den Kopf des Säuglings und riecht tatsächlich nichts. Zumindest in diesem Punkt also hat die Amme recht. Terrier aber erklärt sich das damit, dass ein Säugling von Natur aus nicht rieche, und ignoriert die gegenteiligen Schilderungen Jeanne Bussies (vgl. S. 16f.).

Terriers Illusionen

Damit macht er sich ebenso etwas vor wie mit den Vaterträumen, denen er sich hingibt. Diese Fantasien von einem bürgerlichen Leben als Ehemann und Familienvater sind nichts anderes als sinnliche Sehnsüchte und „sentimental[e]" (S. 22) Illusionen.

Grenouille als „feindseliges Animal" (S. 24)

Als Grenouille nämlich zu sich kommt, wird Terrier von der Realität eingeholt. Das Kind scheint „zuerst mit der Nase" (S. 22) zu erwachen. Während seine maulwurfsartigen Augen noch unterentwickelt und von einem „schleimige[n] Schleier" (S. 22) überzogen sind, ist sein Geruchssinn umso ausgeprägter. Damit ähnelt er der Amme. Doch während Terrier den Geruchsmenschen Jeanne Bussie als „einfältig[ ]" (S. 19) abtut, nimmt er Grenouille als Bedrohung wahr. Auf unmenschliche, animalische, ja beinahe teuflische Weise fühlt er sich von ihm „ausgewittert".

Tierische und teuflische Züge Grenouilles

- „erwachte zuerst mit der Nase" (S. 22)
- „schnupperte", „schnaubte" (S. 22)
- Augen sind „zwischen austerngrau und opal-weiß-cremig, von einer Art schleimigem Schleier überzogen" (S. 22)
- „Nasenflügel […] blähten sich" (S. 23)
- „Nüstern" (S. 23)
- „als verschlänge es etwas" (S. 23)
- „Es witterte ihn aus!" (S. 23)
- ein „fremdes, kaltes Wesen" (S. 24)
- „ein feindseliges Animal" (S. 24)
- „wie eine Spinne" (S. 24)
- „das Ding" (S. 24)
- „riß seinen roten Schlund auf" (S. 24)
- „Teufel" (S. 24)

Terriers Schuldgefühle

Dass Terrier das erwachende Kind als diabolisches Wesen wahrnimmt, liegt daran, dass er sich von ihm entlarvt fühlt. Es kommt ihm vor, als könne das Kind seine „zartesten Gefühle“ und „die schmutzigsten Gedanken“ (S. 23) erschnuppern. Grenouille erwacht genau in dem Moment, als sich der Mönch ein Leben als Vater und Ehemann an der Seite eines warmen, „wollig und milchig duftende[n] Weib[es]“ (S. 22) wie der Amme Jeanne Bussie erträumt. Terrier fühlt sich inmitten dieser lustvollen Fantasien von Grenouille ertappt und schämt sich dafür. Offenbar überträgt er nun seine eigenen Scham- und Schuldgefühle, die verborgene animalische Natur, die in ihm schlummert, auf Grenouille. Deshalb möchte er das Kind so schnell wie möglich loswerden und sich damit auch seiner eigenen Schuldgefühle entledigen.

Terrier bringt Grenouille zu Madame Gaillard

Als hätte das Kind abermals Terriers Gedanken gelesen, beginnt es in dem Moment zu schreien, als der Mönch beschließt, es wegzugeben. Allerdings steht Terrier in diesem Augenblick auch ruckartig auf. Hals über Kopf schnappt er sich wenig später den Henkelkorb, in dem der Säugling liegt, und bringt ihn ans andere Ende der Stadt zu „einer gewissen Madame Gaillard […], welche Kostkinder [Ziehkinder] jeglichen Alters und jeglicher Art“ (S. 25) bei sich aufnimmt. Er zahlt für ein Jahr im Voraus, kehrt zurück, betet lang und schläft schließlich erleichtert ein. Die Formulierung, dass der Pater „endlich erleichtert entschlief“ (S. 25), wurde gelegentlich so gedeutet, dass Pater Terrier gestorben sei. Das Verb „entschlafen“ kann jedoch auch als ein gehobener, altertümlicher Ausdruck für „einschlafen“ verwendet werden.

Funktion des 3. Kapitels für den Roman

Wie schon die ersten beiden Kapitel beschreibt auch das dritte Kapitel eine Zurückweisung Grenouilles. War im ersten Kapitel der Grund für die Zurückweisung bei Grenouilles leiblicher Mutter zu suchen und im zweiten Kapitel dann bei Grenouille selbst, lassen sich diese beiden Gründe im dritten Kapitel kaum noch auseinanderhalten. Pater Terrier verteidigt das Kind zunächst gegenüber den Vorwürfen der Amme. Als der Säugling jedoch erwacht, fühlt er sich von diesem plötzlich im Innersten bloßgestellt und möchte mit dem Kind auch seine eigenen Schamgefühle wieder loswerden. Grenouille verkörpert in diesem Kapitel eine animalische, teuflische Natur, die möglicherweise in jedem Menschen und auch in Pater Terrier schlummert. Diese Darstellung ist richtungsweisend für den weiteren Roman.

4. Kapitel (S. 25–30): Ankunft bei Madame Gaillard

Fehlender Geruchssinn führt zu Emotionslosigkeit

Madame Gaillard ist noch keine 30 Jahre alt, wirkt aber äußerlich wie versteinert und ist innerlich abgestorben. In ihrer Kindheit schlug ihr Vater sie mit dem Feuerhaken oberhalb der Nasenwurzel, wodurch sie ihren Geruchssinn verlor. Mit dem Geruchssinn ging auch „jedes Gefühl für menschliche Wärme und menschliche Kälte und überhaupt jede Leidenschaft" (S. 25) verloren. So jedenfalls erklärt der Erzähler die „vollkommene[ ] Emotionslosigkeit" (S. 26) Madame Gaillards. Abermals stellt er damit einen Zusammenhang zwischen Geruch und Gefühl her. Emotionen erscheinen als geruchliche Essenz, die Madame Gaillard aufgrund ihres körperlichen Mangels nicht mehr wahrnehmen kann. Dass die Erfahrung der väterlichen Gewalt ihr Gefühlsleben verkümmern ließ, zieht der Erzähler nicht in Betracht.

Gnadenloser Gerechtigkeitssinn

Ihren fehlenden Gefühls- und Geruchssinn gleicht Madame Gaillard durch einen „gnadenlosen Ordnungs- und Gerechtigkeitssinn" (S. 26) aus. Sie behandelt alle ihre Zöglinge gleich und hält ihre Regeln und Abläufe eisern ein. Auch wenn sie dadurch das Leben eines ihrer Kinder retten könnte, weicht sie nicht von ihrem Plan ab. Das Ziel ihres Planes besteht darin, im Laufe der Jahre genügend Geld für eine Rente zu erwirtschaften. Vor allem aber möchte sie es sich leisten können, „zuhause zu sterben"

(S. 26). Ihr „graut[ ]" (S. 27) nämlich vor der Vorstellung, wie ihr Mann im „Hôtel-Dieu" (S. 26), dem ältesten Hospital von Paris, in aller Öffentlichkeit zu sterben.

Grenouille gedeiht

Die Empfindungslosigkeit Madame Gaillards, unter der ein normales Kind leiden müsste, erweist sich für Grenouille als „Segen" (S. 27). „Wahrscheinlich", mutmaßt der Erzähler, „hätte er nirgendwo anders überleben können" (S. 27). Aufgrund ihrer fehlenden Geruchs- und Gefühlswahrnehmung spürt Madame Gaillard nicht, dass mit Grenouille etwas nicht stimmt. Sie riecht nicht, dass er keinen Eigengeruch besitzt, und bemerkt daher auch nicht, was für ein „monströse[s] Kind" ohne „seelische Regung" (S. 30) er angeblich ist. „Für seine Seele brauchte er nichts" (S. 28), behauptet der Erzähler. Auch sonst erweist sich Grenouille als genügsam und zäh. Er kann sich von kargem, minderwertigem Essen (vgl. S. 27) ernähren und übersteht allerlei Krankheiten und Unfälle.

Erzähler verteufelt Grenouille

Die Einschätzung des Erzählers, dass Grenouille im Etablissement der Madame Gaillard „gedieh" (S. 27), erscheint jedoch fragwürdig. Grenouille überlebt zwar, trägt jedoch „Narben" davon, „Schrunde und Grind und einen leicht verkrüppelten Fuß, der ihn hatschen machte" (S. 27). Dieser Hinkefuß lässt sich als ein teuflisches Kennzeichen deuten. Zwar spricht der Erzähler dies nicht ausdrücklich an. Dennoch folgt nun eine lange Passage, in der er Grenouille verteufelt, ihn als „Scheusal" (S. 28) oder „monströse[s] Kind" (S. 30) bezeichnet und mit einem „Bakterium" (S. 27) und vor allem „Zeck" (S. 27 ff.) vergleicht.

Grenouille als „Zeck": Ungeziefer und Parasit

Als zäh, genügsam und widerstandsfähig beschreibt der Erzähler Grenouille. Eigenschaften, die er mit denjenigen einer „Zecke" (S. 29) vergleicht. Damit entwertet er Grenouille zum Ungeziefer, um das es „nicht schade" (S. 29) wäre, würde es sterben. Der Erzähler charakterisiert Grenouille als „bockig, stur und eklig" (S. 29), ein Parasit, der gedeiht, indem er anderen Schaden zufügt: „So ein Zeck war das Kind

Grenouille." (S. 29) Und wie eine Zecke sei Grenouille „in sich selbst verkapselt" (S. 29), also asozial, ohne gesellschaftlichen Wert und ohne zwischenmenschliche Bedürfnisse: „Für seine Seele brauchte er nichts." (S. 28)

Entscheidung zwischen Liebe und Leben?

Das zumindest behauptet der Erzähler. Doch ähnlich wie die Aussage, dass Grenouille bei Madame Gaillard „gedieh" (S. 27), erscheint auch dies fragwürdig. „Geborgenheit, Zuwendung, Zärtlichkeit, Liebe [...] waren dem Kinde Grenouille völlig entbehrlich" (S. 28), fügt der Erzähler hinzu. Anschließend aber stellt er diese Einschätzung infrage: „Vielmehr, so scheint es uns, hatte er sie sich selbst entbehrlich gemacht, um überhaupt leben zu können, von Anfang an." (S. 28) Da er von Geburt an keinerlei Liebe erfährt, kann Grenouille nur überleben, wenn es ihm gelingt, auf Liebe zu verzichten. Der Erzähler aber konstruiert aus diesem Zwang eine Entscheidung, die Grenouille mit seinem ersten Schrei verkündet habe: „*gegen* die Liebe und dennoch *für* das Leben" (S. 28).

Grenouille wählt demnach das Leben, weil es die einzige Möglichkeit für ihn ist, zu überleben. Hätte „das Kind beides gefordert, so wäre es zweifellos alsbald elend zugrunde gegangen" (S. 28). Letztlich kann also von einer Entscheidung keine Rede sein. Das Baby Grenouille will einfach nur überleben. Dass für die Liebe in diesem Leben kein Platz ist, liegt nicht an ihm, sondern an „den obwaltenden Umständen" (S. 28) bzw. seinen Mitmenschen. Grenouille wird in eine lieb- und mitleidlose Welt hineingeboren.

Unzuverlässiger Erzähler

Trotzdem macht der Erzähler Grenouille dafür verantwortlich, dass dieser sich „aus reinem Trotz und aus reiner Boshaftigkeit" (S. 28) für das Leben entschieden habe. Der Erzähler nennt Grenouille ein „Scheusal", weil dieser nicht die „Freundlichkeit" (S. 28) besessen habe, bei seiner Geburt zu sterben. Angesichts von Grenouilles Gräueltaten, die im weiteren Romanverlauf geschildert werden, mag diese Einschätzung auf den ersten Blick gerechtfertigt erscheinen. Tatsächlich hätte sein früher Tod der Welt „eine Menge Unheil erspart" (S. 28). Gleichzeitig aber spiegelt der Erzählerkommentar jene Haltung wider, die Grenouille möglicherweise erst zum Mörder werden lässt. Von Anfang an wird er ignoriert oder gehasst. Er wird nicht als Mensch wahrgenommen, sondern als wertloses Ding oder eben als „Scheusal" (S. 28). Er erfährt keinerlei Liebe und sogar die Existenzberechtigung wird ihm abgesprochen, weshalb er völlig auf sich gestellt bleibt. Aus dieser Perspektive erscheint es zynisch (oder ironisch), wenn der Erzähler Grenouille seinen Überlebenswillen vorhält und ihn zum Muttermörder abstempelt (vgl. S. 28). Der Erzähler verkehrt hier das tatsächliche Verhältnis von Täter und Opfer ins Gegenteil. In Wirklichkeit ist Grenouilles Mutter eine Kindsmörderin, die Grenouille sterben lassen will. Sie wird nicht zum Tode verurteilt, weil dieser überlebt, sondern weil sie ihn töten wollte. Beispielhaft zeigt sich hier, dass auch die Charakterisierung Grenouilles durch den Erzähler nicht unbedingt objektiv ausfällt und deshalb durch die Leserin und den Leser angezweifelt werden darf.

Grenouille als teuflisches Monster

Nimmt man den Erzähler allerdings beim Wort und folgt seiner Interpretation, gehen alle psychologischen Erklärungsversuche für Grenouilles Untaten an der eigentlichen Ursache vorbei. Dann nämlich kommt Grenouille bereits böse auf die Welt: als geruch- und seelenloses Monster. Der Eigengeruch erscheint als sinnlicher Ausdruck der Seele. Es ist Grenouilles Glück, dass Madame Gaillard keinen Geruchssinn hat und dadurch derart abgestumpft ist, dass sie seinen Mangel nicht bemerkt: „Jede andere Frau hätte dieses monströse Kind verstoßen." (S. 29f.)

Nicht totzukriegen

Ihre anderen Kostkinder (Ziehkinder) aber spüren instinktiv, dass mit Grenouille etwas nicht stimmt. Abermals erhält Grenouille teuflische Züge. Den anderen Kindern ist er „unheimlich" (S. 30). Er raubt ihnen den Atem und strahlt eine gespenstische Kälte aus (vgl. S. 30). Sie ekeln sich vor ihm wie vor einer „dicken Spinne" (S. 30). Mehrfach versuchen sie, Grenouille zu töten. Doch er ist einfach nicht totzukriegen. Erst als er größer wird, geben sie ihre Mordanschläge auf und gehen ihm lieber aus dem Weg.

Funktion des 4. Kapitels für den Roman

Mit dem vierten Kapitel beginnt für Grenouille bei Madame Gaillard eine neue Lebensstation. Deren Emotionslosigkeit erweist sich für Grenouille als Glücksfall. Geruch, Gefühl und Seele werden in einen unmittelbaren Zusammenhang gebracht. Weil Madame Gaillard keinen Sinn dafür hat, bemerkt sie nicht, dass all das Grenouille fehlt. Der fehlende Eigengeruch lässt Grenouille als seelenloses, teuflisches und parasitäres Monster erscheinen. Mehrfach taucht in diesem Zusammenhang der Vergleich mit einer Zecke auf, der im weiteren Verlauf des Romans noch häufig wiederkehren wird. Da der Erzähler in diesem Kapitel jedoch nicht immer schlüssig argumentiert und sich teilweise selbst widerspricht, wirkt er potenziell unzuverlässig. Dies eröffnet zusätzliche Deutungsmöglichkeiten für Grenouilles Charakter, seine Entwicklung und damit letztlich den gesamten Roman: Grenouille kann bereits als Monster zur Welt gekommen sein, wie es der Erzähler behauptet, aber auch erst durch die lieblosen Umstände zum Monster gemacht worden sein.

5. Kapitel (S. 31–40): Aufenthalt bei Madame Gaillard

Einseitiger Spracherwerb aufgrund einseitiger Begabung

Grenouille wächst bei Madame Gaillard heran, bleibt in seiner Entwicklung jedoch zurück. Erst mit drei Jahren beginnt er zu laufen, erst mit vier zu sprechen. Als er mit sechs, sieben Jahren gelegentlich eine Pfarrschule besucht, hält ihn sein Lehrer für „schwachsinnig" (S. 35). Während er in den meisten Lebensbereichen hinterherhinkt, erweist er sich in der Welt der Gerüche als eine Art „Wunderkind[ ]" (S. 35). Beispielhaft zeigt sich das an Grenouilles sprachlicher Entwicklung. Alles, was sich nicht geruchlich erfassen lässt, begreift er nur mühsam und kann er kaum in Worte fassen. Umgekehrt aber „hätte die gängige Sprache schon bald nicht mehr ausgereicht, all jene Dinge zu bezeichnen, die er als olfaktorische[1] Begriffe in sich versammelt hatte" (S. 33). So unterscheidet er geruchlich unzählige verschiedene Arten von Holz, Milch, Rauch etc.

Rückzug ins Innere als negative Sozialisation

Als Geruchsgenie nimmt er die Welt der Gerüche ungleich vielfältiger und genauer wahr. Bereits mit sechs Jahren vermag er in seiner „Phantasie" (S. 34) Geruchskompositionen zu kreieren. Darin ähnelt Grenouille einem „musikalischen Wunderkind[ ]" (S. 35). Anders aber als ein Musikgenie, das bei seinen öffentlichen Auftritten bewundert wird, findet die schöpferische Tätigkeit bei Grenouille „allein in seinem Innern" (S. 35) statt. Nach außen wird er „immer verschlossener" (S. 35). Anstatt sich wie andere Kinder der Welt zu öffnen und sich in einem auch als „Sozialisation" bezeichneten Entwicklungsprozess in die Gesellschaft einzufügen, zieht er sich immer weiter in sich selbst zurück. Diese negative Sozialisation schlägt sich darin nieder, dass er mit „abstrakten Begriffen [...] ethischer und moralischer Natur" (S. 33) nichts anzufangen weiß. All das, was das Zusammenleben regelt und das zwischenmenschliche Miteinander ausmacht, begreift er nicht (vgl. S. 33).

---

[1] den Geruchssinn betreffend

Konflikt zwischen Innen- und Außenwelt

Innenwelt		**Außenwelt/ Gesellschaft**
Grenouilles Welt des Geruches:		Lebenswelt der anderen Menschen + Moral, Ethik …:
geniales Wunderkind	← **Sprache kann nicht vermitteln** →	unterentwickelt
Grenouille fehlen die Worte.		Grenouille versteht die Worte nicht: ihm fehlen die Begriffe.

➔ einseitige Begabung
➔ missglückte Sozialisation: Grenouille kann sich nicht in die Gesellschaft einfügen.
➔ Grenouilles Isolation: Er lebt in seiner eigenen Welt.

Madame Gaillard will Grenouille loswerden

Obwohl sich Grenouilles einseitige Genialität vor allem in seinem Inneren entfaltet, bleibt sie nicht unbemerkt. Madame Gaillard nimmt sie indirekt an Grenouilles außergewöhnlichem Verhalten wahr. Er findet sich im Dunkeln zurecht, kann verstecktes Geld aufspüren und Besuche vorausahnen (vgl. S. 35 ff.). Da sie nichts von Grenouilles überentwickeltem Geruchssinn ahnt, führt sie das auf „übernatürlich[e]" (S. 36) Fähigkeiten und „das zweite Gesicht" (S. 37), also eine hellseherische Gabe, zurück. Dem Aberglauben nach ziehen Menschen mit dieser Gabe Unheil und Tod an, weshalb sie Grenouille loswerden möchte. Außerdem fürchtet sie, dass ihr Geld nicht länger sicher ist, solange der Junge im Haus ist.

Grenouille wird an den Gerber Grimal verkauft

Als dann 1747 das Kloster seine jährlichen Zahlung für die Unterbringung von Grenouille scheinbar grundlos einstellt, nutzt Madame Gaillard das als Gelegenheit, um ihn abzuschieben. Anstatt beim Kloster nachzufragen, verkauft sie den achtjährigen Jungen an den Gerber Grimal, der Arme, Obdachlose und Waisenkinder, um die sich niemand kümmert, als Arbeitssklaven für die besonders „lebensgefährlich[en]" (S. 37) Tätigkeiten missbraucht. Eigentlich hat der kleine Grenouille bei Grimal „keine Überlebenschance" (S. 38). Der gefühlskalten und gewissenlosen Madame Gaillard erscheint der Handel dennoch gerecht, da ein weiterer unbezahlter Aufenthalt Grenouilles auf Kosten der anderen Kinder oder gar ihrer eigenen Zukunft gegangen wäre.

Madame Gaillards Tod

Obwohl Madame Gaillard, nachdem sie Grenouille verkauft hat, im weiteren Handlungsverlauf keine Rolle mehr spielt, geht der Erzähler ausführlich auf ihr weiteres Schicksal ein. In einem erzählerischen Vorgriff blickt er über 50 Jahre in die Zukunft und nimmt Madame Gaillards Tod vorweg. Es tritt das ein, was sie vermeiden wollte: Sie stirbt im „Hôtel-Dieu" einen würdelosen öffentlichen Tod (vgl. S. 40). Die Umstände, die dazu führen, wirken tragisch: Sie lebt länger als geplant und verliert infolge der Französischen Revolution ihr gesamtes Vermögen. Auch ihre Rente ist am Ende nichts mehr wert. Obwohl sich das alles erst ein halbes Jahrhundert später ereignet, rückt es dadurch, dass es der Erzähler an dieser Stelle erwähnt, in einen Zusammenhang mit der Begegnung Grenouilles.

Verschiedene Deutungsmöglichkeiten

Deuten lässt sich dieser Zusammenhang auf unterschiedliche Weise. Es könnte Zufall sein. Die Anhäufung der unglücklichen Umstände, die Madame Gaillard in das verhasste Hospital führen, legen jedoch einen kausalen Zusammenhang nahe: eine schicksalhafte Rache oder höhere Gerechtigkeit. Weil die Geschwulstkrankheit ihr die Stimme geraubt hat, kann Madame Gaillard nicht einmal widersprechen, als sie ins „Hôtel-Dieu" (S. 40) gebracht wird. Angesichts der teuflischen Aura, die Grenouille umgibt, scheint es, als habe Madame Gaillard am Ende doch recht behalten, als sie fürchtete, Grenouille könne „Unheil und Tod" (S. 37) über sie bringen. Möglicherweise zahlt sie am Ende aber auch den Preis für ihr eigenes unerbittliches Handeln.

Funktion des 5. Kapitels für den Roman

Mit dem fünften Kapitel beendet Grenouille seine nächste Lebensstation. Die Entwicklung vom Säugling zum achtjährigen Jungen, die in diesem Kapitel geschildert wird, charakterisiert Grenouille als ein einseitig begabtes Geruchsgenie, das in den meisten anderen Lebensbereichen zurückgeblieben ist. Er entwickelt kein Gefühl für Moral, und ihm gelingt es nicht, sich in seine soziale Umgebung zu integrieren. Stattdessen erfährt er beständig neue Zurückweisungen und zieht sich immer weiter in sich selbst zurück.

6. Kapitel (S. 40–43): Tierische Existenz bei Gerber Grimal

Überlebensinstinkt und tierische Existenz

Grenouille, der sich bei Madame Gaillard einige Freiheiten und Verstöße gegen geltende Vorschriften erlaubt hat, um seine Geruchsumgebung zu erkunden (vgl. S. 35), spürt bzw. riecht sofort, dass dies bei Grimal nicht möglich ist. Der Gerber könnte ihn „bei der geringsten Unbotmäßigkeit zu Tode […] prügeln" (S. 41). Um zu überleben, passt sich Grenouille an und zieht sich noch weiter in sich selbst zurück. Duldsam verrichtet er die schlimmsten Arbeiten, widerstandslos gehorcht er, schläft in einem Verschlag auf dem Boden und schuftet ununterbrochen bis zu „sechzehn Stunden" (S. 41) am Tag. Ohne sich zu beschweren, fügt er sich in diese „mehr tierische[ ]" als „menschliche[ ] Existenz" (S. 42).

Grenouilles unmenschliche Widerstandsfähigkeit

Ein Jahr lang geht das so, bis Grenouille am Milzbrand erkrankt und diesen „[e]ntgegen aller Erwartungen" (S. 42) überlebt. Abermals erweist sich Grenouille als außergewöhnlich zäh. Grenouilles widerstandsfähige Natur wirkt einmal mehr geradezu unmenschlich. Auch äußerlich erscheint er immer monströser. Der Milzbrand hinterlässt Narben, die ihn entstellen.

Wichtiger für Grenouille ist jedoch, dass er „eine Resistenz gegen Milzbrand" (S. 42) entwickelt. Dadurch gewinnt er als Arbeitskraft an Wert, weil er seltener auszufallen droht. Mit dem Wert seiner Arbeit steigt bei Grimal der „Wert seines Lebens" (S. 42). Diese Gleichung, die den Wert eines Menschen auf seine Arbeitsleistung reduziert, charakterisiert Grimal als rücksichtslosen Ausbeuter. Gleichzeitig steht sie beispielhaft für die frühkapitalistische Gesinnung einer materialistischen Gesellschaft, die sich weniger an geistigen, religiösen Idealen orientiert als an Geld, das auch Madame Gaillard hortet (vgl. 5. Kapitel), und Besitz. Dieser Umbruch von einer traditionellen zu einer modernen Gesellschaft, der sich im 18. Jahrhundert vollzieht, wird im Roman mehrfach thematisiert.

Materialistische Moderne: Wert des Lebens = Wert der Arbeit

Dadurch, dass er für Grimal wertvoller geworden ist, steigt Grenouilles Status von dem eines herkömmlichen „Tieres" zu dem eines „nützliche[n] Haustier[es]" (S. 43). Er wird fortan etwas besser behandelt, bekommt ein Schlaflager aus Stroh, eine Decke, besseres Essen. Im Alter von dreizehn Jahren hat er zudem jeden Abend eine Stunde für sich, die er dazu nutzt, die Gerüche in Paris zu erforschen. Die „Zeit des Überwinterns" (S. 43) ist damit vorbei. Grenouille öffnet sich wieder für die Welt, wenn auch nur für die Geruchswelt. Allerdings beschreibt der Erzähler dies am Ende des Kapitels keineswegs als eine positive Entwicklung. Es scheint nicht etwa so, als ob sich nun Grenouilles unterdrückte Menschlichkeit und Kreativität frei entfalten könnte. Grenouille bleibt der „Zeck" (S. 43), der er war, und tritt lediglich in eine neue Lebensphase: „Die Jagdlust packte ihn." (S. 43) Das Haustier entpuppt sich als Raubtier.

Aufstieg zum Haustier

Das sechste Kapitel fasst auf kaum drei Seiten fünf Lebensjahre Grenouilles zusammen; zu Beginn des Kapitels ist er acht, am Ende dreizehn. Damit erweist es sich als Überbrückungskapitel. Grenouille zieht sich in diesen fünf Jahren in sich selbst zurück, um zu überleben, bis sich ihm eine Gelegenheit zur Geruchsjagd eröffnet. Dieser Wechsel zwischen dem Rückzug nach innen und dem Aufbruch in die

Funktion des 6. Kapitels für den Roman

Welt ist für den Erzählrhythmus des Romans insgesamt charakteristisch. Phasen, in denen sich Grenouille nach innen zurückzieht, wechseln sich ab mit Phasen, in denen er sich stärker nach außen orientiert.

7. Kapitel (S. 43–49): Geruchsjagden als Schulersatz

Jagd auf unbekannte Gerüche

gefährlich animalisch

Grenouille nutzt seine Freizeit bei Grimal für die Suche nach neuen Gerüchen. Der Erzähler beschreibt diese Suche als eine Jagd, wodurch Grenouille einmal mehr als bedrohlicher Charakter und als „Tier" dargestellt wird. Der Erzähler vergleicht ihn sowohl mit einem „Raubfisch" (S. 44) als auch mit einem „Angler". Das dicht besiedelte Paris, das, wie es gegen Ende des sechsten Kapitels heißt, „größte Geruchsrevier der Welt" (S. 43), erweist sich für Grenouille als wahres „Schlaraffenland" (S. 43). Grenouille unterscheidet bei seiner Geruchsjagd zunächst nicht zwischen guten und schlechten Gerüchen (vgl. S. 48), sondern saugt alles auf. Den Duftbrei aus unzähligen Gerüchen zerlegt er in seine einzelnen Bestandteile: die „Grundgerüche[ ]" (S. 44).

Das Meer als Sehnsuchtsort

Bei seiner Jagd stößt er auf einen Duft, der es ihm besonders angetan hat: den Duft des Meeres. Zu diesem fühlt er sich derart hingezogen, dass er „zögerte, seinen Geruch aufzuspalten" (S. 46). Der Duft des Meeres bildet eine so wunderbare harmonische Einheit, dass auch Grenouille ein Teil davon sein möchte. Er stellt sich vor, mit diesem Duft zu verschmelzen, sich in ihm aufzulösen (vgl. S. 46 f.). Das Meer wird zu Grenouilles Sehnsuchtsort, an den er jedoch, wie der Erzähler vorwegnimmt (vgl. S. 47), nie gelangen wird.

Grenouilles Meeressehnsucht lässt sich als Sehnsucht nach einer vollkommenen Harmonie zwischen dem eigenen Ich und der Außenwelt deuten. Die ersehnte Überwindung des Konfliktes zwischen Innen- und Außenwelt basiert allerdings auf der Auslöschung des eigenen Ichs. Grenouille will sich im Geruch des Meeres auflösen (vgl. S. 47), der in seiner Vorstellung eher einem „Ausatmen" (S. 46) gleichkommt und damit dem „Ende aller Gerüche" (S. 47). Eine vollkommene Harmonie von Innen- und Außenwelt kann offenbar nur dann erreicht werden, wenn Grenouille sein Leben aushaucht („Ausatmen", S. 46). Das „Ende aller Gerüche" (S. 47) verweist demnach auf das Ende des Lebens. Die Sehnsucht nach dem Meer erweist sich somit letztlich als eine Todessehnsucht.

Spielerische Duftkreationen, gedachte Parfüme

Auf der Suche nach neuen Gerüchen weitet Grenouille sein „Jagdgebiet" (S. 47) immer mehr aus. Zum ersten Mal begegnet ihm dabei auch der Duft von Parfümen. Deren Zusammensetzung erscheint ihm jedoch „grob und plump" (S. 48). Er ist davon überzeugt, dass er aus den gleichen Grundstoffen deutlich bessere Düfte erschaffen könnte. Vorerst aber begnügt er sich damit, die Grundgerüche, die er kennt, in seiner Fantasie zu immer neuen „Duftkombinationen" (S. 48) zusammenzusetzen. Noch verfolgt er damit kein bestimmtes Ziel, will er nichts Bleibendes erschaffen, sondern er spielt lediglich mit den Gerüchen „wie ein Kind, das mit Bauklötzen spielt" (S. 49).

Funktion des 7. Kapitels für den Roman

In diesem Kapitel sammelt Grenouille bei seinen Ausflügen in die Stadt ein beachtliches und beständig wachsendes Duftwissen an. Zugleich lernt er auf spielerische Weise, Gerüche in ihre Grundbestandteile zu zerlegen und neu zusammenzusetzen. Dadurch macht er sich mit den grundlegenden Techniken eines Parfümeurs vertraut. Auf seinem Bildungsweg ersetzen ihm diese Ausflüge die Schule. Im Aufbau des Romans, der sich am klassischen Bildungsroman orientiert, absolviert Grenouille damit eine erste Entwicklungsstufe auf dem Weg zum Parfümeur. Die Duftkenntnisse, die Grenouille gewinnt, bilden zugleich eine notwendige Voraussetzung für den weiteren Handlungsverlauf.

8. Kapitel (S. 49–58): Der Mord am Mirabellenmädchen

Feuerwerk als Massenphänomen – Verlust der Individualität

Am 1. September 1753, Grenouille ist 15 Jahre alt, wird an der Pariser Brücke Pont Royal ein Feuerwerk anlässlich der Thronbesteigung des Königs veranstaltet. Es ist ein „beeindruckendes" „Spektakel" (S. 49) für die Massen. Tausende Zuschauer lassen sich davon in den Bann ziehen. Sie sind derart überwältigt und berauscht, dass sie sogar den eigentlich unbeliebten König hochleben lassen. Das Volk wird durch das Feuerwerk in seiner Meinung über den König beeinflusst bzw. manipuliert (vgl. S. 49). Dachten die Menschen zuvor schlecht über den König, bejubeln sie ihn nun. Zum ersten Mal taucht damit im Roman das Motiv der Verführbarkeit der Massen auf. Die einzelnen Zuschauer verschmelzen zu einer „vieltausendköpfige[n] Menge" (S. 49). In diesem Sprachbild werden die Individuen zu einem einzigen Wesen in der Art eines mehrköpfigen Drachens zusammengefasst. Indirekt schwingt in dem Sprachbild etwas Bedrohliches mit.

Grenouille als Einzelgänger und Außenseiter

Wenn die einzelnen Menschen sich in der Masse aufzulösen scheinen, erinnert das an die im vorangegangenen siebten Kapitel geschilderte Meeressehnsucht Grenouilles (vgl. S. 46f.). Für die Dauer des Feuerwerks bringen die Zuschauer ihre Innen- und Außenwelt in Harmonie, indem sie in das Menschenmeer eintauchen. Grenouille aber nimmt an dieser Vereinigung nicht teil. Seine einseitige Begabung, die eine normale Sozialisation verhindert hat, macht ihn abermals zum gesellschaftlichen Außenseiter. Das visuelle Vergnügen des Feuerwerks bleibt dem Nasenmenschen Grenouille verschlossen. Der Schwefelgeruch hat ihm „nichts zu bieten" (S. 50). Nicht nur innerlich, sondern auch äußerlich wendet sich Grenouille von der Masse ab und geht seine eigenen Wege. Dadurch erscheint er buchstäblich als Einzelgänger.

Übermächtige Begierde – ausgelöst durch Duft/Geruch eines Mädchens

Als er sich auf den Weg nach Hause macht, nimmt Grenouille einen Geruch wahr, der sein Leben verändern wird. Es ist die „Ahnung eines Dufts" (S. 50), wie er ihn bislang nicht gekannt hat. Grenouille fühlt etwas, was er so deutlich noch nie gefühlt hat: ein sehnsüchtiges Verlangen, eine übermächtige Begierde. „Zum ersten Mal war es […] sein Herz, das litt." (S. 50) Der Geruch eines Mädchens übt eine ungeahnte sinnliche Anziehungskraft auf Grenouille aus. Seine Sehnsucht nach Liebe, nach der Vereinigung von Innen- und Außenwelt scheint sich mit diesem Geruch zu erfüllen.

Hingabe als Kontrollverlust

Grenouille gibt sich dem Geruch hin (vgl. S. 52). Seine Hingabe ähnelt der Auflösung des Ichs, von der er beim Meeresgeruch fantasiert hat (vgl. S. 46 f.). Grenouille handelt nicht bewusst, kontrolliert, sondern lässt sich vom Geruch führen (vgl. S. 53). Scheinbar „ohne eigenen Willen", „[t]raumwandlerisch" (S. 53) gibt er sich der Anziehungskraft hin, die vom Duft des dreizehn, vierzehn Jahre alten Mädchens ausgeht, das in einem „schmuddelige[n] Hin-

Ben Whishaw und Karoline Herfurth als Grenouille und das Mirabellenmädchen in Tom Tykwers Verfilmung „Das Parfum" (2006)

terhof" (S. 54) Mirabellen schneidet. Grenouille agiert instinktiv, scheinbar einer höheren Eingebung folgend.

Das „höhere Prinzip" eines göttlichen Duftes

Wahrnehmung mit den Augen

Als er das Mirabellenmädchen erreicht, fühlt sich Grenouille auf eine bislang noch nie erlebte Weise mit der Außenwelt verbunden. Die Wirkung des Duftes ist so stark, dass sie alle seine Sinne erfasst und er für einen Moment das Gefühl hat, „noch nie etwas so Schönes gesehen" (S. 54) zu haben. Tatsächlich aber ist es der Duft des Mädchens, der seinen Duftkreationen den bislang fehlenden Sinn verleiht. Grenouille empfindet den Duft des Mädchens als „reine Schönheit" und als „das höhere Prinzip, nach dessen Vorbild" (S. 55) sich alle anderen Düfte anordnen müssen. Hat er bis dahin nicht zwischen guten und schlechten Düften unterschieden, liefert der Duft des Mädchens ihm nun den nötigen Maßstab, um das zu tun. So wie Gott im moralischen Sinne festlegt, was richtig und was falsch ist, bestimmt dies der Duft des Mädchens auf der Ebene des Geruches. Da für Grenouille mit seiner „schwarzen Seele" (S. 55) moralische Überlegungen keine Rolle spielen, ersetzt ihm der Mädchenduft Gott. Das „apotheotische" (S. 55), also in den Rang Gottes erhobene, göttliche Parfüm verleiht Grenouilles Leben einen „Sinn" (S. 55).

Kritischer Bezug zur Aufklärung

Grenouilles Verhalten lässt sich an dieser Stelle als ein kritischer Hinweis auf die Gefahren der Aufklärung deuten. Der zunehmende Glaubensverlust, der mit der historischen Aufklärung einhergeht, führt demnach zu einem Wertevakuum, das durch Ersatzgötter gefüllt wird. Wenn diese Ersatzgötter aber keinen moralischen Anspruch mehr haben, geht damit automatisch ein moralischer Verfall daher. „Gut" und „schlecht" sind dann keine moralischen Begriffe mehr, sondern nur noch reine Qualitätsurteile.

Teuflische Züge

Im Gegensatz zu Grenouille hält der Erzähler an einer moralischen Bewertung fest. Indem er von der „schwarzen Seele" (S. 55) Grenouilles spricht, verleiht er ihm einen teuflischen Anstrich. Auch dass es dem Mädchen in Grenouilles Nähe plötzlich „kühl" (S. 55) wird und sie ein „banges Gefühl, ein sonderbares Frösteln" (S. 55) überkommt, deutet auf eine teuflische Natur hin.

Mord überwindet Trennung von Innen- und Außenwelt

Zugleich offenbart das Frösteln und die Angst des Mädchens den Gegensatz zwischen Grenouilles Wahrnehmung und derjenigen des Mädchens: „Ihm war noch nie so wohl gewesen. Dem Mädchen aber wurde es kühl." (S. 55) Grenouille überwindet diesen Widerspruch, indem er das Mädchen tötet. Mit dem Akt des Tötens erschafft er sich die Illusion einer Einheit von Innen- und Außenwelt: Er wird eins mit dem Geruch des Mädchens. Der Mord ersetzt somit den eigenen Tod in Grenouilles Meeresfantasie (vgl. S. 46 f.).

Erster Mord ersetzt sexuelle Initiation

Auffällig sind die sexuellen Untertöne in Süskinds Beschreibung und Grenouilles Wahrnehmung. Der Duft, den Grenouille so sehnsüchtig begehrt, steigt „aus dem Ausschnitt ihres Kleides" (S. 55) und ist nicht zuletzt auch der Duft ihres „Geschlechts" (S. 54, S. 56). Grenouille versucht, seine Begierde zu stillen, indem er das etwa gleichaltrige pubertierende Mädchen tötet und „welk[riecht]" (S. 56). Der Mädchenmord ersetzt für Grenouille die sexuelle Initiation, den ersten Geschlechtsverkehr. Er markiert zugleich das Ende seiner Kindheit und den Eintritt in die Pubertät.

Richtungsweisende Wirkung: Grenouille will Parfümeur werden

Zum ersten Mal in seinem Leben fühlt sich Grenouille glücklich (vgl. S. 57). Das empfindet er als derart einschneidend, dass es ihm vorkommt, als wäre er neu „geboren" worden (S. 57). Aus dieser Euphorie heraus beschließt er in der Nacht nach dem Mord, „der größte Parfumeur aller Zeiten" (S. 58) zu werden. Nur dadurch, glaubt er, erhalte sein Leben „Sinn und Zweck und Ziel und höhere Bestimmung" (S. 57). Das vorangegangene Kapitel endet damit, dass Grenouille mit der „Geruchsküche seiner Phantasie" (S. 48) herumspielt; und zwar „wie ein Kind", noch „ohne erkennbares schöpferisches Prinzip" (S. 49). Sein Spiel hatte noch kein Ziel. Das hat es durch den Duft des Mirabellenmädchens nun erhalten.

Neues Ichbewusstsein löst „nebulöse" Existenz ab

Das Gefühl, neu geboren zu sein, entsteht bei Grenouille, weil er das erste Mal zu wissen glaubt, „wer er wirklich sei" (S. 57); nämlich ein genialer Parfümeur. Damit erhält sein Leben „Sinn und Zweck" und eine „höhere Bestimmung" (S. 57). Erst dadurch erlebt er sich als vollwertigen Menschen. All das hat er bislang in seinem „bloß animalisch" (S. 57) geführten Leben vermisst. Sein bisheriges Leben erscheint ihm sinnlos. Er war sich selbst fremd. Aufgrund dieses fehlenden Ichbewusstseins hat er in „höchst nebulöser Kenntnis seiner selbst" (S. 57) existiert. Nun lichtet sich dieser Nebel; allerdings nur vorübergehend. Der „Nebel" wird im Laufe des Romans noch zwei Mal zurückkehren und Grenouille in eine Existenzkrise stürzen. Das erste Mal, als er realisiert, dass er keinen Eigengeruch hat (vgl. S. 170 f.). Das zweite Mal, als ihm klar wird, dass die Menschen nicht ihn lieben, sondern nur sein Parfüm (vgl. S. 306 f.).

Grenouilles menschliche Bestimmung

Ich = ?	Menschwerdung	Ich = einzigartiger Mensch, „Genie", Parfümeur
sinnloses Leben: animalische Existenz, „in höchst nebulöser Kenntnis seiner selbst" (S. 57)	erfolgreiche Sinnsuche: „prägende[r] Duft" (S. 57) des ermordeten Mädchens; Mord	Leben erhält Sinn und Bestimmung: Grenouille bekommt menschliche Identität
→ Mord als Wendepunkt in Grenouilles Identitäts- und Sinnsuche → Menschwerdung → Bestimmung zum Genie, Parfümeur = Serienmörder → Identität bzw. Ichbewusstsein als genialer Parfümeur + Mörder		

Verschiedene Deutungsmöglichkeiten

Der Mord am Mirabellenmädchen kann einerseits als Tat eines teuflischen Monsters in Menschengestalt bewertet werden, der sich daran labt, einen unschuldigen Menschen zu töten. Wie ein Vampir oder eben ein Zeck gewinnt er an Lebenskraft, indem er dem Mirabellenmädchen das Leben aussaugt. Es ist jedoch auch möglich, den Mord als eine Folge unterdrückter menschlicher Bedürfnisse zu interpretieren, die sich gewaltsam bahnbrechen. Der Mord wäre demnach gleichermaßen Resultat und Ausdruck von Grenouilles verzweifelter Suche nach Liebe, Anerkennung, nach einem Lebenssinn und einer eigenen menschlichen Identität.

Der „größte Parfumeur aller Zeiten" als Anspielung auf Adolf Hitler

Nach seinem ersten Mord fasst Grenouille den Beschluss, der „größte Parfumeur aller Zeiten" (S. 58) zu werden. Eine Formulierung, die an den Ausspruch von Generalfeldmarschall Wilhelm Keitel erinnert, der Adolf Hitler während des Zweiten Weltkrieges als den „größten Feldherrn aller Zeiten" bezeichnet hat. Anschließend formuliert der Erzähler Grenouilles Gedanken und Träumereien in einer auffällig militärischen Sprache. Nicht wie ein Parfümeur, sondern eher wie ein Feldherr „inspizierte" (S. 58) Grenouille das „riesige Trümmerfeld seiner Erinnerung" (S. 58). Die „Millionen und Abermillionen von Duftbauklötzen" bringt er in eine „systematische Ordnung" (S. 58). Dabei verfährt er zunächst nach einem simplen Gut-Böse-Schema, „Gutes zu Gutem, Schlechtes zu Schlechtem" (S. 58), und etabliert schließlich eine ausgeklügelte „Hierarchie" (S. 58). Diese zweigeteilte hierarchische Ordnung, die sich zu einer „innere[n] Festung" (S. 58) fügt, kann als Hinweis auf die nationalsozialistische Ideologie und Rassenlehre verstanden werden. Auch die Gleichgültigkeit, mit der Grenouille über den Mord hinweggeht (vgl. S. 58), lässt sich mit der Skrupellosigkeit Adolf Hitlers in Verbindung bringen.

Funktion des 8. Kapitels für den Roman

Im Handlungsverlauf des gesamten Romans markiert das achte Kapitel einen Wendepunkt. Der Duft des Mirabellenmädchens erweckt in Grenouille ungeahnte Gefühle und Begierden. Mit dem Mädchenmord tritt Grenouille in eine neue Lebensphase ein. Die ziellosen Geruchsspielereien seiner Kindheit werden von dem Wunsch abgelöst, der „größte Parfumeur aller Zeiten" (S. 58) zu werden. Im weiteren Romanverlauf führt dies dazu, dass Grenouille sich bei Parfümeur Giuseppe Baldini um eine Lehrstelle bewirbt. Der Mord signalisiert für Grenouille eine Art Menschwerdung und den Übergang ins Erwachsenenleben. Zugleich erhält Grenouille ein neues Ichbewusstsein, eine eigene Identität als genialer Duftschöpfer, aber auch Mörder.

9. Kapitel (S. 59–62): Giuseppe Baldinis Parfümerie

„Eine der feinsten Geschäftsadressen"

Das Wohn- und Geschäftshaus des „Parfumeurs und Handschuhmachers" (S. 59) Giuseppe Baldini steht auf der Brücke Pont au Change, einer der „feinsten Geschäftsadressen" (S. 59) in Paris. Nach außen wirkt der Laden mit seinen goldenen und silbernen Verzierungen (vgl. S. 59) prunkvoll und „pompös[ ]" (S. 61).

Geschäftlicher Niedergang

Auf den zweiten Blick aber gibt es etliche Anzeichen für einen geschäftlichen Niedergang. „[A]lt und starr wie eine Säule" (S. 60) steht Baldini in seinem Geschäft. Nur wenn Kunden in den Laden kommen, erwacht er zum Leben. Ähnlich wie der Prunk des Ladens ist auch diese rege Geschäftigkeit vor allem Fassade. Tatsächlich ist Baldini unbeweglich, gehen von ihm keine Impulse mehr aus. Entsprechend dümpelt sein Laden dahin (vgl. S. 60). „[I]mmer seltener" (S. 62) kommen Kunden. Baldini ist in der Aufzählung des Erzählers übrigens der dreizehnte Parfümeur in Paris (vgl. S. 59). Auch das ist möglicherweise kein gutes Omen.

Chaotisches Duftsammelsurium ohne „höheres Prinzip"

Der Stillstand, der die „Brücke des Wechsels" („Pont au Change") erfasst hat, schlägt sich in Baldinis Laden auch darin nieder, dass er alles ansammelt, was irgendwie mit Wohlgerüchen zu tun hat. Sein Geschäft gleicht dadurch eher einem ausufernden Lager, einem Museum als einer modernen Parfümerie. Es wirkt verstaubt, aus der Zeit gefallen, wie eine Art Duft-Antiquariat. Das „Chaos von Düften" (S. 61) überfordert die Besucher. Es verbreitet eine Aura des Verfalls. Eine derart lähmende Wirkung geht davon aus, dass etliche Kundinnen in Ohnmacht fallen (vgl. S. 62). Ähnlich wie einst Grenouilles verspielten „Duftkombinationen" (S. 48) fehlt Baldinis Laden eine ordnende Struktur, jenes „höhere Prinzip", das Grenouille im Duft des Mirabellenmädchens für sich entdeckt hat. Indirekt deutet sich bereits an, dass Grenouille die Fähigkeit besitzt, Baldinis sterbendem Laden neues Leben einzuhauchen.

Schlummernde Macht der Düfte

Ebenso lässt sich erahnen, dass in den Düften eine enorme Macht schlummert. Bereits in ihrem Chaos entfalten sie eine beachtliche Wirkung auf die Menschen und sind in der Lage, ihnen die Sinne zu verwirren (vgl. S. 62). Diese geheimnisvolle Kraft der Düfte wird sich Grenouille im weiteren Romanverlauf zunutze machen.

Funktion des 9. Kapitels für den Roman

Mit diesem Kapitel wird der Parfümeur Baldini, eine der bedeutendsten Nebenfiguren, in den Roman eingeführt. Er erscheint alt und erstarrt. Wie sein Geschäft hat auch Baldini seine besten Tage bereits hinter sich. Es ist jedoch absehbar, dass das Geruchsgenie Grenouille Baldinis Laden wiederbeleben wird. Auch lässt sich bereits ahnen, dass Grenouille sich als Parfümeur eine ungeheure Macht aneignen kann. Das neunte Kapitel ist das erste, in dem Grenouille nicht vorkommt. Im Romanaufbau entsteht dadurch ein Schnitt zwischen dem achten und dem neunten Kapitel. Dass die Geschehnisse im achten Kapitel einen Wendepunkt innerhalb des Romans darstellen, wird dadurch noch einmal hervorgehoben.

10. Kapitel (S. 62–66): Baldini und Chénier

Baldinis Zeiten sind vorbei

Das Kapitel beginnt damit, dass Baldini seinen Gesellen Chénier herbeiruft. Dieser ist zwar ein wenig jünger als Baldini, aber ebenfalls „schon ein alter Mann" (S. 62). Baldinis Parfümerie fehlt es an jugendlicher Frische. Sie hat, wie Chénier befürchtet, keine Zukunft mehr. Ihr Niedergang scheint unaufhaltsam (vgl. S. 66). Baldini ist zwar einst ein „großer Parfumeur" (S. 65) gewesen. Aber diese Zeiten sind schon lange vorbei. Mittlerweile ist er nicht mehr in der Lage, ein neues erfolgreiches Parfüm zu kreieren (vgl. S. 64f.).

Im Schatten von Pélissier

Baldini braucht jedoch ein Parfüm, um damit das Leder eines Grafen einzusprühen. Daher versucht er, im Gespräch mit Chénier herauszufinden, aus welchen Bestandteilen sich das erfolgreiche Parfüm „Amor und Psyche" seines Konkurrenten Pélissier zusammensetzt. Um den Anschein zu wahren, fragt Baldini seinen Gesellen nicht direkt danach, sondern gibt im Gegenteil vor, „Amor und Psyche" für einen „vulgär[en]" (S. 63) Duft zu halten. Chénier durchschaut das. Er ahnt, dass Baldinis Versuch, ein eigenes neues Parfüm zu kreieren, scheitern wird. Am Ende, so sieht es Chénier voraus, wird Baldini heimlich eine Flasche „Amor und Psyche" besorgen lassen und damit das Leder beträufeln. Auch Baldini scheint sich in diese Niederlage zu fügen. Ohne jede Hoffnung darauf, dass er ein neues Parfüm zustande bringt, „schlurfte" er Richtung Arbeitszimmer: „gebeugt, ja fast wie geprügelt" (S. 64).

Dialog in der Form eines Theaterstückes

Formal auffällig ist der Dialog zwischen Baldini und Chénier, der in der Form eines Theaterstückes dargestellt wird (vgl. S. 63 f.). Es ist die einzige Stelle innerhalb des Romans, an der Patrick Süskind auf eine solche Form zurückgreift. Möglicherweise dient dieser Bezug auf die Dramengattung dazu, die beiden Gesprächspartner als unmodern zu charakterisieren. So wie das Drama, das im Laufe des 18. Jahrhunderts von dem einst als niedrige, unkünstlerische Gattung verachteten Roman zunehmend in den Schatten gestellt wird, gehören auch Baldini und Chénier einer vergangenen Zeit an. Gleichzeitig offenbart die Darstellung, dass Baldini und Chénier sich gegenseitig nur Theater vorspielen, wenn sie so tun, als fänden sie Pélissiers Parfüm minderwertig – ein Aspekt, der dadurch noch hervorgehoben wird, dass sich Chénier vor dem Gespräch mit Baldini erst noch eine „Perücke" (S. 62) aufzieht.

Kennzeichen postmoderner Literatur: spielerischer Umgang mit Erzähltechniken

Auf ironische Weise nutzt Süskind an dieser Stelle eine eigentlich unmittelbare Darstellungsweise dazu, das dargestellte Geschehen zu kommentieren. Dieser spielerische Umgang mit Erzähltechniken ist ein Kennzeichen postmoderner Literatur. Gleich mehrfach wechselt Süskind in diesem Kapitel die Erzähltechniken: vom unmittelbaren dramatischen Dialog über einen auktorialen Erzähler („Und damit schlurfte er", S. 64), die erlebte Rede („Ja, früher, in seiner Jugend", S. 65), bis hin zum inneren Monolog (vgl. S. 66).

Baldini als komische Figur

Baldini erscheint in diesem Kapitel als komischer Charakter und bemitleidenswerte Witzfigur. Die Komik entsteht aus dem Widerspruch zwischen Baldinis wichtigtuerischem Auftreten und seiner tatsächlichen Unfähigkeit. Durch die Darstellung im dramatischen Dialog wird dies formal noch hervorgehoben. Aber auch sonst wirkt Baldinis Verhalten lächerlich und unnatürlich. So starrt er etwa stundenlang „säulenstarr" (S. 62) die Tür an. Der Erzähler kontrastiert dieses Verhalten auf überspitzte Weise, indem er Baldini anschließend „gebeugt, ja fast wie geprügelt" davonschlurfen lässt. Insgesamt erhält Baldinis Darstellung Züge einer Karikatur.

Funktion des 10. Kapitels für den Roman

Das zehnte Kapitel knüpft inhaltlich an das vorangegangene Kapitel an. Die Perspektive verlagert sich vom Geschäft auf dessen Inhaber. Baldini wird als rückständig und unkreativ beschrieben. Der Parfümeur und seine Parfümerie scheinen keine Zukunft mehr zu haben. Baldini, der als Witzfigur und Scharlatan gestaltet wird, befindet sich in einer hoffnungslosen Lage. Wie sich im weiteren Romanverlauf zeigen wird, ergibt sich gerade daraus für Grenouille eine einmalige Chance.

11. Kapitel (S. 66–77): Baldinis Angst vor der neuen Zeit

Kopieren statt erfinden

Im Anschluss an das Gespräch mit Chénier zieht sich Baldini in sein Arbeitszimmer zurück. Er versucht erst gar nicht, ein neues Parfüm zu erschaffen, sondern möchte das Parfüm Pélissiers kopieren, das er sich schon vor Tagen heimlich hat besorgen lassen (vgl. S. 67). Er versteht sich als Handwerker der alten Schule. Am liebsten würde er Parfüme nach traditionellen Rezepten herstellen. Alles Neue ist ihm „suspekt" (S. 67).

Kritik an Aufklärung und Moderne in erlebter Rede

Deshalb erlebt er auch das von grundlegenden Veränderungen in allen Lebensbereichen gekennzeichnete Zeitalter der Aufklärung als Bedrohung. Der „alte Mann Baldini" (S. 76) ist ein Kind der alten Zeit. Die Liste der Punkte, die er an der neuen Zeit kritisiert, ist lang. In erlebter Rede gibt der Erzähler über mehrere Seiten hinweg Baldinis Bedenken wieder (vgl. S. 72 ff.). Baldini erkennt in den Veränderungen vor allem Zeichen „der Auflösung […], der Zersetzung, des geistigen und politischen und religiösen" (S. 76) Verfalls.

Allgemeine Angst vor Veränderung

Das, was Baldini als besonders bedrohlich empfindet, ist nicht die Veränderung im Einzelnen, sondern die Vielzahl der Veränderungen, also letztlich die Veränderung selbst. Die umfassende gesellschaftliche Umwälzung stellt sein Weltbild infrage. Dieses Weltbild ist nicht nur konservativ, also bewahrend, sondern rückwärtsgewandt. Baldini sehnt sich in eine Zeit des Stillstands und des „alten Zunftrechts" (S. 69) zurück, in dem die Arbeitsabläufe in den einzelnen Handwerkszweigen streng geregelt waren. Beispielhaft hierfür ist, dass er die Erfindung des mit Alkohol vermischten Parfüms durch Mauritius Frangipani zwar als „epochale Leistung" (S. 71) anerkennt, zugleich jedoch auf ihre „üble[n] Folgen" (S. 72) verweist. Die Grundlagen des Dufthandwerks haben sich buchstäblich verflüchtigt, sind nicht länger greifbar. Auch wenn Baldini die Entdeckung Frangipanis als „prometheische Tat"[1] (S. 71) lobt, schwingen diese Bedenken mit. Schließlich ist Prometheus eine Figur der griechischen Sagenwelt, die die Götter herausgefordert hat.

Die gute alte Zeit

Während die alte Zeit des Handwerks aus der Sicht Baldinis durch Stillstand, Verlässlichkeit, Demut, Obrigkeitstreue und (scheinbare) Klarheit geprägt war, setzt die neue Zeit auf

[1] Prometheus: eine Figur aus der griechischen Mythologie und der gleichnamigen Hymne J. W. v. Goethes

ständigen Fortschritt und Zweifel. Die religiöse, hierarchisch von oben nach unten geordnete Gesellschaft wird durch eine weltliche Gesellschaft abgelöst, die von der menschlichen Forschung nach Ursachen und Gründen geprägt wird und die entsprechend von unten nach oben legitimiert ist.

Verfälschtes Zitat des Philosophen Blaise Pascal

Baldini macht sich in seinem Urteil über die neue Zeit einen Ausspruch des französischen Mathematikers und Philosophen Blaise Pascal (1623–1662) zu eigen, wonach das Unglück der Menschen daher rühre, dass sie nicht in Ruhe in ihrer Kammer säßen (vgl. S. 73). Während aber Pascal davon spricht, dass der Mensch das nicht könne, zitiert ihn Baldini so, als habe er gesagt, dass der Mensch das nicht wolle („will", S. 73). Stillstand erscheint bei Baldini als denkbare Alternative, wenn man ihn nur will, und als die bessere Alternative obendrein, da, wie Baldini hinzufügt, der Mensch nirgends anders hingehöre als in sein Zimmer (vgl. S. 73). Diese Fehldeutung von Pascals Ausspruch zeigt, dass Baldini an einer differenzierten Auseinandersetzung mit dem Gedankengut der Aufklärung gar nicht gelegen ist.

Pauschalkritik wirkt aus heutiger Sicht lächerlich

Baldini lehnt rundweg alle Neuerungen ab, die mit der Aufklärung einhergehen. Dabei unterscheidet er nicht zwischen sinnvollen und gefährlichen Entwicklungen. Aus heutiger Sicht wirkt diese Haltung in vielen Punkten lächerlich; etwa, wenn Baldini die Erkenntnisse der medizinischen Forschung ignoriert und nichts davon wissen will, dass Syphilis eine Krankheit ist oder in einem Glas Wasser „ganz kleine Tierchen schwimmen" (S. 74), womit Bakterien und sonstige Keime gemeint sind.

Berechtigte Kritikpunkte

Es gibt jedoch auch bei seiner Kritik einzelne Punkte, wie etwa die Kritik an der „Großmannssucht" (S. 72) oder an der Hemmungslosigkeit, die mit dem aufklärerischen Gedankengut einhergehen kann, die durchaus bedenkenswert sind. Dies gilt auch für Baldinis Sorge vor dem Verlust moralischer Werte durch die Abkehr von Gott und das Vertrauen auf die menschliche Vernunft.

Persönliche Existenzängste

Insgesamt jedoch argumentiert Baldini aus der begrenzten Perspektive eines verbitterten alten Mannes, der seine beste Zeit hinter sich hat. Obwohl er sich über die neue Zeit beklagt, macht er sich im Grunde doch nur um sich selbst und sein Geschäft Sorgen. Es ist seine eigene Existenz, die er in dieser neuen Welt, in der die Regeln der alten Welt zunehmend außer Kraft gesetzt werden, bedroht sieht.

Pélissier als personifizierte Bedrohung

Personifiziert wird diese Bedrohung durch den „völlig unberechenbare[n] Antoine Pélissier" (S. 68), der jede Saison einen neuen Duft erfindet und damit „Unordnung" (S. 69) in den Markt bringt. Der fortschrittliche, moderne Geschäftsmann, der als Essigsieder[1] nicht einmal ein gelernter Parfümeur ist, übertrumpft den traditionellen Handwerker Baldini (vgl. S. 69 ff.).

Baldinis unheilvolle Vorahnung

Baldini spürt, dass er seinen Niedergang nicht aufhalten kann. Die Vision von der „unaufhaltsam[en]" (S. 76) Flussströmung, die auch „die Fundamente der Brücke" (S. 76), auf der sein Haus steht, mit sich reißt, erweist sich im weiteren Romanverlauf als unheilvolle Vorahnung. Sie bewahrheitet sich auch deshalb, weil der Strom des Wassers zugleich den Strom der Zeit symbolisiert, den Baldini nicht stoppen kann. „[A]lles strömt weg" (S. 76) von ihm. Die Zeit arbeitet gegen ihn, und sein Leben entgleitet ihm. Er kann mit den gesellschaftlichen Veränderungen nicht Schritt halten. Ein Blick aus dem Fenster auf „das wegströmende Wasser" (S. 77) führt ihm das symbolisch vor Augen. Es ist zugleich ein Ausblick in die eigene Zukunft. Baldini selbst ist nicht in der Lage, die negative „Tendenz seines Lebens" (S. 77) umzukehren und damit den geschäftlichen Niedergang zu verhindern. Mit dieser ernüchternden Erkenntnis wendet er sich vom Fenster ab. Er kehrt gewissermaßen in die Gegenwart zurück und setzt sich „niedergeschlagen" (S. 77) an den Schreibtisch.

---

[1] Hersteller von Essig

Funktion des 11. Kapitels für den Roman

Das elfte Kapitel lässt Baldinis geschäftlichen Niedergang beispielhaft für den historischen Wandel der Zeiten erscheinen. In erlebter Rede setzt das Kapitel das Romangeschehen aus der Perspektive Baldinis in Bezug zum Zeitalter der Aufklärung und der Moderne. Obwohl Baldinis Kritik aus heutiger Sicht in vielen Bereichen veraltet und lächerlich wirkt, birgt sie doch in einigen Punkten Ansätze, die für das Verständnis des Romans eine zusätzliche Deutungsebene eröffnen. Grenouille, der auch in diesem Kapitel nicht vorkommt, wird in eine Zeit des Umbruchs hineingeboren, in der traditionelle Wertmaßstäbe zunehmend außer Kraft gesetzt werden. Dadurch entsteht ein moralisches Vakuum. Die Fragen, was das Wesen des Menschen ausmacht und worin der Zweck seines Daseins besteht, erscheinen offener denn je. Grenouilles Suche nach seiner persönlichen Bestimmung lässt sich vor dem Hintergrund dieses Kapitels als beispielhaft für dieses Zeitalter interpretieren.

12. Kapitel (S. 78–82): Formel des Parfüms „Amor und Psyche"

Analysieren, kopieren, verbessern

In aufwendiger, fast ritueller Weise versucht Baldini, herauszufinden, aus welchen Bestandteilen das Parfüm Pélissiers zusammengesetzt ist. Dazu sprenkelt er einzelne Tropfen des Duftes auf ein Taschentuch, mit dem er durch die Luft wedelt. Er schnüffelt im „Dreierrhythmus" (S. 79) und nimmt zuletzt „einen ganz tiefen Atemzug" (S. 79). Auf diese „analytische" (S. 82) Weise versucht er, jedes einzelne „Duftfragment zu erhaschen" (S. 82). Es genügt ihm jedoch nicht, das Parfüm „Amor und Psyche" zu kopieren. Er will es „verbessern" (S. 81) und dadurch die Überlegenheit des traditionellen Handwerkers gegenüber dem „Neuerer" (S. 81) Pélissier demonstrieren.

Verdrängte Begeisterung

Während er an dem Parfüm riecht, muss sich Baldini eingestehen, dass es „ekelhaft gut" (S. 79) sei: „klassisch, rund und harmonisch" (S. 79), geradezu perfekt. Baldini verdrängt seine Begeisterung jedoch, weil er nicht wahrhaben möchte, dass sein Konkurrent, der jene neue Zeit verkörpert, in der sich Baldini nicht mehr zurechtfindet, ein derart großartiges Parfüm erschaffen hat. Deshalb unterstellt er Pélissier, ein „Machwerk" und „Blendwerk" (S. 80) kreiert zu haben, das zwar beim ersten Eindruck überwältige, möglicherweise aber nicht „in der Zeit" (S. 80) bestehe und am Abend vielleicht nur noch nach „Katzenpisse" (S. 81) rieche.

„[E]in Scheusal mit Talent"

Abfällig bezeichnet er Pélissier als „ein Scheusal mit Talent" (S. 80). Ganz ähnlich hat der Erzähler zu Beginn des Romans Grenouille charakterisiert, nämlich als ein besonders „geniale[s] Scheusal[ ]" (S. 5). Die Charakterzüge, die Baldini bei Pélissier ausmacht, treten bei Grenouille verstärkt auf. In diesem Kapitel distanziert sich Baldini ausdrücklich davon. Ein „Scheusal mit Talent", findet er, sei noch schlimmer als „ein Pfuscher mit dem rechten Glauben" (S. 80). Die moralische Haltung erscheint ihm wichtiger als die Begabung.

Innerer Monolog in Du-Form

Entsprechend bestärkt sich Baldini in einem in der Du-Form gehaltenen inneren Monolog (vgl. S. 79 f.) selbst darin, sich nicht von Pélissier verführen bzw. „betören" (S. 80) zu lassen. Diese tugendhafte Standfestigkeit erweist sich im weiteren Romanverlauf jedoch als vorgeschoben. Bereits die Du-Form, die in Baldinis innerem Monolog die bei dieser Darbietungsform übliche Ich-Form ersetzt, weist darauf hin, dass Baldini an seine eigenen Worte nicht wirklich glaubt. Er versucht, sich selbst einzureden, dass Pélissier ein Blender und Baldini ihm handwerklich und moralisch überlegen sei. Offenbar geht es Baldini vor allem darum, einen Konkurrenten schlechtzumachen. Von Grenouille wird er sich wenig später dann nämlich doch verführen lassen. Grenouilles Talent macht er sich zunutze, obwohl dieser das bei weitem größere „Scheusal" ist. Baldinis Haltung erweist sich einmal mehr als Fassade. Mit der Rolle, die er spielt, macht er jedoch nur sich selbst etwas vor. Leserin und Leser durchschauen ihn. Der Eindruck einer komischen Figur wird durch diesen Widerspruch zwischen der Wahrnehmung der Figur und derjenigen der Leser bestätigt.

Funktion des 12. Kapitels für den Roman

Baldini wendet sich in diesem Kapitel wieder der Gegenwart und seiner Arbeit zu. Da er zum Schöpfer eines neuen Parfüms nicht taugt, versucht er sich nun als Fälscher. Ausdrücklich geht er auf Distanz zu Pélissier, den er als „Scheusal mit Talent" (S. 80) beschimpft. Gegen dessen chaotische Genialität setzt er auf ein klar strukturiertes, analytisches Vorgehen. Nicht zuletzt moralisch fühlt er sich Pélissier überlegen. Gegen all diese Prinzipien und Grundsätze, die Baldini in einem in der Du-Form gehaltenen inneren Monolog vertritt, wird er im weiteren Romanverlauf bei der Zusammenarbeit mit dem „geniale[n] Scheusal[ ]" (S. 5) Grenouille jedoch verstoßen. Im Kontext des Gesamtromans erscheint Baldini dadurch als Heuchler.

13. Kapitel (S. 82–88): Grenouille steht an der Tür

Baldini ergibt sich in sein Schicksal

Nachdem er vergeblich versucht hat, Pélissiers Parfüm zu analysieren, muss Baldini sich eingestehen, dass er dazu nicht in der Lage ist. Sogar für das Handwerk eines Parfümeurs fehlt es ihm an der nötigen Begabung. Trotz dieser ernüchternden Selbsterkenntnis ist er nicht in der Lage, die entsprechenden Konsequenzen zu ziehen. Stattdessen gibt er sich den Anschein, als würde er weiterhin versuchen, die Zusammensetzung des Parfüms festzustellen. Erst als seine Nase anschwillt, kann er sich „guten Gewissens" (S. 83) in sein Scheitern fügen. Passiv, ohne eigenen Antrieb ergibt sich Baldini in sein Schicksal. Wie es Chénier vorhergesehen hat, will er am nächsten Tag eine Flasche „Amor und Psyche" holen lassen und damit das Leder besprühen. Seine Zukunft malt er sich düster aus. Er werde seine Hausbesuche bei „greise[n] Herzoginnen" (S. 83) fortsetzen, bis die letzte von ihnen gestorben sei. Dann werde er sein Geschäft für wenig Geld verscherbeln müssen und schließlich in einem kleinen Häuschen auf dem Land in Italien in „bitterster Armut" (S. 84) sterben, „wann immer Gott es gefiel" (S. 84). Gott- und schicksalsergeben versucht Baldini, nichts daran zu ändern. Stattdessen redet er sich ein: „Und so war es gut." (S. 84) Dabei schwingt jedoch auch eine gehörige Portion Selbstmitleid mit.

Sonnenuntergang signalisiert Wende

„Dann ging die Sonne unter" (S. 84), heißt es im Anschluss an Baldinis Kapitulation. Doch was zunächst so klingt, als würde der Sonnenuntergang Baldinis düstere Zukunftsperspektive untermalen, erweist sich als Signal zum Aufbruch. Als Baldini aus dem Fenster sieht, schimmert der Fluss in der Abendsonne „wie Gold" (S. 84), und es scheint, als habe sich seine Richtung „für einen Moment umgekehrt" (S. 84), als ströme er „auf Baldini zu" (S. 84).

Baldini entschließt sich dazu, das Geschäft zu verkaufen

Dieser Anblick weckt in Baldini neue Lebensgeister. Er wirft Pélissiers Parfüm aus dem Fenster und kann auf einmal wieder frei durchatmen. Das „blutrot-goldene Trugbild der Stadt" (S. 86) versteht er als „Warnung" (S. 86) und zugleich als Aufruf, sein Schicksal selbst in die Hand zu nehmen. Er beschließt, Haus und Geschäft zu verkaufen, solange er noch einen guten Preis dafür erhält, ein Entschluss, den er als befreiend empfindet. Er steht nicht länger gebeugt, sondern nimmt eine aufrechte Haltung ein (vgl. S. 86).

Doppeldeutige Symbolik

Bereits im elften Kapitel hat Baldini den Blick aus dem Fenster zugleich als Blick in die eigene Zukunft gedeutet. Diese Zukunft kam für Baldini bislang einem unaufhaltsamen Niedergang gleich. Plötzlich ist sie aber in Bewegung geraten. Das „Gold" (S. 84) strömt Baldini förmlich entgegen. Die Zukunft scheint ihm Erfolg und Reichtum zu verheißen. Allerdings ist dieses „Trugbild" (S. 86) nur von kurzer Dauer. Als Baldini das Fenster schließt, wird es „ganz plötzlich" (S. 85) Nacht, und das „glänzende Bild" verwandelt sich in eine „aschgraue[ ] Silhouette" (S. 85). Baldini glaubt, darin eine Warnung zu erkennen: „Handle, Baldini, eh es zu spät ist!" (S. 86)

Im Gesamtzusammenhang des Romans lässt sich diese Stelle als symbolischer Vorgriff auf Baldinis Zukunft deuten: Mithilfe von Grenouille wird es Baldini gelingen, seinen geschäftlichen Abwärtstrend umzukehren, allerdings nur für kurze Zeit. Danach wird er „ganz plötzlich", „mit einem Schlag" (S. 85) alles verlieren: Sein Haus stürzt in die Seine und reißt ihn in den Tod (vgl. S. 144f.).

Gottlose Verführung

Das „blutrot-goldene Trugbild" (S. 86) kann vor diesem Hintergrund als eine todbringende weltliche Verführung interpretiert werden. Grenouille schlüpft in dieser Interpretation in die Rolle des teuflischen Verführers. Verbinden lassen sich beide Deutungen, wenn man davon ausgeht, dass Baldini durch Grenouille dazu verführt wird, die göttliche Warnung zu ignorieren. Für diese Lesart spricht, dass Baldini eigentlich auf dem Weg in die Kirche ist, wo er „eine Kerze anzünden" und Gott „für den gnädigen Fingerzeig" (S. 86) danken möchte, als er durch Grenouilles Klingeln davon abgehalten wird. Eine Situation, die sich Jahre später, kurz vor Baldinis Tod, noch einmal ganz ähnlich wiederholt. Nachdem Grenouille ihn verlassen hat, will Baldini abermals „nach Notre-Dame hinüberpilgern" (S. 86, S. 143). Aber wie schon an jenem Tag, an dem er Grenouille das erste Mal begegnet ist, kommt ihm „dann wieder etwas dazwischen" (S. 143). In beiden Fällen wendet sich Baldini von Gott ab. Beim ersten Mal schließt er einen Pakt mit dem Teufel. Beim zweiten Mal zahlt er den Preis dafür.

Baldini öffnet Grenouille die Tür

Folgt man einer solchen Deutung, verkörpert Grenouille das leibhaftige Böse, das in der anbrechenden Nacht bei Baldini klingelt. Mit neuem Selbstbewusstsein und „beinahe jugendlichem Elan" (S. 86) öffnet Baldini den Dienstboteneingang. Dort steht ein „halbwüchsige[r] Junge[ ]" „mit ängstlich lauernden Augen" (S. 87) in einer geduckten Haltung „wie einer, der Schläge erwartet" (S. 88). Es ist Grenouille, der im Auftrag Grimals das Leder vorbeibringt, das Baldini parfümieren soll. Grenouille nimmt jene Körperhaltung ein, die Baldini gerade erst abgelegt hat (vgl. S. 86). Grenouille erscheint dadurch als Spiegelfigur zu Baldini. Symbolisch lässt sich das so deuten, dass Grenouille fortan Baldinis Last trägt: Baldini profitiert von Grenouille und beutet diesen rücksichtslos aus. Eine weitere denkbare Deutung dieser spiegelbildlichen Haltung ist, dass das Böse, dem Baldini die Tür öffnet, bereits in Baldini selbst angelegt ist.

Funktion des 13. Kapitels für den Roman

Nachdem Grenouille vier Kapitel lang (9.–12. Kapitel) nicht im Roman in Erscheinung getreten ist, markiert das Ende des dreizehnten Kapitels seine Rückkehr in das Handlungsgeschehen. Innerhalb der Baldini-Episode, die sich vom neunten bis zum zweiundzwanzigsten Kapitel erstreckt, läutet das dreizehnte Kapitel zugleich eine grundlegende Wende ein.

Gliederung der Baldini-Handlung (Kapitel 9–22)

Niedergang	Kapitel 9–12
Wende (Grenouilles Ankunft)	Kapitel 13–16
Aufstieg	Kapitel 17–20
Absturz (Grenouilles Abschied)	Kapitel 21–22

Standen Baldini und seine Parfümerie bislang (9.–12. Kapitel) im Zeichen eines unaufhaltsamen schleichenden Niedergangs, beschließt Baldini nun, seinem Leben eine neue Richtung zu geben (13. Kapitel). In den folgenden Kapiteln (14–16) wird geschildert, wie sich diese Wende vollzieht und welche Rolle Grenouille dabei spielt.

14. Kapitel (S. 88–104): Grenouille analysiert das Parfüm „Amor und Psyche"

Grenouille will bei Baldini arbeiten

Um keine verkaufsschädigenden Gerüchte aufkommen zu lassen, nimmt Baldini das Leder entgegen. Er hat jedoch nicht länger vor, es zu parfümieren, da er ja am nächsten

Tag seinen Laden verkaufen möchte. Baldini bittet Grenouille zu sich herein (vgl. S. 88). Deutet man Grenouille als Verkörperung des Bösen, lädt er dieses damit in sein Haus ein und besiegelt sein Schicksal. Tatsächlich ist Grenouille, der „alles daran gesetzt" (S. 89) hat, das Leder zu Baldini bringen zu dürfen und nun zum ersten Mal eine Parfümerie betritt, von der Atmosphäre, die darin herrscht, derart überwältigt, dass er beschließt, von hier aus „die Welt aus den Angeln" (S. 90) zu heben. Offenbar möchte er von hier aus sein Vorhaben, „der größte Parfumeur aller Zeiten" (S. 58) zu werden, in die Tat umsetzen.

Der „Zeck" lässt sich fallen

Ein Entschluss, der wie der Erzähler betont, von „geradezu grotesker Unbescheidenheit" (S. 90) zeugt, da Grenouille als ungelernter Gehilfe eigentlich für eine Lehrstelle in der „renommiertesten Duftstoffhandlung von Paris" (S. 90) nicht infrage kommt. Solche Überlegungen spielen für den „Zeck" (S. 90) Grenouille aber keine Rolle. Er wittert seine Chance und lässt sich auf das „Wirtstier" fallen (vgl. S. 90).

Grenouille verrät die Zusammensetzung des Parfüms „Amor und Psyche"

Nachdem Grenouille das Leder abgelegt hat, konfrontiert er Baldini mit seinem Wunsch, bei ihm arbeiten zu wollen (vgl. S. 92). Als Baldini das ablehnt, lenkt Grenouille das Gespräch auf das Parfüm „Amor und Psyche", das er an Baldini riecht. Grenouille bezeichnet es als „schlecht" (S. 93) und zählt nach und nach seine Bestandteile auf. Nun ist Baldinis Neugier geweckt. Er möchte herausfinden, ob es sich bei Grenouille tatsächlich um ein Wunderkind oder nur einen Betrüger handelt. Dafür erklärt er sich schließlich dazu bereit, Grenouille das Parfüm von Pélissier kopieren zu lassen.

Grenouilles Geruchsgenie entfaltet sich

Durch den Vergleich mit Baldini kommt Grenouilles Genialität in diesem vierzehnten Kapitel besonders zur Geltung. Während Baldini sich stundenlang vergeblich abgemüht hat, um herauszufinden, aus welchen Duftstoffen sich das Parfüm „Amor und Psyche" zusammensetzt (vgl. 13. Kapitel), muss Grenouille das Parfüm nur einmal riechen, um seine Bestandteile zu kennen. Dem akribischen, aber unbegabten Handwerker Baldini, der behauptet, „Erfahrung", „Bescheidenheit" und „Fleiß" (S. 97) seien letztlich wichtiger als Talent, steht mit Grenouille ein Geruchsgenie gegenüber, der ihm das Gegenteil demonstriert. Grenouille ist zwar fleißig im Aufspüren neuer Gerüche, aber es mangelt ihm sowohl an Bescheidenheit als auch an Erfahrung. Er kennt noch nicht mal die Namen aller Bestandteile, aus denen sich das Parfüm zusammensetzt (vgl. S. 96). Damit stellt er Baldinis Weltbild auf den Kopf. Als Nächstes wird er es dann, wie der Erzähler gegen Ende dieses Kapitels ankündigt, vollends aus den Angeln heben. Baldini hielte es für ein „Wunder" (S. 100), sollte Grenouille nicht nur die Bestandteile des Parfüms, sondern auch noch deren exaktes Mischverhältnis herausfinden können. In seinen Augen wäre Grenouille dann „noch größer als der große Frangipani" (S. 99). Obwohl er daran zweifelt, will Baldini diesem Wunder eine Chance geben und stellt alle dafür nötigen Instrumente bereit. Als Grenouille ankündigt, das Parfüm auf seine eigene Art herstellen zu wollen, stimmt Baldini dem zu, obwohl er „wußte, daß es bei diesem Geschäft nicht meine oder deine, sondern eben nur eine, eine einzig mögliche und richtige Art gab" (S. 103). Es lässt sich jedoch bereits erahnen, dass Baldini auch hier eines Besseren belehrt werden wird.

Wechselnde Erzähltechnik

Die Kluft zwischen Baldinis scheinbarem Wissen und der Vorahnung der Leserinnen und Leser, dass dieses Wissen bald widerlegt werden wird, ergibt sich aus der im Laufe des Kapitels mehrfach wechselnden Erzähltechnik. Ein solcher Wechsel ist insgesamt charakteristisch für die Erzähltechnik des Romans. Das vierzehnte Kapitel beginnt erzähltechnisch mit einer Schilderung aus Baldinis Innenperspektive und einem personalen Erzählverhalten (vgl. S. 88). Nachdem Grenouille jedoch den Laden betreten hat, wird Baldinis Innenperspektive von Grenouilles Innenperspektive abgelöst (vgl. S. 88ff.). Später wechselt die Erzählperspektive wieder zu Baldinis Innenperspektive zurück (vgl. S. 91ff.). Dazwischen jedoch meldet sich der Erzähler immer wieder auch mit auktorialem Erzählverhalten und einer oftmals wertenden Erzählhaltung zu Wort. So etwa, wenn er in einem erzählerischen Vorgriff ankündigt, dass sich das folgende Geschehen „bis ans Ende seiner Tage" (S. 104) in Baldinis Gedächtnis einbrennen würde. Im Gegensatz dazu entspringt die Feststellung, dass Baldini „wußte" (S. 103), dass es nur eine richtige Art gab, ein Parfüm zu mischen, Baldinis Innenperspektive. Tatsächlich also *glaubt* Baldini lediglich, das zu wissen.

Grenouille als teuflisches Tier

Wie sich bereits im vierten Kapitel angedeutet hat, sind aber auch Zweifel an der Zuverlässigkeit des auktorialen Erzählers berechtigt. Dies gilt insbesondere dann, wenn der Erzähler Grenouilles Verhalten oder Charakter bewertet. Mehrfach vergleicht der Erzähler Grenouille mit einem Tier, einem „Zeck" (S. 90), einer „schwarze[n] Kröte" (S. 96) und einer „schwarze[n] Spinne" (S. 99). In Verbindung mit dem Attribut „schwarz" erscheint Grenouille bedrohlich und teuflisch. An anderer Stelle weist der Erzähler ausdrücklich darauf hin, dass das Wort „heilig" für Grenouille keinerlei Bedeutung habe (vgl. S. 89). In Baldinis Geschäft spürt Grenouille keinen „heiligen", sondern einen „kalten Ernst" (S. 89). Instinktiv weiß er, dass er hierher gehört (vgl. S. 90).

Baldinis schwacher, verführbarer Charakter

Diese „Gewissheit" Grenouilles steht im Konflikt zu Baldinis Plan, das Geschäft zu verkaufen: Baldini „wußte, daß es richtig war, er hatte ein Zeichen bekommen" (S. 92). Obwohl sein „sentimentales Herz" (S. 92) ihm vom Verkauf abrät, vertraut Baldini auf seinen angeblich „starken Charakter" (S. 92). Im weiteren Romanverlauf zeigt sich jedoch, dass dieser Charakter alles andere als stark ist. Im Gegensatz zu Grenouille kann sich Baldini auf sein scheinbares Wissen nicht verlassen: Baldini wird Grenouille als

Lehrling bei sich aufnehmen und das Geschäft doch nicht verkaufen. So sehr Baldini beteuert, dass die Neugier, die Grenouille in ihm wecke, seine Absicht, das Geschäft zu verkaufen, nicht infrage stelle, ist doch genau das der Fall. Einmal mehr macht sich die komische Figur Baldini selbst etwas vor.

Grenouilles Verwandlung

Im Vergleich zu Baldini erweist sich Grenouille als der hartnäckigere, durchsetzungsfähigere Charakter. Baldini lässt sich gleich mehrfach von ihm täuschen: Seine „Chuzpe" (S. 92), also seine Frechheit, verwechselt er mit „Schüchternheit" (S. 92), seine „Gespanntheit" (S. 92) mit „Ängstlichkeit" (S. 92), sein „Selbstbewußtsein" (S. 92) mit „Unbeholfenheit" (S. 93). Je sicherer sich Grenouille seiner Sache ist, desto mehr legt er seine anfänglich unterwürfige, geduckte, tierähnliche Haltung ab. Der „in sich verkapselt[e]" „Zeck" (S. 90) beginnt, sich zu regen, entfaltet sich zunächst zu einer Art „Spinne" (S. 99) und steht schließlich „[l]ocker" (S. 101) da, „einem Menschen zum ersten Mal ähnlicher als einem Tier" (S. 101). Grenouille, der sich zum eigenen Schutz ganz in sich selbst zurückgezogen hat, öffnet sich nach außen, nun, da er glaubt, am Ort seiner Bestimmung angelangt zu sein.

Teufel, Betrüger oder Genie?

Ob er sich davor wirklich nur verstellte, wie der Erzähler nahelegt, und auf eine Gelegenheit lauerte, zuzuschlagen, oder ob er einfach nur Angst hatte, lässt sich nicht eindeutig klären. Auch Baldini weiß nicht, was er von Grenouille halten soll: „Entweder ist er besessen, oder er ist ein betrügerischer Gauner, oder er ist ein begnadetes Talent." (S. 94) Möglicherweise ist er am Ende alles in einem.

Funktion des 14. Kapitels für den Roman

Im Aufeinandertreffen mit Baldini beginnt sich Grenouilles Genialität besonders eindrucksvoll zu entfalten. Grenouille hat mit Baldinis Parfümerie den Ort gefunden, an dem er seinen Plan, der „größte Parfumeur aller Zeiten" (S. 58) zu werden, verwirklichen kann. Für Grenouille leitet das Kapitel somit den nächsten Entwicklungsschritt ein. Grenouille wechselt von einer Phase des inneren Rückzuges in eine Phase der äußeren Aktivität.

15. Kapitel (S. 104–112): Grenouille kopiert und verbessert das Parfüm „Amor und Psyche"

Wie ein „fanatisches Kleinkind"

Grenouille mischt das Parfüm „Amor und Psyche". Dabei stellt er alle Regeln „auf den Kopf" (S. 104). So beginnt er mit dem Lösungsmittel und fügt erst dann die Duftstoffe hinzu. Baldini beobachtet ihn zunehmend entsetzt und angewidert. Grenouille erscheint ihm „wie ein Kind" (S. 105), das „nur an sich selber" (S. 105) denkt. Er empfindet ihn als „despotisch" (S. 106) und vergleicht ihn mit einem „fanatische[n] Kleinkind" (S. 106). In erlebter Rede charakterisiert der Erzähler Grenouille aus der Perspektive Baldinis als fanatischen Despoten. Das erinnert an die Hitleranspielung bei Grenouilles Plan „der größte Parfumeur aller Zeiten" (S. 58) zu werden. Grenouille erscheint nun auf dem besten Wege, sein Ziel zu erreichen.

„Überzeugungskraft des Duftes"

Dass Grenouille dabei eine gewaltige Macht erlangt, wird ebenfalls deutlich. Baldini nämlich glaubt zunächst, auf einen Stümper hereingefallen zu sein, und beschimpft Grenouille. Gleichzeitig jedoch dringt das fertige Parfüm in seine Nase und widerlegt ihn mit der „Überzeugungskraft des Duftes, die stärker ist als Worte, Augenschein, Gefühl und Wille" (S. 107). Die manipulative Kraft des Duftes wird ausdrücklich hervorgehoben. Es „gibt kein Mittel gegen sie" (S. 108). Baldini kann sich ihr nicht entziehen.

Machtverhältnisse verkehren sich

„Der kleine Mensch Grenouille" (S. 104) hat nicht nur die „parfümistische Weltordnung" (S. 104), sondern auch die gesellschaftliche Rangordnung auf den Kopf gestellt. Nun ist es Baldini, der „[k]lein und blaß" (S. 109), hilf- und wehrlos wirkt. Wie in Trance stimmt er Grenouilles Vorschlag zu, das Parfüm noch zu verbessern. Grenouille kreiert einen Duft mit einer berauschenden Wirkung, die jedes bekannte Parfüm um Längen übertrifft. Damit ist dem Genie Grenouille mit spielerischer Leichtigkeit das gelungen, woran Baldini zuvor gescheitert ist, nämlich Pélissiers Parfüm zu analysieren, zu kopieren und sogar noch zu verbessern (vgl. S. 81).

Baldini liefert sich Grenouille aus und wendet sich von Gott ab

Zwar antwortet Baldini auf Grenouilles Frage, ob dieser für ihn arbeiten könne, noch ausweichend und schickt Grenouille vorläufig weg. Offenkundig aber hat er sich bereits Grenouille ausgeliefert. Den „hochheiligen Entschluß" (S. 112), sein Geschäft zu verkaufen, setzt er nun doch nicht in die Tat um. Er geht auch nicht in die Kirche, „um Gott zu danken" (S. 112), wie er es vorhatte, und vergisst sogar „zum ersten Mal, zur Nacht zu beten" (S. 112). Die Verbindung mit Grenouille erscheint als ein Pakt mit dem Teufel, der Baldini von Gott entfernt.

Funktion des 15. Kapitels für den Roman

Die Genialität Grenouilles kommt in diesem Kapitel deutlich zum Vorschein. Ihm gelingt es spielerisch, das für Baldini unerreichbare Parfüm Pélissiers um ein Vielfaches zu verbessern. Die manipulative Kraft, die dabei von Grenouille und seinem Parfüm ausgeht, wird ausdrücklich hervorgehoben. Baldini fällt dieser verführerischen Wirkung zum Opfer.

16. Kapitel (S. 112–114): Grimals Tod

Baldini kauft Grenouille von Grimal frei

Gleich am Morgen, nachdem Grenouille Pélissiers Parfüm verbessert hat, begibt sich Baldini zu Grimal, um ihm Grenouille abzukaufen. Grenouille hat damit bereits gerechnet und seine Sachen schon gepackt. Den wahren Grund, weshalb er Grenouille haben möchte, verrät Baldini dem Gerber nicht. Er zahlt eine „enorme Summe" (S. 113). Da er jedoch weiß, dass das Geruchsgenie Grenouille ihm ungleich mehr Geld einbringen wird, glauben sowohl Grimal als auch Baldini, „das beste Geschäft" (S. 113) ihres Lebens gemacht zu haben.

Grimal bezahlt mit seinem Leben

Wie sich kurz darauf herausstellt, täuschen sich beide. Grimals Tod nimmt nämlich zugleich Baldinis Schicksal vorweg. Wie der Gerber wird der Parfümeur in die Seine stürzen und dabei zu Tode kommen. Grimal betrinkt sich aus Freude über das gelungene Geschäft so sehr, dass er vom Weg abkommt und kopfüber in den Fluss fällt. Dass es einen Zusammenhang zwischen Grimals und Grenouilles Schicksal gibt, legt der Erzähler nahe, wenn er schildert, wie die Leiche Grimals unter der Brücke hindurchtreibt, auf der Baldinis Haus steht, in dem sich Grenouille gerade schlafen legt. Grenouilles Aufstieg und Grimals tödlicher Absturz werden miteinander verknüpft. Grimal, der Grenouille jahrelang ausgebeutet hat, zahlt nun den Preis dafür.

Rückzug in „innere Festung"

Nach seinem Auftritt bei Baldini, der ihm die erhoffte Lehrstelle eingebracht hat, zieht sich der „Zeck" (S. 114) Grenouille wieder in sich selbst zurück. Er bereitet sich auf eine weitere Phase des Abwartens und Lernens vor, seine Lehrzeit bei Baldini. „[I]n seiner inneren Festung" (S. 114) feiert er seinen Erfolg ganz für sich allein.

Funktion des 16. Kapitels für den Roman

In diesem Kapitel wir der Wechsel Grenouilles von Grimal zu Baldini vollzogen. Grenouille tritt seine Lehrstelle an. Damit beginnt die nächste Phase seines Bildungsweges. Anders als im klassischen Bildungsroman erscheint diese Entwicklung jedoch unheilvoll und todbringend. Grimal stirbt, kurz nachdem Grenouille ihn verlassen hat, und nimmt damit auch Baldinis späteres Schicksal vorweg.

17. Kapitel (S. 114–122): Aufstieg des Hauses Baldini

Baldini profitiert von Grenouilles Genialität

Im siebzehnten Kapitel wird der „Aufstieg des Hauses" (S. 114) Baldini zu „europäischem Ansehen" (S. 114) zusammengefasst. Bereits das von Grenouille verbesserte Parfüm, dem Baldini den Namen „Nuit Napolitaine" gegeben hat, ist ein sensationeller Erfolg. Grenouille stellt jedoch Dutzende weitere Parfüme, Cremes, Seifen etc. her. Die einflussreichsten Leute lassen bei Baldini einkaufen. Selbst der Graf d'Argenson, der „mächtigste Mann von Paris" (S. 115), schickt einen Diener in die Parfümerie. Diese floriert wie nie zuvor und innerhalb kurzer Zeit häufen sich „unermessliche[ ] Reichtümer“ (S. 116) an, von denen auch Baldinis Geselle Chénier zu profitieren hofft.

Grenouille bleibt „im Hintergrund“

Grenouille dagegen bleibt „im Hintergrund“ (S. 117). Baldini gibt sich selbst als Schöpfer der neuen Parfüme aus. Und nicht einmal Chénier ahnt, dass es in Wirklichkeit Grenouille ist, der diese kreiert. Und obwohl Baldini Grenouille seinen neuen Erfolg und Reichtum verdankt, haust dieser „in der Werkstatt […] wie ein Hund“ (S. 116). Chénier hält ihn für einen „unbeholfene[n] Gnom“ (S. 116) und ein „Nichts von Mensch“ (S. 117). Grenouille unternimmt nichts, um ihn von etwas anderem zu überzeugen. Vielmehr möchte er im Verborgenen bleiben. Dazu hat sich der „Zeck“ (S. 114) wieder in sich selbst zurückgezogen.

Grenouille verbirgt sein wahres Wesen

Um auch Baldini in Sicherheit zu wiegen, dem das „entsetzliche schöpferische Chaos“ (S. 119), das Grenouille verursacht, Angst einflößt, arbeitet Grenouille betont langsam und hält sich an Baldinis Vorgaben. Dadurch ermöglicht er es Baldini, die von ihm geschaffenen Parfüme in schriftlichen Formeln festzuhalten. Hin und wieder streut er absichtlich Fehler ein, um Baldini „in der Illusion zu wiegen, es gehe letzten Endes doch alles mit rechten Dingen zu“ (S. 121). Indem der Erzähler dies als eine „Illusion“ (S. 121) bezeichnet, behauptet er das Gegenteil: Es geht eben nicht mit rechten Dingen zu. Etwas Unheimliches, womöglich Teuflisches ist am Werk.

Vorgetäuschte Bildung, bürgerliche Existenz als Tarnung

Grenouille nutzt die Lehrzeit bei Baldini, um eben dies zu verbergen. Dafür lernt er die „Sprache der Parfumerie“ (S. 119), erstellt Formeln, die er als „Umweg“ (S. 120) empfindet, ihn aber „normaler“ (S. 120) erscheinen lassen. Anders als gewöhnliche Lehrlinge dient ihm das Handwerk lediglich als „Tarnung“ (S. 120). Die Bildung ist ebenso vorgetäuscht wie die bürgerliche Existenz, in deren „Mantel“ (S. 121) er sein wahres Wesen hüllt. Anders als der Held im klassischen Bildungsroman findet Grenouille im

Laufe seiner Ausbildung nur scheinbar seinen Platz in der Gesellschaft. Tatsächlich haust er „wie ein Hund" (S. 116), wird kaum als vollwertiger Mensch wahrgenommen und bleibt ein Außenseiter.

Grenouille will lernen, Gerüche zu binden

Neben der Tarnung erhofft sich Grenouille von seiner Lehrzeit bei Baldini, auch etwas Handwerkliches zu erlernen, das er bislang noch nicht beherrscht. Zwar kann er wie kein anderer Duftstoffe zu Parfümen zusammenfügen, aber wie man diese Duftstoffe herstellt, muss er noch lernen. Er möchte sich der Gerüche „bemächtigen" (S. 122). Erneut klingt hier die militärische, despotische Seite von Grenouilles Plan durch, der „größte Parfumeur aller Zeiten" (S. 58) zu werden. Gelingt es ihm, Gerüche zu binden, ist er in der Lage, Parfüme herzustellen, im Vergleich zu denen sogar seine derzeit gefeierten Kreationen wie „Spielereien" (S. 121) erscheinen.

Funktion des 17. Kapitels für den Roman

Dieses Kapitel treibt die Handlung des Romans voran, indem es den Aufstieg von Baldinis Parfümerie zusammenfasst. Baldini gibt Grenouilles Duftkreationen als seine eigenen aus und behandelt seinen Lehrling „wie ein[en] Hund" (S. 116). Anders als im klassischen Bildungsroman findet nur scheinbar eine Annäherung an die Gesellschaft statt. Tatsächlich entpuppt sich Grenouilles Ausbildung in diesem Kapitel als Tarnung. Sein heimlicher Plan ist nicht, sich in die Gesellschaft einzufügen, sondern sich diese gefügig zu machen.

18. Kapitel (S. 122–127): Das Herstellen von Essenzen

Tinkturen, Auszüge und Duftessenzen

Grenouille lernt, wie man Pulver, Seifen, Liköre und allerhand weitere duftende, riechende Gebrauchsgegenstände herstellt. Das Einzige aber, was ihn wirklich interessiert, ist die Herstellung von Tinkturen, Auszügen und Duftessenzen. Besonders die Destillation von Pflanzen zur Herstellung ätherischer Öle hat es ihm angetan.

Geruchswelt ohne Moral, Leben als Ballast

Baldini erzählt am Feuer Geschichten aus seinem Leben. Grenouille aber achtet nur auf die Destillation der Essenz. Nach wie vor lebt er in einer einsamen Parallelwelt, in der Gerüche die einzigen Wertmaßstäbe sind. An einer Pflanze interessiert ihn nur das „riechende Prinzip" (S. 124), ihre Essenz. Das ätherische Öl stellt für ihn die „duftende Seele" (S. 125) dar. Der ganze „blöde Rest" (S. 125), auch „Schönheit" und „Lebendigkeit" (S. 125), erscheinen ihm als überflüssiger „Ballast" (S. 125). Hier zeigt sich das destruktive, todbringende Prinzip von Grenouilles Gabe. Wie der Mord am Mirabellenmädchen gezeigt hat, unterscheidet Grenouille nicht zwischen Pflanzen und Menschen.

Allmachtsfantasie ähnelt Todessehnsucht

Die Überhöhung des Duftes zur seelischen Substanz geht einher mit einer Abwertung des menschlichen Lebens und menschlicher Moral. Grenouilles Wunschfantasie, in der er sich in einen Destillierbottich verwandelt und „alle Welt mit seinen selbsterzeugten Destillaten überschwemmte" (S. 127), die er „in seinem Innern gezogen hatte" (S. 127), offenbart seine Allmachtfantasie. Diese bildhafte Vorstellung, in der er sein Innerstes nach außen kehrt und in der Welt verteilt, ähnelt jener Todesfantasie, bei der er sich mit dem Geruch des Meeres vermischt (vgl. S. 46f.). Es ist die Sehnsucht, nicht länger von der Außenwelt isoliert zu sein, sondern mit ihr eins zu werden. Im klassischen Bildungsroman erfüllt sich diese Sehnsucht durch die Einbindung des Ichs in die Gesellschaft. Da diese Entwicklung bei Grenouille jedoch nur vorgetäuscht ist (vgl. 17. Kapitel), hofft Grenouille, dieses Ziel zu erreichen, indem er die gesamte Welt unter seine Geruchskontrolle bringt. Vorläufig aber wendet sich Grenouille „näherliegende[n] Ziele[n]" (S. 127) zu.

Funktion des 18. Kapitels für den Roman

Das Kapitel knüpft inhaltlich an das vorangegangene Kapitel an, indem es schildert, wie Grenouilles handwerkliche Ausbildung voranschreitet. Zudem erfüllt es eine atmosphärische Funktion. Die Herstellung von duftenden Ge-

genständen und Essenzen wird ausführlich beschrieben. Einmal mehr wird deutlich, dass Grenouille in einer eigenen Welt ohne moralische Werte lebt. Sein gesamtes Streben scheint auf Tod und Herrschaft ausgerichtet. Er tötet die (vorläufig noch pflanzlichen) Objekte seiner Begierde, um deren „duftende Seele" freizulegen und sie so in Besitz zu nehmen.

19. Kapitel (S. 128–130): Grenzen der Destillation

Duftfantasien lassen sich nicht verwirklichen

Grenouille entwickelt sich rasch zu einem „Spezialist auf dem Gebiet des Destillierens" (S. 128). Es gelingt ihm jedoch nicht, die Geruchsstoffe herzustellen, die er benötigt, um die Düfte, die er in seinem Kopf erschaffen hat, auch in Wirklichkeit kreieren zu können. Nach zahlreichen gescheiterten Experimenten muss er feststellen, dass sich mit der Methode des Destillierens lediglich die „ätherische[n] Öle gewisser Pflanzen" (S. 129) gewinnen lassen.

Grenouille resigniert, Erkrankung

Sein Versuch, zumindest im Reich der Gerüche Innen- und Außenwelt in Einklang zu bringen, ist fürs Erste gescheitert. Als Grenouille das erkennt, resigniert er und wird „lebensbedrohlich krank" (S. 130).

Funktion des 19. Kapitels für den Roman

Dieses Kapitel leitet einen Wendepunkt in der Handlung ein. Grenouille stößt bei seiner Ausbildung an handwerkliche Grenzen. Die Methode des Destillierens erweist sich für seine Lebenspläne als ungeeignet. Es gelingt ihm nicht, seine Geruchsfantasien zu verwirklichen. Grenouille stürzt in eine Sinnkrise, die er im weiteren Romanverlauf nur durch eine grundlegende Veränderung seiner Lebensumstände überwinden wird. Das Kapitel bereitet damit bereits den Übergang von den Lehr- zu den Wanderjahren vor.

20. Kapitel (S. 130–137): Erkrankung und Genesung

Grenouille liegt im Sterben

Grenouille erkrankt schwer, und obwohl Baldini alles daransetzt, seinen kostbaren Lehrling zu retten, scheint er verloren. Der Arzt diagnostiziert „eine syphilitische Spielart" (S. 133) von Pocken im Endstadium. Er gibt Grenouille höchstens noch zwei Tage.

Baldini nutzt Grenouille rücksichtslos aus

Die Vorstellung von Grenouilles Tod treibt Baldini in die „Verzweiflung" (S. 134). Das allerdings liegt nur daran, dass er seinen beruflichen Erfolg ohne Grenouille gefährdet sieht. Baldini träumt von einer Manufaktur, von Handel mit dem Ausland und von maßgeschneiderten Parfüme für den Adel und sogar den König. Baldini nutzt Grenouille rücksichtslos aus. Erst als er um dessen „teure[s] Leben" (S. 132) fürchtet, verfrachtet er Grenouille von der Werkstattpritsche in ein richtiges Bett. Noch am Totenbett fragt er Grenouille nach Rezepturen für neue Parfüme. Wie wenig ihm an Grenouille selbst liegt, wird deutlich, wenn Baldini über den Zeitpunkt von Grenouilles Ableben klagt: „Warum nicht in zwei Jahren? Warum nicht in einem? Bis dahin hätte man ihn ausplündern können wie eine Silbermine, wie einen Goldesel. In einem Jahr hätte er getrost sterben dürfen." (S. 134) Diese menschenverachtende Haltung, die nur den eigenen Profit kennt, zeigt sich auch in der Ironie, die darin besteht, dass Baldini den gesunden Grenouille wie einen Aussätzigen behandelt und auf einer Pritsche in der Werkstatt schlafen lässt. Den Aussätzigen aber nimmt er aus Angst um sein Geschäft zu sich in die Wohnung.

Neue Hoffnung lässt Grenouille gesunden

Als sich Baldini schon mit dem Tod Grenouilles abgefunden hat, fragt ihn dieser plötzlich, ob es neben dem Pressen und Destillieren noch andere Verfahren gebe, einen Duft herzustellen. Baldini berichtet ihm von der vor allem im südfranzösischen Grasse praktizierten Methode der „enfleurage" (S. 137). Die Hoffnung, damit mehr erreichen zu können als mit den begrenzten Mitteln der Destillation, lässt Grenouille innerhalb einer Woche genesen. Es scheint, als habe er zuerst sterben wollen und nun beschlossen, gesund zu werden. Das lässt auf eine geradezu übermenschliche Willenskraft schließen. Grenouille erscheint abermals als Ausnahmewesen. Dass es ausgerechnet die

„schwarzen Blattern" (S. 133; vgl. „schwarze[ ] Seele", S. 55, „schwarze Kröte", S. 96, „schwarze Spinne", S. 99) sind, an denen Grenouille erkrankt, und sich Baldini einmal mehr gegen den Kirchgang entscheidet (vgl. S. 134), legt nahe, Grenouille als dunkles, teuflisches Genie zu deuten.

Funktion des 20. Kapitels für den Roman

Der Wendepunkt im Handlungsverlauf, der sich im Übergang vom ersten zum zweiten Romanteil mit Grenouilles Aufbruch nach Grasse vollzieht, wird in diesem Kapitel vorweggenommen. Grenouilles Erkrankung und Genesung spiegeln seine innere Verwandlung körperlich wider. Grenouilles Verzweiflung weicht einer neuen Hoffnung. Innerlich ist er bereits nach Grasse aufgebrochen.

21. Kapitel (S. 137–141): Grenouille verlässt Paris

Grenouille als Antichrist

Der Erzähler bezeichnet Grenouilles Genesung als „Wiederauferstehung" (S. 138). Damit vergleicht er sie mit der Auferstehung Christi. In Verbindung mit dem unheimlichen Charakter und der teuflischen Aura, die ihm zugeschrieben wird, erscheint Grenouille als negative Spiegelfigur zu Jesus: als Antichrist.

Grenouille erhält Gesellenbrief

Nachdem er wieder gesund ist, möchte Grenouille so schnell wie möglich nach Grasse aufbrechen. Baldini aber lässt ihn erst drei Jahre später gehen. In der Zwischenzeit hat er mithilfe Grenouilles seine hochtrabenden Pläne verwirklicht. Er hat eine Manufaktur gegründet, der internationale Handel floriert, er beliefert den königlichen Hof und hat das königliche Privileg erhalten, eine Urkunde, die ihm weitreichende Vorrechte und Freiheiten einräumt. Baldini ist zum „größten Parfumeur Europas" (S. 138f.) und „einem der reichsten Bürger von Paris" (S. 139) aufgestiegen. Erst jetzt händigt Baldini Grenouille den ersehnten Gesellenbrief aus.

Baldinis Bedingungen

Baldini knüpft den Gesellenbrief allerdings an drei Bedingungen. Grenouille darf die Parfüme, die er bei Baldini erschaffen hat, nicht selber herstellen. Er muss Paris verlassen. Und er darf niemandem von diesem Handel erzählen. Baldini lässt Grenouille das „bei sämtlichen Heiligen, bei der armen Seele seiner Mutter und bei seiner eigenen Ehre" (S. 139) schwören.

Grenouilles amoralische Duftwelt

Erneut charakterisiert der Erzähler Grenouille als morallosen Menschen ohne Ehrgefühl, der weder an Heilige noch die Seele seiner Mutter glaubt: „Er hätte alles geschworen." (S. 139) Grenouille lebt in seiner eigenen Welt, in der moralische Wertmaßstäbe keine Bedeutung haben. Auch „Geld" (S. 140) interessiert ihn nicht. Obwohl ihm von außen betrachtet kaum etwas gehört, hat er das Gefühl, Paris schon „seit Jahren" (S. 139) zu besitzen, weil er die Gerüche der Stadt in sich gespeichert hat. Nur auf den Gesellenbrief ist er angewiesen, um seine Ausbildung fortsetzen zu können.

Identitätssuche zwischen Innen- und Außenwelt

Der Konflikt zwischen Grenouilles Innenwelt und der gesellschaftlichen Außenwelt ist ein wesentliches Thema des Romans. Das Spannungsfeld von Innen- und Außenwelt prägt Grenouilles Entwicklung. Auch im klassischen Bildungsroman spielt dieser Konflikt eine zentrale Rolle bei der Identitätssuche des Helden. Bezogen darauf lässt sich der Konflikt als Widerspruch zwischen „personaler Identität" und „sozialer Identität" beschreiben.

Im klassischen Bildungsroman bringt der Held diese beiden Aspekte der menschlichen Identität im Laufe seiner Entwicklung in Einklang. Grenouille jedoch möchte sich „seines Inneren […] entäußern" (S. 140), weil er dieses für „wunderbarer hielt als alles, was die äußre Welt zu bieten hatte" (S. 140). Anders also als der Held im Bildungsroman möchte er sich nicht in die Gesellschaft einfügen, sondern er möchte umgekehrt die Gesellschaft seinen Vorstellungen anpassen. Gelingen kann dies nur, indem er allmächtig über die Außenwelt bestimmt. Als radikaler, größenwahnsinniger „Künstler" möchte er die ganze Welt zu einem Werk „seiner Kunst" (S. 140) machen.

Grenouilles einseitige Identitässuche

Ziel der Identitätssuche im Bildungsroman: Einklang zwischen Innen- und Außenwelt, personaler und sozialer Identität	⟷	Ziel der Identitätssuche bei Grenouille: „Entäußerung" der Innenwelt, Allmacht: Innenwelt dominiert Außenwelt

Grenouilles Abschied von Baldini

An einem Morgen im Mai 1756, Grenouille ist mittlerweile 17 Jahre alt, verlässt er Paris. Baldini stattet ihn mit einem „kleinen Rucksack" (S. 140), ein paar Habseligkeiten und 25 Franc aus. Dass Baldini sich selbst dafür noch preist, erscheint angesichts des märchenhaften Reichtums, den er Grenouille verdankt, wie blanker Hohn. Entsprechend ironisch gestaltet der Erzähler die Schilderung des Abschieds. In erlebter Rede lässt er Baldini von seiner „Gutmütigkeit" (S. 140) und der tiefen „Sympathie" (S. 140) fabulieren, die er gegenüber Grenouille empfinde. Anschließend offenbart er Baldinis Heuchelei im Erzählerbericht: „Die Hand gab er ihm nicht, so weit war es mit der Sympathie auch wieder nicht her." (S. 140) Vielmehr löst Grenouille bei Baldini einen „fromme[n] Ekel" (S. 140) aus. Diese Formulierung lässt Grenouille abermals unmoralisch, teuflisch erscheinen.

Funktion des 21. Kapitels für den Roman

In zeitraffender Darstellung überbrückt dieses Kapitel die drei Jahre zwischen dem Zeitpunkt, zu dem Grenouille beschlossen hat, Paris zu verlassen, und dem Zeitpunkt, zu dem er diesen Entschluss in die Tat umsetzen kann. Thematisch bedeutsam ist besonders Grenouilles Sehnsucht, sich „seines Innern" zu „entäußern" (S. 140). Grenouille erscheint dadurch als wahnsinniges Künstlergenie und Despot, der die Welt unterwerfen und in sein persönliches Kunstwerk verwandeln möchte.

22. Kapitel (S. 141 – 145): Baldinis Tod

Baldini täuscht sich selbst

Nachdem Grenouille „gebückt" wie ein „alter Mann" mit einem „Buckel" (S. 141) weggehumpelt ist, lässt Baldini für einen kurzen Moment seinen wahren Gefühlen gegenüber dieser hässlichen, abstoßenden Kreatur freien Lauf. Er ist „erleichtert" (S. 141). Erst jetzt kann er zugeben, dass er „den Kerl nie gemocht" (S. 141) hat. Dieses Eingeständnis ist jedoch untypisch für Baldini. Selbsttäuschung und Selbstbetrug kennzeichnen seinen Charakter. Die ganze Zeit über, in der Grenouille bei ihm war, hatte er das ungute Gefühl, „etwas Verbotenes" (S. 141) zu tun. Weil er Grenouille ausgenutzt hat, befällt ihn ein „schlechtes Gewissen" (S. 141). Er fürchtet, irgendwann den Preis für den Betrug zahlen zu müssen. Zugleich versucht er sich einzureden, dass er nichts Verwerfliches getan und den Erfolg verdient habe. Er ahnt, sich mit dem „unheimliche[n] Gast" (S. 143) auf den Teufel „eingelassen" (S. 141) zu haben, will sich aber weismachen, Gott hätte diesen zu ihm gesandt, um Pélissier zu bestrafen.

Innerer Monolog entlarvt Baldini als Blender

Geschildert wird das im inneren Monolog Baldinis (vgl. S. 141 f.). Auf ähnliche Weise hat sich Baldini einst einzureden versucht, dass Pélissier in Wirklichkeit ein Blender sei (vgl. S. 70 f.). Tatsächlich aber erweist sich nun Baldini als ein solcher. Er verkauft die Kreationen Grenouilles als seine eigenen und redet sich selbst gegenüber diesen Betrug schön.

Baldinis Gier verdrängt Glaube

Offenbar aber kann er sich selbst nicht wirklich überzeugen. Denn als Grenouille weggeht, ist es, als falle ein Stein von seinem Herzen. Er nimmt sich vor, in die Kirche zu gehen, um Gott dafür zu danken, dass er „ihn mit so viel Glück überhäuft und vor Rache verschont hatte" (S. 143). Unmittelbar bevor Grenouille ihm das erste Mal begegnet, hat Baldini etwas ganz Ähnliches vor (vgl. S. 86). Dann aber klopft Grenouille an seine Tür und er vergisst das Nachtgebet (S. 112). Nachdem Grenouille gegangen ist, scheint Baldini zu seinem Glauben zurückzufinden. Aber das Gerücht vom Kriegsausbruch lässt Baldini um seine Geschäfte fürchten. Anstatt in die Kirche geht er in die Manufaktur. Anstatt „ein Goldstück" (S. 143) zu spenden, versucht er, einen Verlust zu vermeiden (vgl. S. 144). Geschäftssinn und Gier verdrängen Dankbarkeit und Gottesglaube. Vielleicht hätte Baldini, wenn er sich anders entschieden hätte, seinem weiteren Schicksal entgehen können.

Baldini wird von der Seine verschluckt

So aber bricht die Brücke, auf der sein Geschäft und sein Wohnhaus stehen, in der Nacht nach Grenouilles Aufbruch zusammen. Die Parfümerie und das Wohngebäude stürzen in die Seine und reißen Baldini und dessen Frau mit sich in den Tod. Ihre Leichen, das Formelbuch, in dem Baldini die Parfümrezepte Grenouilles aufbewahrt hat, und der Geldschrank bleiben spurlos verschwunden. Auch Baldinis Geselle Chénier, der auf ein reiches Erbe gehofft hat, steht jetzt mit leeren Händen da.

Der Umstand, dass sich Baldini, seine Parfümerie und Grenouilles Formeln über Nacht gleichsam in Nichts auflösen, verleiht Baldinis Tod einen unheimlichen, übernatürlichen Charakter. Wie Grimal (vgl. S. 113f.) und Madame Gaillard (vgl. S. 38ff.) muss auch Baldini den Preis für seinen Teufelspakt mit Grenouille bezahlen.

Funktion des 22. Kapitels für den Roman

Das Kapitel beschließt Grenouilles Lehrjahre und zugleich den ersten Teil des Romans. Nach Grenouilles Aufbruch verschwindet der Parfümeur Baldini aus Grenouilles Leben und überhaupt aus der Welt. Die Lehrzeit liegt unwiederbringlich hinter Grenouille. Gliedert man Süskinds Roman analog zum klassischen Drama in fünf Akte, markiert das Ende dieses Kapitels den Übergang von der „Steigerung" (2. „Akt") zum „Höhe- bzw. Wendepunkt" (3. „Akt").

Zweiter Teil (S. 147–208)

Wander- bzw. Wandlungsjahre

Der zweite Teil des Romans (S. 147–208) ist in einer Berghöhle auf dem Plomb du Cantal (S. 147–176) sowie in Montpellier (S. 176–208) angesiedelt. Zeitlich erstreckt er sich vom Mai 1756, in dem der 17-jährige Grenouille Paris verlässt, bis Anfang März 1764, als sich der 25-Jährige auf den Weg nach Grasse macht. Legt man den Aufbau eines Bildungsromans zugrunde, behandelt der zweite Teil die Wander- bzw. Wandlungsjahre Grenouilles. Nachdem sich Grenouille im Bergstollen in sich selbst zurückgezogen hat, verwandelt er sich in Montpellier scheinbar in ein vollwertiges Mitglied der Gesellschaft. Dazwischen liegt ein Schlüsselmoment der Handlung: Grenouille realisiert, dass er keinen Eigengeruch besitzt, und verlässt die Höhle (S. 170 ff.).

23. Kapitel (S. 147–152): Grenouille entfernt sich von den Menschen

Grenouille atmet auf

Je mehr sich Grenouille von Paris entfernt, um so „reiner“ (S. 147) erscheint ihm die Luft. Wie von einer Last befreit, atmet er auf. Er geht beschwingter, nimmt eine geradere Körperhaltung ein. Von Weitem wirkt er „wie ein ganz normaler Mensch“ (S. 148).

Grenouille als Menschenfeind

Grenouille begreift, dass das, was ihn sein Leben lang bedrückt und geängstigt hat, die Menschen waren. Von Geburt an hatte er instinktiv das Gefühl, sich vor ihnen „wegkrümmen“ (S. 149) zu müssen. Tatsächlich hat er nur negative Erfahrungen gemacht. Möglicherweise auch deshalb ist er unfähig, sich auf andere einzulassen. Stattdessen will er diese manipulieren und beherrschen. Sinnbildlich äußert sich das darin, dass er lieber aus- als einatmet (vgl. S. 148) und sein Leben mit einem „mörderischen Schrei“ (S. 148) begonnen hat. Grenouille erweist sich als Menschenfeind.

Ekel und Angst

Grenouille ekelt sich vor dem Geruch der Menschen und geht ihnen aus dem Weg. Der Erzähler deutet dies als „konstitutionelle Beschränkung" (S. 148), das heißt als Teil von Grenouilles Natur. Weil seine „Seele" (S. 151) dunkel und leblos sei, fühle er sich auch nur dann einigermaßen behaglich, wenn die Welt um ihn herum ebenso sei: menschenleer, „wie in Blei gegossen[ ]" (S. 151). Dies lässt sich jedoch nicht nur mit dem teuflischen Wesen Grenouilles erklären, sondern auch mit seinen schlechten Erfahrungen. Anders nämlich als der Teufel, der die Menschen heimsucht, weicht Grenouille „[ä]ngstlich" (S. 149) vor ihnen zurück.

Rückzug statt „Entäußerung": Identitätssuche wechselt die Richtung

Anders als geplant geht Grenouille nicht auf direktem Wege nach Grasse. Stattdessen meidet er die Städte, später auch die Dörfer. Schließlich wandert er nur noch nachts. Sein Plan, nach Grasse zu gehen, löst sich immer mehr auf: „Grenouille wollte nicht mehr irgendwohin, sondern nur noch weg, weg von den Menschen." (S. 150) Damit verkehrt sich sein Vorhaben ins Gegenteil. Anstatt sich zu „entäußern" (S. 140), zieht er sich in sich selbst zurück. Es geht ihm nicht länger darum, in der Gesellschaft seine Spuren zu hinterlassen, vielmehr will er sich vollständig aus der Gesellschaft zurückziehen. Seine Identitätssuche wechselt die Richtung. War sie bei seinem Aufbruch aus Paris noch nach außen gerichtet, führt sie jetzt nach innen. Die Reise mit dem Ziel Grasse verwandelt sich in eine ziellose Flucht vor den Menschen, hin zum „Magnetpol der größtmöglichen Einsamkeit" (S. 152).

Tierähnliches Verhalten

Das befreiende Gefühl, das Grenouille empfindet, als er Paris verlässt, führt anfangs dazu, dass er aufrecht geht und „beinahe wie ein gewöhnlicher Handwerksbursche" (S. 148) aussieht. Je mehr er sich jedoch von der menschlichen Gesellschaft entfernt, desto mehr kehrt sich auch das ins Gegenteil um. Er wandert nachts, orientiert sich nur an seinem Geruchssinn. Tagsüber verkriecht er sich ins Unterholz und schläft dort zusammengerollt „wie ein Tier" (S. 150). Der „Zeck" Grenouille verkapselt sich wieder in sich selbst (vgl. S. 29, S. 90).

Funktion des 23. Kapitels für den Roman

Das Kapitel beschreibt einen weiteren Wendepunkt auf Grenouilles Lebensweg. Grenouille genießt die Abwesenheit der Menschen so sehr, dass er seinen Plan, die Welt zu erobern und der „größte Parfumeur aller Zeiten" (S. 58) zu werden, aufgibt. Stattdessen geht er den Menschen aus dem Weg, zieht sich in sich selbst zurück und legt jedes normale menschliche Verhalten ab. Statt nach Grasse zu gehen, steuert er auf den einsamsten Ort in Frankreich zu. Grenouilles Identitätssuche wechselt die Richtung: Sie ist nicht mehr nach außen, sondern nach innen gerichtet.

24. Kapitel (S. 152–155): Ankunft auf dem Plomb du Cantal

Menschenfern und gottverlassen

In einer „Augustnacht des Jahres 1756" (S. 153), Grenouille ist mittlerweile 18 Jahre alt, erreicht er den „menschenfernste[n] Punkt" (S. 152) Frankreichs. Dieser befindet sich südlich von Clermont im Zentralmassiv der Auvergne auf dem Gipfel des Plomb du Cantal, eines zweitausend Meter hohen Vulkans. Die Gegend ist „bleigrau[ ]", „trostlos[ ]" und „gottverlassen[ ]" (S. 152). Es gibt kaum Spuren von Leben, auch im weiteren Umkreis existieren nur „Fledermäuse", „Käfer" und „Nattern" (S. 153). Grenouille kann sein „Glück" (S. 154) zunächst kaum fassen und zweifelt sogar an seinem Geruchssinn. Skeptisch sieht und horcht er in die Landschaft hinein. Weit und breit aber gibt es kein Anzeichen menschlichen Lebens.

„Berg der Einsamkeit"

Dass sich Grenouille in dieser toten Landschaft wohlfühlt, lässt sich als Todessehnsucht deuten. Die Gottlosigkeit der Gegend rückt ihn abermals in die Nähe des Teufels. Möglicherweise verbirgt sich hinter Grenouilles Ankunft auf dem „Berg der Einsamkeit" (S. 154f.) auch eine Anspielung auf den in der Wüste gelegenen „Berg der Versuchung", auf dem Jesus nach biblischer Überlieferung den Versuchungen des Teufels ausgesetzt war. Deutet man Grenouille als den Antichristen, stellt die Einsamkeit für Grenouille eine solche Versuchung dar, die ihn – vorübergehend – von seiner Bestimmung abkommen lässt.

Grenouille (er-) findet sich selbst

Als Grenouille realisiert, dass er „tatsächlich vollständig allein" (S. 154) ist, bricht er in einen „ungeheure[n] Jubel" (S. 154) aus. Im euphorischen Gefühl, „der einzige Mensch auf der Welt" (S. 154) zu sein, tanzt er wie das Rumpelstilzchen aus dem grimmschen Märchen im Kreis und brüllt seinen Namen (vgl. S. 155). Damit verleiht er sich selbst eine von der Außenwelt völlig unabhängige personale Identität. Die Quelle dieser Identität ist seine eigene Innenwelt, sein Denken, seine Fantasie. Er erfindet sich gewissermaßen selbst. Die Voraussetzung dafür ist, dass er sich von der Außenwelt löst. Dadurch ist er zwar in sich selbst „gefangen" (S. 153), empfindet das aber als „Freiheit" (S. 150). Auf der Suche nach sich selbst glaubt er sich nun endlich „am Ziel" (S. 153) angelangt. Er genügt sich selbst und sieht sich in seinem Wahn (vgl. S. 155) selbst als einzige Bestimmung seines Lebens.

Funktion des 24. Kapitels für den Roman

In diesem Kapitel erreicht Grenouille den „Berg der Einsamkeit" (S. 154 f.). Im Spannungsfeld zwischen „Ich" und Außenwelt erreicht der Roman den Punkt des größtmöglichen Rückzuges. Grenouille löst sich von der Gesellschaft und seinen Plänen, „der größte Parfumeur aller Zeiten" (S. 58) zu werden. Stattdessen zieht er sich ganz in sich selbst zurück. Mit diesem radikalen Identitätskonzept kommt die äußere Handlung des Romans weitgehend zum Erliegen. Grenouille glaubt, endlich zu sich selbst gefunden zu haben.

25. Kapitel (S. 155–158): Glücklich in der Gruft

Grenouille kriecht in den Stollen

In den Tagen nach seiner Ankunft auf dem Plomb du Cantal erkundet Grenouille den Gipfel. Er wittert ein Rinnsal, an dem er seinen Durst stillen kann, findet Nahrung und einen Stollen, der ihm als Schlafplatz dient. Da dort vor ihm noch kein lebendes Wesen war, wird er von keinen Gerüchen abgelenkt und kann sich seinen Duftfantasien hingeben.

Unmenschliches Glück

An diesem kargen, finsteren Ort, der am ehesten einem „Grab" (S. 156) oder einer „Gruft" ähnelt (S. 157), muss Grenouille „weinen" vor „Glück" (S. 156). Dieses Glücksempfinden widerspricht ebenso wie sein Verhalten der menschlichen Natur. Wenn Menschen die Einsamkeit wählen, dann, so führt der Erzähler aus, um sich zu bestrafen, zu prüfen, oder in der Hoffnung auf ein göttliches Zeichen. Für Grenouille dagegen ist die totale Einsamkeit ein „Vergnügen" (S. 158). Er genießt es, allein zu sein. Wenn er die Höhle betritt, kriecht er, symbolisch betrachtet, in sich selbst hinein. Mit der Außenwelt verbinden ihn nur noch die lebensnotwendigen Bedürfnisse, die er notdürftig stillt. Wie ein Tier leckt er Wasser vom Fels (vgl. S. 155) und frisst alles, was ihm „in die Quere" (S. 156) kommt. „Genuß" (S. 156) spielt dabei keinerlei Rolle.

Todesmetaphorik

Den Konflikt zwischen Innen- und Außenwelt glaubt er überwunden zu haben, indem er die Außenwelt auf ein Minimum reduziert. Dieser Rückzug nach Innen ist ein Gegenmodell zur Vorstellung des „Entäußerns", die in Grenouilles Meeresfantasie zum Ausdruck kommt. Im einen Fall explodiert das Ich gewissermaßen, im anderen Fall implodiert es. In beiden Fällen aber nähert sich Grenouille dem Tod an. Das Kapitel ist geprägt von einer umfangreichen Todesmetaphorik. Am Ende des Stollens herrscht „stockfinstere Nacht", „kein lebendes Wesen" war jemals dort (S. 156). Grenouille fühlt sich „tief unter der Erde wie in seinem eigenen Grab" (S. 156). „Wie seine eigene Leiche" (S. 158) liegt er in der „Gruft" (S. 157).

Grenouille lebt den Tod

Diesen Zustand empfindet Grenouille nicht als beklemmend, sondern er genießt ihn. Von Gott will er nichts wissen, aber den Ort des Todes empfindet er als eine „heilige[ ]" (S. 156) Stätte. Der tote Stein wird für ihn zum „Altar" (S. 156). In seinem Grab fühlt er sich „sicher", geborgen, „himmlisch wohl". Dies alles lässt ihn wie einen Untoten erscheinen. In einer Art meditativen Starre lebt Grenouille den Tod, indem er sich ganz seiner Innenwelt hingibt. Der Tod erfasst nämlich nur die Außenwelt. In seinem Innern lebt Grenouille „so intensiv und ausschweifend, wie nie ein Lebemann draußen in der Welt gelebt hat" (S. 158).

Kirchenmetaphorik

Grenouilles meditative Starre

Außenwelt	Innenwelt
• Todesmetaphorik (Nacht, Grab, Gruft, Leiche) • kein Genuss, Starre	• Kirchenmetaphorik (heilige Scheu, Altar, himmlisch) • Glück, Ausschweifungen

Grenouille erschafft sich eine verkehrte Welt, indem er das Leben gewissermaßen auf links dreht. Die Außenwelt kommt weitgehend zum Stillstand, dafür zelebriert Grenouille ein ausschweifendes Innenleben. Der im vorigen Kapitel beschriebene Rückzug aus der menschlichen Gesellschaft setzt sich in diesem Kapitel mit dem Rückzug ins eigene Ich fort.

Funktion des 25. Kapitels für den Roman

26. Kapitel (S. 158–163): „Der Große Grenouille"

Dieses Kapitel gibt Grenouilles ausschweifendes (vgl. S. 158) Innenleben über weite Strecken in erlebter Rede wieder. In seinen Duftfantasien erinnert sich Grenouille an die unangenehmen Gerüche und den Gestank aus seiner Vergangenheit (vgl. S. 158f.). Wie ein strafender Gott vernichtet er diese Duftwelt, um sich eine neue Welt, ein eigenes „Imperium" (S. 158) zu erschaffen. Nach und nach kreiert er in seiner Vorstellung „sein Reich" (S. 161) der Düfte, über das er als allmächtiger Herrscher regiert.

Allmächtiger Herrscher und Duftgott

„Der Große Grenouille" als „großer Diktator"

In seiner Fantasie überhöht sich Grenouille zum „Große[n] Grenouille" (S. 161 ff.), einem „herrlichen, einzigartigen" (S. 161) Herrscher. „[S]tolz und hoheitsvoll", aber auch willkürlich und tyrannisch gebietet er über „Reich" (S. 161) und „Duftvolk" (S. 163). Diese Wortwahl erinnert an die Parole der Nationalsozialisten: „Ein Volk, ein Reich, ein Führer." Ähnlich wie beim Wunsch „der größte Parfumeur aller Zeiten" (S. 58) zu werden, rückt die Formulierung Grenouille in die Nähe Adolf Hitlers. Dass Grenouille sich als „Große[r] Grenouille" tituliert, ruft Assoziationen an Charlie Chaplins satirischen Spielfilm „Der große Diktator" (1940) wach, in dem Chaplin Adolf Hitler karikiert.

Ironische Darstellung

Auch der „Große Grenouille" wirkt wie eine Witzfigur. Seine pathetischen Fantasien (vgl. u. a. S. 161 f.) stehen im ironischen Widerspruch zur Substanzlosigkeit seines Duftreiches. Auch die Passagen, in denen der Erzählerbericht die erlebte Rede durchbricht, offenbaren einen Kontrast zwischen der äußeren Wirklichkeit und Grenouilles Wunschvorstellungen. Der „kleine Mensch" (S. 159) fantasiert sich zum „Großen Grenouille". In die hinterste Ecke eines Stollens eingezwängt (vgl. S. 159) stellt er sich vor, wie er „mit mächtigen Schritten" (S. 161) sein Reich durchschreitet. Der Einschub „– fast schade, daß ihn keiner sah! –" (S. 161) entlarvt seine Vorstellung als Allmachtfantasie eines von Minderwertigkeitsgefühlen geplagten, sich nach Anerkennung sehnenden Außenseiters.

Anspielungen auf den biblischen Gott und den Schöpfungsakt

Entsprechend nimmt Grenouille in Gedanken zunächst „Rache" (S. 159) an all denjenigen, die ihn von sich gestoßen und ausgenutzt haben: an Madame Gaillard, Pater Terrier, der Amme Bussie, seiner Mutter und am Gerber Grimal (vgl. S. 158 f.). Sein „angestauter Haß" (S. 159) entlädt sich in einer Zerstörungswut, die er mit biblischen Anspielungen beschreibt. So gehört „Hagel" (S. 159) zu den Zehn Plagen im Alten Testament. Ebenso sind die „Sintflut" (S. 159) und der „gerecht[e] […] Zorn" (S. 159)

deutliche Hinweise auf den biblischen Gott, mit dem sich Grenouille hier vergleicht.
In seiner Vorstellung tritt Grenouille erst als strafender Gott (vgl. S. 158 f.) und dann als Schöpfergott (vgl. S. 160 ff.) in Erscheinung. Die Erschaffung seiner Duftwelt verweist mit teilweise wörtlichen Zitaten („es geschah", S. 162, „sah, daß es gut war", S. 161 f.) auf den biblischen Schöpfungsbericht im Buch Genesis. Ein Vergleich, der anmaßend wirkt. Gezielte ironische Abweichungen vom biblischen Text lassen Grenouilles Fantasien zudem banal erscheinen. So genügt es Grenouille nicht, „daß es gut war", nein, er muss noch hinzufügen „sehr, sehr gut" (S. 162). Anstatt wie Gott am siebten Tag zu ruhen, beginnt sich Grenouille „zu langweilen" (S. 162). Die göttliche Schöpfung verkommt bei ihm zum Zeitvertreib eines selbstverliebten Egomanen. Dadurch aber wird nicht etwa der biblische Text ins Lächerliche gezogen, vielmehr erscheint Grenouille in seinem Größenwahn lachhaft.

Funktion des 26. Kapitels für den Roman

Grenouilles innerer Aufstieg erreicht in diesem Kapitel seinen Höhepunkt. Er fantasiert sich zum allmächtigen Anführer und vergleicht sich mit Gott. Sein innerer Aufstieg zum gottgleichen Herrscher basiert jedoch auf dem völligen Rückzug aus der Gesellschaft. Dieser soziale Aus- bzw. Abstieg wird durch den im vorigen Kapitel geschilderten räumlichen Abstieg in ein „Grab" „fünfzig Meter tief unter der Erde" (S. 156) versinnbildlicht. Erst Grenouilles vollständige Abkehr von der menschlichen Gesellschaft ermöglicht seinen inneren Aufstieg in diesem Kapitel.

Gegensatz zwischen innerer und äußerer Entwicklung

innere (fantasierte) Entwicklung	→	Aufstieg zum „Große[n] Grenouille" (S. 161)
		↕
äußere Entwicklung	→	Abstieg zum Höhlenwesen, sozialer Rückzug

27. Kapitel (S. 163–168): „Grenouille ganz privat"

Rückzug im Rückzug

Die in diesem Kapitel geschilderten Fantasien Grenouilles knüpfen an diejenigen aus dem vorangegangenen Kapitel an. Der soziale Rückzug Grenouilles wird dadurch gesteigert, dass Grenouille auf den Rückzug aus der Außenwelt nun einen Rückzug in der Innenwelt folgen lässt. Selbst in seinen Fantasien werden ihm die sozialen „Repräsentationsverpflichtungen" (S. 163) lästig und er sehnt sich nach „häuslichen Freuden" (S. 163). Und in seinem als „Schloß" (S. 163) imaginierten Zuhause ist er am liebsten „allein" (S. 165).

Ironische Metaphorik

Obwohl Grenouilles Fantasiewelt nur aus Gerüchen besteht, orientiert sie sich an der klischeehaft biederen Vorstellung vom „süßen" Leben eines Adligen. Metaphorisch gestaltet er sein inneres Duftzuhause als „purpurnes Schloß" (S. 163), das über einen gut ausgestatteten Keller (vgl. S. 163f.) verfügt. Seine Dufterinnerungen setzt er mit „kostbaren Flaschen" (S. 164f.) und Büchern (vgl. S. 165f.) gleich. Durch diese oft kitschige Metaphorik wird Grenouilles Fantasie ironisch gebrochen. Sie wirkt abwegig und lächerlich.

Kontrast zwischen göttlicher Innen- und animalischer Außenwelt

Verschärft wird dieser Eindruck durch den extremen Kontrast zwischen Innen- und Außenwelt, der Grenouilles innere Welt als haltlose Fantasterei entlarvt. Während sich Grenouille in seiner Fantasie „herkuleischen Taten und Exzesse[n]" (S. 167) hingibt, fristet er in Wirklichkeit „im Steinverlies am Ende des Tunnels" (S. 167) ein kümmerliches Dasein. Wenn er aufwacht, ist ihm „speiübel vor Hunger und Durst" (S. 167). Seine äußere Erscheinung steht im scharfen Kontrast zu seinen Allmachtfantasien. „Auf allen vieren" (S. 167) kriecht er nach draußen, wie ein Tier leckt er Wasser vom Felsen, frisst und verrichtet seine Notdurft (vgl. S. 168). Dem erhabenen „Großen Grenouille" steht in der Außenwelt ein „kleines weichfleischiges Tier" (S. 168) entgegen. Zwischen diesen beiden Extremen pendelt Grenouilles Dasein auf dem Plomb du Cantal. Solange er sich in sich selbst zurückziehen kann, ist er ein Gott und Herrscher, aber wenn körperliche Bedürfnisse ihn in die Außenwelt zurückzwingen, schrumpft er zur tiergleichen Kreatur.

Funktion des 27. Kapitels für den Roman

Dieses Kapitel erfüllt innerhalb des Romans vor allem eine illustrierende Funktion. Es beschreibt den inneren und äußeren Alltag Grenouilles während seines Aufenthalts auf dem Plomb du Cantal. Dabei treibt es die ironische Darstellung der vorangegangenen Kapitel auf die Spitze.

28. Kapitel (S. 169–170): Siebenjähriger Aufenthalt

Siebenjähriger Krieg

Mehr als sieben Jahre verbringt Grenouille in der Höhle: von August 1756 (vgl. S. 153) bis Februar 1764 (vgl. S. 172). Grenouille ist mittlerweile 25 Jahre alt (vgl. S. 179). Von der Außenwelt, die in dieser Zeit vom Siebenjährigen Krieg in Europa (1756–1763) erschüttert wird, nimmt er kaum etwas wahr. Lediglich das Wetter dringt zu ihm durch. Die kalten Winter überlebt er nur mit Glück. Er ernährt sich von Flechten und „steifgefrorenen Fledermäusen" (S. 169). In seiner Fantasie aber „mangelte ihm an nichts" (S. 169 f.). Er wäre bis zum Tod geblieben, hätte nicht eine „Katastrophe" (S. 170) alles verändert.

Funktion des 28. Kapitels für den Roman

Das Kapitel fasst den siebenjährigen Aufenthalt Grenouilles in einer extrem zeitraffenden Darstellung auf kaum mehr als einer Seite zusammen. Grenouille entwickelt sich in dieser Zeit offenbar nicht weiter. In seiner Fantasiewelt wiederholt er die immer gleichen Abläufe. Von der äußeren Welt bekommt er nichts mit. Der Widerspruch zwischen Innen- und Außenwelt wird dadurch betont, dass draußen ein „Weltkrieg" (S. 169) tobt, ein epochales Ereignis, das an Grenouille völlig vorbeigeht. Grenouille ist nicht länger Teil der menschlichen Gesellschaft. Das Kapitel überbrückt den Stillstand in Grenouilles Entwicklung und leitet mit dem Hinweis auf eine alles verändernde „Katastrophe" (S. 170) zum nächsten Wendepunkt über.

29. Kapitel (S. 170–176): Kein Eigengeruch

Grenouille kann sich selbst nicht riechen

Bei der im vorigen Kapitel angekündigten Katastrophe handelt es sich um kein äußeres, sondern um ein inneres Ereignis. Im Traum verdichtet sich Grenouilles Eigengeruch zu einem „Nebel" (S. 170f.). Grenouille atmet diesen Nebel ein und droht an sich selbst zu ersticken, kann sich aber dennoch nicht riechen.

Zentraler Wendepunkt innerhalb des Romans

Grenouille erwacht mit einem „Schrei" (S. 171), der an den Schrei bei seiner Geburt erinnert (vgl. S. 9). Tatsächlich wird Grenouille – ähnlich wie nach seiner schweren Krankheit in Paris (vgl. S. 136f.) – gleichsam neu geboren. Grenouille will „sein Leben ändern" (S. 171). Die Erkenntnis, keinen Eigengeruch zu besitzen, stellt einen zentralen Wendepunkt im Roman dar.

Grenouille wendet sich wieder der Außenwelt zu

Der Rückzug ins eigene Innere erweist sich als Sackgasse. Am Ende hat Grenouille das Gefühl, an sich selbst zu ertrinken (vgl. S. 171). Panisch flieht er nach draußen: „Es war doch gut, daß diese äußere Welt noch bestand, und sei's nur als ein Fluchtpunkt." (S. 172)

Bevor er sich dazu entschließt, seine Höhle zu verlassen, überprüft er, ob er tatsächlich keinen Eigengeruch besitzt. Vielleicht, glaubt er, könne er sich nur deshalb nicht riechen, weil er zu sehr an seinen Geruch gewöhnt sei. Aber auch nachdem er sich ausgezogen und gelüftet hat (vgl. S. 173), kann er in seinen Kleidern keinen Eigengeruch entdecken. Und auch der Bergstollen riecht noch immer so wie vor sieben Jahren. Sein Aufenthalt hat keine Geruchsspuren hinterlassen.

Aufbruch vom Plomb du Cantal

Mittlerweile wieder „ganz ruhig" (S. 176) ist sich Grenouille sicher, keinen Eigengeruch zu haben. Noch in derselben Nacht verlässt er den Plomb du Cantal „in südlicher Richtung" (S. 176). Nach einer Unterbrechung von sieben Jahren setzt er die Reise nach Grasse fort.

Nebel symbolisiert Identitätskrise

Grenouille hat sich auf der Suche nach sich selbst so weit wie nur möglich von der Außenwelt entfernt. Nun aber ist er bei dieser nach innen gerichteten Suche an eine Grenze gestoßen: Er droht in sich selbst zu ertrinken. Gleichzeitig muss er feststellen, dass seine Suche gescheitert ist: Er kann sich nicht riechen und daher auch nicht zu sich finden. Er selbst ist in der von ihm erschaffenen Geruchswelt nicht präsent. Der „Nebel" (S. 170f.) symbolisiert Grenouilles nicht greifbare, geisterhafte Persönlichkeit, seine fehlende Identität.

Identitätssuche wechselt erneut die Richtung

Da die nach innen gerichtete Identitätssuche gescheitert ist, wechselt Grenouille nun abermals die Richtung seiner Suche. Damit macht er den im 23. Kapitel beschriebenen Richtungswechsel rückgängig und kehrt zu seinem Vorhaben zurück, sich zu „entäußern" (S. 140). Diese Umkehr deutet sich bereits an, als Grenouille nach seinem Albtraum in die „äußere Welt" (S. 172) flieht. Das, was der Erzähler in Bezug auf Grenouilles Ängste formuliert (vgl. S. 175), steht stellvertretend für seine Identitätssuche: Grenouille konnte der Außenwelt nicht länger „entfliehen, sondern er mußte ihr entgegengehen" (S. 175). Also bricht er in Richtung Grasse auf.

Funktion des 29. Kapitels für den Roman

Gliedert man den Roman wie ein klassisches Drama in fünf Akte, markiert dieses Kapitel den Höhe- und Wendepunkt. Die Erkenntnis, keinen Eigengeruch zu besitzen, beendet Grenouilles nach innen gerichtete Identitäts- und Sinnsuche. Stattdessen wendet er sich wieder der Außenwelt zu. Durch den gescheiterten Rückzug ins Innere ist ihm klar geworden, dass er nicht unabhängig von der Außenwelt und der menschlichen Gesellschaft existieren kann. Insofern hat er während seines siebenjährigen Aufenthaltes eine grundlegende Metamorphose vollzogen. Sinnbildlich gesprochen hat er sich in einen Kokon eingewickelt, verpuppt und ist jetzt geschlüpft. Der äußere Stillstand ist mit einem inneren Wandel einhergegangen. Im Sinne eines Bildungsromans kann daher zwar nicht von Wander- wohl aber von Wandlungsjahren die Rede sein. Die äußere

Handlung, die nach Grenouilles Ankunft auf dem Berg nahezu zum Erliegen gekommen ist, nimmt nun mehr denn je Fahrt auf.

30. Kapitel (S. 176–186): Vorführung durch den Marquis

Verwandlung vom Höhlenwesen ...

Die ersten Menschen, denen Grenouille begegnet, nachdem er seine Höhle verlassen hat, rennen „schreiend davon" (S. 176), so verwahrlost sieht er aus. Es scheint, als sei er „gar kein richtiger Mensch, sondern [...] eine Art Waldwesen" (S. 177). Grenouille kann jedoch einen Gesellenbrief aufweisen und erzählt, er sei sieben Jahre von Räubern in einer Höhle gefangen gehalten worden.

... zum Menschen

Als der Marquis de la Taillade-Espinasse davon erfährt, nimmt er Grenouille mit zu sich nach Montpellier und präsentiert ihn dort der versammelten Gelehrtengesellschaft (vgl. S. 180f.). Grenouille dient ihm als lebender Beweis für seine absurde Theorie, nach der die Erde ein krankmachendes Verwesungsgas verströme, das „fluidum letale" (S. 179). Der Marquis kündigt an, Grenouille „innerhalb von acht Tagen" (S. 182) mithilfe seiner Vitaltherapie zu heilen. Dazu sperrt er Grenouille in einen „Verschlag" (S. 183), in dem ihm Höhenluft zugeführt wird. Er verabreicht ihm „erdferne[ ]" (S. 183) Nahrung, lässt ihn waschen, schminken und neu einkleiden. Am Ende sieht Grenouille aus „wie Tausende von anderen Menschen auch" (S. 185).

Selbstverliebter Pseudowissenschaftler

Der Marquis gibt sich den Anschein, ein aufgeklärter Wissenschaftler zu sein. Tatsächlich aber erweist er sich als stümperhafter Scharlatan. Ähnlich wie Baldini macht er nicht nur den anderen, sondern auch sich selbst etwas vor. Seine pseudowissenschaftlichen Theorien sind absurd, seine Thesen stehen im ironischen Kontrast zur Wirklichkeit. So behauptet er, Grenouille habe in seiner Gefangenschaft nur überleben können, da man ihm von außen „erdferne[ ]

Pflanzen" (S. 179) zugeführt habe. Tatsächlich aber ernährte er sich zu einem großen Teil von Moos und Flechten. Fälschlicherweise führt der Marquis auch Grenouilles Narben und seinen Klumpfuß auf das „fluidum letale" zurück (vgl. S. 181). Die Ironie entsteht hier durch den Wissensvorsprung der Leserin und des Lesers. Aus Lesersicht macht sich der Marquis mit seinen falschen Argumenten lächerlich. Ähnlich wie Baldini erhält er Züge einer Witzfigur bzw. Karikatur.
Und wie Baldini spielt auch er Theater und scheut vor Lügen nicht zurück, um den gewünschten Effekt zu erzielen. So hält er Grenouille dazu an, auf Fragen „nur mit einem gepreßten Röcheln" (S. 182) zu antworten, um so den Anschein zu erwecken, das „fluidum letale" habe seinen Sprechapparat geschädigt. Umso eindrucksvoller wirkt später die scheinbare Heilung. Spätestens als der Marquis sich dafür feiert, an Grenouille eine „geradezu göttliche Tat" (S. 184) vollbracht zu haben, indem er ihn von einem Tier in einen Menschen verwandelt habe, gibt sich der Marquis als selbstverliebter Scharlatan zu erkennen. In seinem Größenwahn ähnelt er Grenouille.

Grenouille wird instrumentalisiert

Der Marquis ist an Grenouille nicht als Mensch interessiert, sondern nur als „Demonstrationsobjekt" (S. 180). Den miserablen Zustand, in dem sich Grenouille anfangs befindet, betrachtet er als „Idealzustand" (S. 180). Um diesen bis zu seinem öffentlichen Auftritt zu „konservieren" (S. 180), zwingt er Grenouille, sich in eine lehmige Decke zu wickeln und Wurzelgemüse zu essen. Später „packt[ ]" (S. 182) er ihn wie einen Gegenstand ein und „verfrachtet[ ]" (S. 182) ihn nach Hause, wo er ihn in einen „Verschlag" (S. 183) sperrt.

Grenouilles äußerliche Menschwerdung

Innerhalb einer Woche verwandelt der Marquis Grenouille scheinbar von einem Tier in einen Menschen. Tatsächlich jedoch basiert diese Verwandlung nicht auf dem „Ventilationshokuspokus" (S. 185) des Marquis, sondern ausschließlich auf äußerlichen Veränderungen: neuen Kleidern, einem „Haarschnitt" (S. 186) und ein „bißchen kosmetischer Maskerade" (S. 186). Innerlich bleibt Grenouille unverändert: „wenn er die Augen schloß, fühlte er sich kein bißchen anders als damals" (S. 185). Seine Menschwerdung entpuppt sich als rein oberflächlich. Er ist kein Mensch geworden, sondern eine „als Mensch verkleidete, maskierte, geruchlose Gestalt" (S. 186).

Vorgetäuschte Identität

Mit „Mensch" ist offenbar mehr gemeint als nur die biologische Art. Das Wort „Mensch" steht hier für eine eigenständige Persönlichkeit, eine individuelle Identität. Grenouille gibt sich nur den Anschein, eine solche Identität zu besitzen. Der aus dem Tierreich stammende Begriff „Nüstern" (S. 186) steht für die animalische Natur Grenouilles, die diese Maskerade durchdringt. Dennoch gelingt es Grenouille mithilfe dieses Täuschungsmanövers, „eine Wirkung auf die äußere Welt" (S. 186) zu erzielen. Der Marquis nennt ihn „Monsieur" (S. 184). Und er selbst schreckt instinktiv vor seinem Spiegelbild zurück, weil er aussieht wie ein „feine[r] Herr" (S. 185) und zugleich „unglaublich normal" (S. 185).

Funktion des 30. Kapitels für den Roman

Mit diesem Kapitel wechselt der Schauplatz von der Höhle auf dem Plomb du Cantal nach Montpellier. Zugleich verlagert sich das Geschehen aus der Innen- in die Außenwelt. Grenouille kehrt zurück in die menschliche Gesellschaft. Obwohl er keinen Eigengeruch und keine eigenständige Identität besitzt, gelingt es Grenouille mithilfe des Marquis und einer äußerlichen Verwandlung, sich den Anschein einer solchen Identität zu geben. Nach der inneren Verwandlung, die mit dem vorangegangenen Kapitel abgeschlossen wurde, beginnt mit diesem Kapitel die äußere Metamorphose Grenouilles.

Grenouilles Wandlungsjahre im zweiten Teil

Plomb du Cantal, Stollen (Kapitel 23–29) ↓ innere Verwandlung (Erkenntnis: kein Eigengeruch)	Montpellier, Marquis, vornehme Gesellschaft (Kapitel 30–34) ↓ äußere Verwandlung (vom Halbmensch zum Monsieur)

31. Kapitel (S. 186–194): Grenouille imitiert Menschenduft

Grenouille spielt Theater

Der Marquis unterrichtet Grenouille in den „nötigsten Posen, Gesten und Tanzschritte[n]" (S. 186), um die Rolle eines gesellschaftsfähigen Menschen zu spielen. Grenouille durchschaut das berechnende Prinzip einer solchen Inszenierung und macht es sich zu eigen. Er inszeniert einen Zusammenbruch, den er auf den Geruch eines Parfüms zurückführt, das durch den hohen Anteil an Veilchenwurzelextrakt offenbar eine „letalfluidal[e]" (S. 187) Wirkung auf ihn ausübe. Der eitle Marquis fühlt sich in seiner Theorie bestätigt und ermöglicht es Grenouille, sich in einer Parfümerie ein Parfüm „aus erdfernen Ingredienzen" (S. 188) zusammenzumischen.

Gezielte Manipulation

Schon mehrfach hat sich Grenouille im Laufe des Romans zu seinem eigenen Vorteil verstellt. So verhielt er sich bei Baldini ungeschickter, als er war, um diesen in Sicherheit zu wiegen (vgl. S. 120 ff.). Hat das noch vor allem der „Tarnung" (S. 120) gedient, so erweist sich Grenouille seit seiner Rückkehr vom Plomb du Cantal als raffinierter Manipulator. Bewusst erfindet er die Geschichte von einem Räuberüberfall (vgl. S. 177). Gezielt nutzt er die Schwächen und Vorlieben des Marquis aus, um durch seinen theatralischen Zusammenbruch Zugang zu einer Parfümerie zu erhalten. Grenouille lernt vom Marquis, zu täuschen und zu manipulieren.

Der Menschenduft

In der Parfümerie, die man ihm für eine Stunde überlässt, braut er ein „parfümistisches Grundthema des Menschendufts" (S. 190) zusammen. Dabei handelt es sich um einen allgemeinmenschlichen „Grundduft" (S. 191), dem jedoch die persönliche „Aura" (S. 191) des Individuums fehlt. Diese aber „war für die meisten Menschen ohnehin nicht wahrnehmbar" (S. 191). Indem Grenouille den Menschenduft nachahmt und sich mit diesem „Parfüm" besprüht, riecht er wie ein gewöhnlicher Mensch. Den Makel des fehlenden Eigengeruchs hat er damit zumindest übertüncht. Eine eigene Aura hat er sich nicht geschaffen, aber er duftet nach Mensch (vgl. S. 191).

Funktion des 31. Kapitels für den Roman

Das Kapitel beschreibt einen Entwicklungsprozess, bei dem sich die äußerliche Menschwerdung Grenouilles fortsetzt. Grenouille eignet sich die Fähigkeit zur Manipulation an und setzt seine parfümistische Begabung erstmals gezielt ein, um andere über sein wahres Wesen hinwegzutäuschen. Für den weiteren Handlungsverlauf bildet das Kapitel damit eine wichtige Grundlage. Mithilfe des Menschenduftes gibt sich Grenouille den geruchlichen Anschein, ein normaler Mensch zu sein.

32. Kapitel (S. 194–200): Grenouille will Menschen beherrschen

„Wirkung auf die Menschen"

Als Grenouille mit dem Menschenparfüm an seinem Körper durch die Gassen Montpelliers geht, spürt er zum ersten Mal in seinem Leben, dass er „eine Wirkung auf die Menschen ausübte" (S. 195). Da er es gewohnt ist, dass die Menschen seine Existenz nicht wahrnehmen, erfüllt ihn das mit „Stolz" (S. 195).

„Kuckucksbrut"

Da es ihm gelingt, die Menschen über sein wahres Wesen hinwegzutäuschen, fühlt er sich ihnen überlegen. Die Bezeichnung „Kuckucksbrut" (S. 196) verdeutlicht, dass es sich bei Grenouilles Verwandlung um eine rein äußerliche Veränderung handelt. Grenouille täuscht seine Mitmenschen (wie ein Kuckuck, der sein Ei einem anderen Vogel unterjubelt) durch äußere Tricks (Kleidung, Posen, Parfüm) über sein wahres Wesen hinweg. Am deutlichsten wird das, als Grenouille ein Kind gegen seine „scheinheilige Brust" (S. 197) drückt. Seine Menschenfreundlichkeit ist gespielt. Innerlich verachtet er die Menschen dafür, wie leicht sie sich von ihm „belügen und betrügen" (S. 197) lassen.

„[S]chwarze[r] Jubel" und „Engelsduft"

Zugleich erweckt sein erfolgreicher Betrug und „das Bewußtsein der eigenen Macht" (S. 198) in ihm ein „böses Triumphgefühl" (S. 197), einen „schwarze[n] Jubel" (S. 197). Bislang hat er in ständiger „Angst" (S. 197) vor den Menschen gelebt. Jetzt will er nicht einfach nur dazugehören. Er möchte einen übermenschlichen „Engelsduft" (S. 198) erschaffen, der die Menschen dazu zwingt, ihn zu lieben. Der unterschwelligen Manipulation eines solchen Duftes, davon ist er überzeugt, könnten sich die Menschen nicht entziehen, da sie ihn mit der Luft einatmen würden, ohne es zu wissen (vgl. S. 198 f.).

Fantasien verwirklichen, Menschen beherrschen

Mit diesem Parfüm möchte Grenouille seine Allmachtfantasien, denen er sich auf dem Plomb du Cantal hingegeben hat, in die Wirklichkeit umsetzen (vgl. S. 198). Die Menschen sollen ihn nicht nur „akzeptieren" (S. 198), sondern ihn „bis zum Wahnsinn" (S. 198) vergöttern. Er möchte sie „beherrsch[en]" (S. 199). Sich selbst gegenüber begründet er diesen Plan damit, dass er „durch und durch böse" (S. 199) sei. Das allerdings ist nur eine mögliche Interpretation.

Erzwungene Liebe

Grenouille möchte die Menschen dazu bringen, ihn zu „lieben" (S. 198). Jeder, der seinen „Engelsduft" (S. 198) riecht, soll davon so „bezaubert" (S. 198) sein, dass er „den Träger dieses Dufts [...] von ganzem Herzen lieben mußte" (S. 198). Womöglich also verbirgt sich hinter seinem Machtstreben die Sehnsucht nach Liebe und Selbstbestätigung. An beidem hat in seinem bisherigen von „Angst" (S. 197) und Minderwertigkeitskomplexen geprägten Leben ein derart großer Mangel geherrscht, dass er es jetzt gleich im Übermaß einfordert.

Der bessere Gott?

Es genügt Grenouille nicht, als Mensch geliebt und respektiert zu werden. Er möchte auch in der „wirklichen Welt" (S. 198) der „omnipotente Gott des Duftes" (S. 198) sein, der er in seiner Fantasiewelt gewesen ist. Dadurch, dass er Gott mit dem Gestank des Weihrauchs gleichsetzt, glaubt er, Gott überlegen zu sein: „Gott war ein kleiner armer Stinker." (S. 199) Und „[n]icht einmal echter" (S. 199) Weihrauch wird in der Kirche verströmt, in die sich Grenouille zurückzieht, nachdem er in den Gassen Montpelliers die Wirkung seines Parfüms erprobt hat. Deshalb bezichtigt er Gott genau wie er selbst ein „Betrüger" (S. 200) zu sein, nur ein „schlechterer!" (S. 200).

Das Prometheus-Motiv

Grenouilles Aufbegehren gegen Gott erinnert an Prometheus (eine Figur aus der griechischen Mythologie und der gleichnamigen Hymne Goethes[1]). Prometheus fordert den antiken Gott Zeus heraus, indem er sich zum Schöpfer von *Menschen* erhebt. Grenouille hingegen möchte Schöpfer eines *Duftes* werden, mit dem er Gott übertrifft.

Grenouilles Selbstüberschätzung

Ähnlich wie der Vergleich mit dem Schöpfungsakt in der Genesis (vgl. S. 160 ff.) verdeutlicht auch der unausgesprochene Vergleich mit Prometheus Grenouilles Selbstüberschätzung. Geradezu lächerlich naiv erscheint Grenouilles Vorstellung, Gott rieche nach (falschem) Weihrauch. Schließlich ist Weihrauch lediglich Bestandteil einer kirchlichen Zeremonie. Der biblischen Überlieferung nach erschuf Gott nicht nur den Weihrauch, sondern die gesamte Welt und damit auch alle Duftkomponenten, aus denen Grenouille seinen „Engelsduft" (S. 198) zusammenmischen möchte. Nur dadurch, dass Grenouille Duft und Gott, Duft und Liebe gleichsetzt, kann er sich selbst in den Rang eines Gottes erheben. Wenn diese Gleichsetzung jedoch auf einer Fehleinschätzung beruht, scheint Grenouilles spätere Enttäuschung bereits vorprogrammiert.

---

[1] Siehe hierzu Fußnote 1, S. 48.

Grenouille fasst in diesem Kapitel den Plan, ein Parfüm zu kreieren, das es ihm ermöglicht, sich die Menschen gefügig zu machen. Dadurch wird er in die Nähe von Prometheus gerückt. Grenouille möchte die Menschen dazu bringen, ihn zu vergöttern, und auf diese Weise die ersehnte Selbstbestätigung erhalten. Die nach außen gerichtete Identitätssuche Grenouilles erhält eine konkrete Richtung. Seine maßlose Selbstüberschätzung lässt das Scheitern dieser Suche jedoch bereits vorausahnen. Im Handlungsverlauf leitet das Kapitel eine Wende ein. Grenouille wird Montpellier verlassen (34. Kapitel), um seinen Plan in Grasse in die Tat umzusetzen (Dritter Teil).

Funktion des 32. Kapitels für den Roman

33. Kapitel (S. 200–204): Erneute Vorführung

Eine Woche nach seinem ersten Vortrag führt der Marquis Grenouille abermals der versammelten Elite Montpelliers vor. In vornehmen Kleidern, frisiert, geschminkt und in aufrechter Haltung betritt Grenouille die Bühne der Universitätsaula. Der Höhlenmensch ist nicht wiederzuerkennen. Der Marquis deutet das als Beweis für seine Theorie vom schädlichen Einfluss des „Erdfluidums" (S. 202).

Der Marquis präsentiert den „neuen Grenouille"

Grenouille wiederum nutzt die Gelegenheit, um seinen Menschenduft zu erproben. Begeistert registriert er, wie sich die Anwesenden unter dem Einfluss seines Duftes verändern. Sein Parfüm scheint „Freundlichkeit, ja Sympathie" (S. 203) hervorzurufen. Deshalb ist er auch davon überzeugt, dass in Wirklichkeit er es war, der die „Ovationen" (S. 204) des Publikums mit seinem Duft ausgelöst hat. Das Parfüm hat seinen Test bestanden.

Grenouille testet sein Parfüm

Der Marquis wird ähnlich wie Baldini zu einer komischen Figur überzeichnet. In diesem Kapitel zeigt sich das beispielhaft an der übertriebenen Reaktion des Publikums, das gegen Ende des Vortrags völlig außer sich gerät. Da die Leserin und der Leser wissen, dass es sich bei dem „böse[n] Fluidum" (S. 202f.), das der Marquis „bekämpfen" (S. 203)

Züge einer Komödie, Ironie und Satire

möchte, lediglich um ein Hirngespinst handelt, wirken die Inszenierung des Marquis und die ekstatischen Reaktionen des Publikums unangebracht und lächerlich: „Hierbei breitete er die Arme aus und schlug die Augen gen Himmel, und viele der gelehrten Männer taten es ihm gleich, und die Frauen weinten.“ (S. 203)

Auch die ironische Bemerkung des Erzählers, der Marquis habe sich „nicht im geringsten angewidert, fast wie von seinesgleichen“ (S. 201) von Grenouille gelöst, lässt den Roman in diesem Kapitel wie eine Gesellschaftssatire wirken. Offensichtlich nämlich täuscht der Marquis sein „freundschaftlich[es]“ (S. 201) Verhalten nur vor.

Funktion des 33. Kapitels für den Roman

Grenouilles äußerliche Verwandlung wird in diesem Kapitel weiterentwickelt. Bei einem Vortrag des Marquis stellt Grenouille sein Menschenparfüm erfolgreich auf die Probe. Damit wird eine wichtige Voraussetzung für den weiteren Handlungsverlauf geschaffen. Grenouille weiß jetzt, dass es möglich ist, mithilfe eines Duftes eine Menschenmenge zu beeinflussen.

34. Kapitel (S. 204–208): Grenouille verlässt Montpellier

Zum Lügner herangereift

Mit dem Vortrag des Marquis hat Grenouille gewissermaßen seine Gesellenprüfung als Lügner bestanden. Anschließend perfektioniert er den „Umgang mit der Lüge“ (S. 204) und damit zugleich den „gesellschaftlichen Umgang“ (S. 205). Es ist die künstliche Aura, das Menschenparfüm, mit dem Grenouille seinen Mitmenschen „Vertrauen“ (S. 205) einflößt. Grenouilles Wandel vom verwilderten Einzelgänger zum gesellschaftsfähigen Menschen (vgl. S. 204) wird durch eine körperliche Veränderung abgerundet. Grenouilles Buckel verschwindet weitgehend, und Grenouille nimmt eine aufrechte Haltung ein.

Grenouilles Aufbruch

„[N]och einige Wochen“ (S. 204) sei Grenouille nach dem Vortrag des Marquis in Montpellier geblieben, heißt es zu

Beginn des Kapitels. „Anfang März" (S. 205) bricht er dann früh morgens heimlich auf und verlässt die Stadt unbemerkt.

Widersprüchliche Zeitangaben

Diese Zeitangaben stehen im Widerspruch zu den Zeitangaben bezüglich seines Aufbruchs vom Plomb du Cantal, den er „Ende Februar" (S. 172) verlassen hat. „[G]enau eine Woche " (S. 181) danach, hält der Marquis seinen ersten Vortrag. „Pünktlich eine Woche" (S. 201) später folgt dann der nächste und letzte Vortrag. Wiederum „einige Wochen" (S. 204) danach bricht Grenouille auf. Zwischen seinem Aufbruch vom Plomb du Cantal, den der Erzähler auf „Ende Februar" datiert, und seinem Aufbruch aus Montpellier „Anfang März" sind demnach ein bis zwei Monate vergangen.

Zwar könnte Süskind diese widersprüchlichen Zeitangaben absichtlich gewählt haben, um auf die Fiktionalität seiner Geschichte hinzuweisen. Wahrscheinlich aber handelt es sich um einen Fehler im chronologischen Handlungsaufbau.

Der Marquis löst sich in Luft auf

Nach Grenouilles Weggang feiert der Marquis zunächst noch einige Erfolge mit seiner Theorie. Er gründet eine „Loge des vitalen Fluidums" (S. 206) mit Zweigstellen in Marseille und Lyon. Bevor er schließlich auch Paris für sich zu gewinnen hofft, möchte er zum Beleg seiner These einen Berg in den Pyrenäen besteigen und anschließend um Jahrzehnte verjüngt zurückkehren. In ironischer Weise setzt der Erzähler den Marquis zu Jesus in Bezug. Auf seine „Wiederkunft" (S. 207) warten seine „Jünger" (S. 207) jedoch vergeblich. Der Marquis löst sich förmlich in Luft aus. Nicht einmal seine Leiche wird gefunden. Anscheinend zahlt er ähnlich wie Baldini den Preis für den Teufelspakt mit Grenouille, den er rücksichtslos für seinen eigenen Erfolg ausgenutzt hat.

Funktion des 34. Kapitels für den Roman

Das Kapitel schließt den zweiten Romanteil ab. Grenouille verlässt Montpellier in Richtung Grasse. Seine Wander- und Wandlungsjahre sind beendet. Folgt man dem Aufbau eines klassischen Fünf-Akt-Schemas, bedeutet dieses Kapitel das Ende des dritten „Aktes", der den Höhe- und Wendepunkt des Romans markiert. Grenouille hat seine Sinn- und Identitätssuche von innen nach außen verlagert. Seine äußerliche Verwandlung zum scheinbar gesellschaftsfähigen Menschen ist abgeschlossen.

Dritter Teil (S. 209–314)

Meisterprüfung

Schauplatz des dritten Romanteils (S. 209–314) ist die Stadt Grasse, das Zentrum der Parfümerie im damaligen Frankreich. Zeitlich erstreckt sich der dritte Teil von März 1764 bis April 1766. In diesen zwei Jahren legt Grenouille mit seinem aus 25 ermordeten Jungfrauen hergestellten Parfüm (mit Laure Richis als „Herznote", S. 246) gewissermaßen seine Meisterprüfung ab. Im Vergleich zum Aufbau eines Bildungsromans entspricht der dritte Teil damit den Meisterjahren. Grenouille aber genügt es nicht, sich in die Gesellschaft einzufügen. Er möchte von den Menschen vergöttert werden. Doch ausgerechnet auf dem Höhepunkt seiner Macht realisiert er, dass ihm dies nur scheinbar gelingt (vgl. S. 305f.). Dieser Höhepunkt entwickelt sich daher zu einem entscheidenden Wendepunkt.

35. Kapitel (S. 209–219): „Mörderisch" gut duftendes Mädchen

Ankunft in Grasse

Sieben Tage nachdem er Montpellier verlassen hat, trifft Grenouille in Grasse ein. Anders als vor sieben Jahren geht er diesmal nicht nachts, sondern tagsüber. Auch dies ist ein Ausdruck seiner Verwandlung. Vor den Toren von Grasse nimmt er den Duft von Narzissen wahr (vgl. S. 210). Indirekt haftet der Stadt bereits bei Grenouilles Ankunft der Geruch des Todes an. Schließlich war es der Duft von Narzissen, der bei Grenouilles Geburt die Ohnmacht seiner Mutter begleitete (vgl. S. 8), die später hingerichtet wurde.

Grasse erweist sich als Stadt verborgener Reichtümer. Während sich die Häuser zur Straße hin unscheinbar geben, erschnuppert Grenouille bei seinem Rundgang durch die Stadt „auf der Rückseite dieser kleinkarierten Bürgerhäuser […] Gebäulichkeiten der luxuriösesten Art" (S. 213). In einem dieser verborgenen Gärten nimmt er einen „mörderisch" (S. 214) guten Geruch wahr. Es ist der Duft eines „rothaarigen Mädchens" (S. 215), das ähnlich riecht wie jenes Mädchen, das er in Paris ermordet hat (vgl. 8. Kapitel). Das Mädchen in Grasse aber ist noch ein Kind. Erst in „ein bis zwei Jahren" (S. 217) wird sich sein Duft zur Gänze entfaltet haben. Dennoch riecht es „schon jetzt besser" (S. 217) als das Pariser Mirabellenmädchen. Spätestens in zwei Jahren, glaubt Grenouille, werde sich seinem Geruch „kein Mensch […] entziehen können" (S. 217).

Etwas „mörderisch Gutes"

Ähnlich wie beim Mirabellenmädchen übt auch der Duft des Grasser Mädchens eine unterschwellige sexuelle Anziehungskraft auf Grenouille aus. Sinnbildlich wird dies durch den verborgenen Garten angedeutet. Mit seinen roten Haaren weckt es Assoziationen an die verbotene Frucht aus dem biblischen Garten Eden. Grenouille vergleicht das Mädchen mit einer „geschlossene[n] Blüte" (S. 217), die heranreifen muss. Bildhaft umschreibt er so den Prozess der Pubertät, in der das Mädchen zur Frau reift. Während Grenouille den Duft des Mädchens in sich aufnimmt, wird ihm „heiß vor Wonne" (S. 215). Das Riechen „erregt[ ]" (S. 219) ihn. Aus Scham steigt ihm „wie einem ertappten Buben" (S. 215) das Blut in den Kopf. Besonders intensiv riecht er an den Brüsten (vgl. S. 216). Dabei stockt ihm „für einen Moment der Atem, dann schnupperte er heftiger" (S. 216). Dadurch bemerkt er, dass die Brüste erst zu wachsen beginnen. Geschlechts- und Geruchsreife des Mädchens sind für Grenouille unmittelbar miteinander verbunden.

Unterschwellige sexuelle Anziehungskraft

Diesmal genügt es Grenouille nicht, sich dem Duft hinzugeben (vgl. S. 218) wie damals beim Mirabellenmädchen.

Grenouille plant, sich den Duft des Mädchens anzueignen

Stattdessen will er ihn sich „aneignen" (S. 218). Er möchte sich also nicht an dem Duft des Mädchens berauschen, sondern er möchte so riechen wie das Mädchen. Es geht ihm um die Macht ihres Duftes. Diesen will er „wie eine Haut von ihr abziehen und zu seinem eigenen Duft machen" (S. 218). Dadurch hofft er, den „Zauber dieses Mädchens" (S. 217) auf sich übertragen zu können, sodass sich dann ihm „kein Mensch, weder Mann noch Frau, würde entziehen können" (S. 217).

Dufterlebnis als Wendepunkt

Wie schon der Mord am Mirabellenmädchen signalisiert der Duft des rothaarigen Mädchens in Grasse einen Wendepunkt innerhalb der Romanhandlung. Nachdem Grenouille das Mädchen in Paris ermordet hatte, hat er beschlossen, „der größte Parfumeur aller Zeiten" (S. 58) zu werden. Nachdem er jetzt das Mädchen im Garten gerochen hat, beschließt er, ihren Geruch im besten Parfüm aller Zeiten zu verewigen. Wie das technisch geht, weiß er noch nicht. Aber dafür steht für ihn bereits fest, dass es in zwei Jahren (vgl. S. 219) so weit ist. Bis dahin will er sich „in Arbeit stürzen" (S. 219) und einen Weg finden, seinen Plan zu realisieren. Es liegt nahe, dass die „Zeit der Ernte" (S. 219) zugleich den Tod des Mädchens bedeutet.

Funktion des 35. Kapitels für den Roman

Auf der Handlungsebene stellt das 35. Kapitel einen „fatalen" (S. 216) Wendepunkt dar. Grenouilles Identitätssuche und sein Ziel, „der größte Parfumeur aller Zeiten" (S. 58) zu werden, erhalten eine „mörderisch[e]" Komponente (S. 214). Grenouille beschließt, sich den Duft des rothaarigen Mädchens und dadurch auch dessen Aura und magische Wirkung anzueignen. Ihr Duft soll ihm Identität verleihen. Unausgesprochen scheint klar, dass er sie dafür wie einst das Mirabellenmädchen töten muss. Zwei Jahre gibt sich Grenouille Zeit, um diesen Plan in die Tat umzusetzen. Insofern bildet dieses 35. Kapitel die Handlungsgrundlage für das weitere Geschehen.

36. Kapitel (S. 219–225): Anstellung bei Witwe Arnulfi

Zweiter Geselle in der Parfümerie Arnulfi

Grenouille findet in einem kleinen Parfümeriebetrieb Arbeit. Die Inhaberin, Madame Arnulfi, braucht einen zweiten Gesellen, da ihr Ehemann im vergangenen Winter gestorben ist. Bei der Witwe Arnulfi handelt es sich um eine „Frau von gesundem Wohlstand und gesundem Geschäftssinn" (S. 220), die mit ihrem ersten Gesellen, dem maskulin dominanten Druot, eine heimliche Liebesbeziehung pflegt. Grenouille gibt sich mit einem geringen Lohn und der Unterkunft in einem „fensterlosen Verschlag" (S. 220) zufrieden, der eher für Tiere bestimmt ist und nach Schafmist und Heu riecht.

„Essence Absolue"

Bei seiner Arbeit lernt er, wie man durch „Mazeration" (Einwirkung/Einweichen) (S. 222) eine parfümierte Pomade herstellt: Blüten werden in flüssig erhitztes Fett untergerührt. In einem weiteren Schritt lässt sich aus der Pomade flüssige „Essence Absolue" herstellen, indem man zunächst Weingeist hinzufügt und den Alkohol später wieder herausdestilliert. Am Ende entsteht eine äußerst kostbare Duftessenz.

Todesmetaphorik bei der Duftherstellung

Bereits dadurch, dass es sich bei den Blumen, die verarbeitet werden, abermals um „Narzissen" (S. 221, vgl. S. 8, S. 210) handelt, wird die Duftherstellung symbolisch mit Tod in Verbindung gebracht. Dies setzt sich in der Metaphorik des Erzählers fort, der vom „Tod" (S. 221) der „Blüten" (S. 221), ihrem „letzten duftenden Seufzer" (S. 221) sowie ihren „Leichen" (S. 221) spricht. Da das rothaarige Mädchen im vorangegangenen Kapitel aus Grenouilles Perspektive in erlebter Rede als „Blume" (S. 219) und „Blüte" (S. 217) bezeichnet worden ist, erhält diese Todesmetaphorik richtungsweisenden Charakter: Sie kündigt die Mordserie Grenouilles an. Schließlich müssen zur Herstellung von nur drei kleinen Flakons der Duftessenz „hunderttausend Blüten" (S. 225) ihr Leben lassen.

Funktion des 36. Kapitels für den Roman

Sowohl für den Spannungsaufbau als auch bei der Darstellung von Grenouilles Entwicklung erfüllt das Kapitel eine eher retardierende, hinauszögernde Funktion. Die Handlung wird nur sparsam weiterentwickelt. Grenouille findet eine Anstellung als Parfümeursgeselle bei Madame Arnulfi und erlernt neue Verfahren zur Gewinnung von Düften. Symbolisch deutet sich die bevorstehende Mordserie bereits an.

37. Kapitel (S. 226–231): Die „kalte Enfleurage"

Grenouille hält sich im Hintergrund

Ähnlich wie bei Baldini oder auch Grimal verrichtet Grenouille seine Arbeit klaglos und „mit fast sklavenhafter Bereitschaft" (S. 226). Zugleich beobachtet er den Prozess der Duftherstellung und kennt aufgrund seines genialen Geruchssinns die idealen Abläufe bald besser als Druot. Auf bescheidene, „unterwürfige" (S. 226) Weise unterstützt Grenouille den ersten Gesellen bei der Arbeit. Da Grenouille für seine Hilfe keinerlei Gegenleistung einfordert, überlässt Druot ihm immer mehr Aufgaben. Druot hält Grenouille zwar bald für einen genialen Parfümeur, aber zugleich auch für einen „Trottel" (S. 229), weil er scheinbar keinen Profit aus seiner Begabung schlägt. Grenouille bestärkt ihn in diesem Glauben, indem er sich – ähnlich wie bei Baldini – bewusst dumm stellt. Druot nutzt das schamlos aus.

Innerhalb der Zunft verhält sich Grenouille gegenüber den anderen Gesellen möglichst unauffällig. Dadurch erreicht er sein Ziel: Er wird in Ruhe gelassen und kann im Geheimen seine Pläne verfolgen.

Die Kunst der „kalte[n] Enfleurage"

In den ersten Monaten bei Madame Arnulfi erlernt Grenouille mit der „kalte[n] Enfleurage" (S. 228) noch ein weiteres und zugleich das vollkommenste Verfahren zur Duftherstellung. Diese „Kunst der kalten Beduftung" (S. 229) war für die „edelsten aller Blüten" (S. 228) reserviert. Gemeint sind damit Jasmin und Nachthyazinthe.

Sinnbildlich stehen diese besonderen Blumen für das rothaarige Mädchen. Deutlich wird das daran, dass der Erzähler die Blumen vermenschlicht. So ist die Rede davon, dass den Blumen ihre „Seele" (S. 228) entnommen werde, indem sich diese – eingewickelt in Fettplatten oder ölgetränkte Tücher – „zu Tode" (S. 228) schliefen. Der „erotische Duft" (S. 228) übertrage sich dabei auf die Fettplatten. Mit der kalten Enfleurage hat Grenouille ein Verfahren gefunden, das es ihm ermöglichen könnte, den Duft des rothaarigen Mädchens zu konservieren, wenn er es tötet. Der Verweis auf die „Seele" (S. 228) lässt Grenouille im Vorgriff auf die Mädchenmorde als Seelenräuber erscheinen und verleiht ihm abermals teuflische Konturen.

Symbolischer Vorgriff auf Mädchenmorde

Das Kapitel überbrückt mehrere handlungsarme Monate, indem es den Zeitraum von April 1764 (vgl. S. 226) bis zum Winter (vgl. S. 230) zusammenfasst. Wesentlich für das weitere Geschehen ist, dass sich Grenouille in der Parfümwerkstatt eine Vertrauensposition erschleicht, die es ihm ermöglicht, weitgehend ungestört zu arbeiten. Außerdem erlernt er mit der kalten Enfleurage das bestmögliche Verfahren zur Konservierung von Düften. Es lässt sich absehen, dass es sich bei den „Blüten", denen er damit die „Seele" rauben möchte, in Wirklichkeit um Mädchen handelt.

Funktion des 37. Kapitels für den Roman

38. Kapitel (S. 231–240): Experimente

Persönliche Düfte

Wie im vorangegangenen Kapitel beschrieben, gibt es im Herbst und Winter im Parfümatelier eher wenig zu tun (vgl. S. 230). Druot ist nur selten anwesend, sodass Grenouille unter dem Vorwand, ein Rezept für Kölnischwasser erfinden zu wollen, in Ruhe experimentieren kann. Zunächst legt er sich eine Garderobe „persönlicher" (S. 231) Menschendüfte zu, die er je nach Gelegenheit wie „Kleider" (S. 233) anlegt. So kreiert er einen „Unauffälligkeitsgeruch" (S. 231), der es ihm im Alltag erlaubt, seine Pläne ungestört zu verfolgen. Außerdem erschafft er einen herben männlichen Duft in der Art Druots, den er anlegt, wenn er auf sich aufmerksam machen möchte; einen „mitleiderregende[n] Duft" (S. 233), durch den er sich vor allem bei Frauen einschmeichelt; und einen abstoßenden Duft, den er trägt, wenn er allein sein will.

Jagd nach Düften spitzt sich zu

Nachdem er sich diese Duftgarderobe zur Verkleidung zugelegt hat, widmet sich Grenouille seiner eigentlichen „Leidenschaft: der [...] Jagd nach Düften" (S. 234). „Ziel" (S. 234) ist der Duft des rothaarigen Mädchens. Da er aber „noch über ein Jahr lang Zeit" (S. 234) hat, ehe er sich diesem zuwenden kann, möchte er bis dahin seine Techniken und Methoden perfektionieren (vgl. S. 234). Bei seinen Experimenten nähert er sich seinem Ziel in drei Stufen an: von „leblose[n] Dinge[n]" (S. 234) über Tiere bis zu den Menschen.

Tiere und Menschen als Duftmaterial

Moralisch macht er dabei keinen Unterschied. Tiere und Menschen behandelt er wie „Objekte" (S. 236). Dass sich Ratten oder Katzen nicht klaglos ins warme Fett „unterrühren lassen" (S. 236), ärgert ihn: „So konnte man natürlich nicht vernünftig arbeiten." (S. 236) Weil sie im Todeskampf störende Stoffe absondern, beschließt er, sie schon vorher zu töten, und zwar so plötzlich und rasch, dass sie keine Zeit haben, „Angst- und Todesschweiß" (S. 236) auszuschütten. Auf zynische Weise begreift er das Leid als hinderlich. Mitleid empfindet er nicht. Er sieht in Tieren und Menschen nur Material zur Duftherstellung. Das Einzige, was er schätzt, ist die „duftende Seele" (S. 237), die er ihnen „rauben" (S. 237) will. Entsprechend groß ist sein Jubel, als ihm das bei einem Hund gelingt (vgl. S. 237).

Menschen tötet er vorläufig nicht. Ihren Duft fängt er mithilfe von in Fett getünchten „Probefähnchen" (S. 238) ein, die er an belebten Orten platziert. Einmal gelingt es ihm, aus einem Bettlaken, in das ein Sterbender monatelang gehüllt war, das „individuelle[ ] Duftbild" (S. 239) des Toten zu rekonstruieren. Auch hier berauscht er sich nur am „Gefühl der Macht" (S. 239), das er empfindet. Der Tote ist ihm gleichgültig. Nachdem Grenouille seinen Triumph ausgekostet hat, schüttet er den „Duftgeist" (S. 239) des Toten achtlos weg.

Technische Voraussetzungen für Mädchenmord sind erfüllt

Dass Grenouille bei seinen Experimenten keine Menschen tötet, liegt nicht an moralischen Bedenken, sondern daran, dass er sich „keine neuen Erkenntnisse" (S. 239) davon verspricht und nur unnötige „Risiken" (S. 239) damit verbunden wären. Nach einem letzten Test, bei dem er eine Bettlerin dafür bezahlt, einen Tag lang präparierte Öl- und Fettlappen auf der Haut zu tragen, sind seine Versuche erfolgreich abgeschlossen. Er beherrscht jetzt die Technik, die dazu nötig ist, „eines Menschen Duft zu rauben" (S. 239f.).

Die Essenz der Liebe

Der nächste Schritt besteht nun darin, diese Technik anzuwenden, um dadurch den Duft „jener äußerst seltenen Menschen" (S. 240) zu gewinnen, die „Liebe inspirieren" (S. 240). Offenbar möchte Grenouille ein Parfüm kreieren, das Liebe hervorrufen kann. Ziel seiner Jagd ist nichts weniger als die Essenz der Liebe. Dieses Ziel steht jedoch in einem auffälligen Widerspruch zur Herzlosigkeit, mit der er es verfolgt. Mit technischen Hilfsmitteln versucht Grenouille, die natürliche Liebe, die ihm fehlt und die er nie erfahren hat, durch eine künstliche Liebe in Parfümform zu ersetzen.

Funktion des 38. Kapitels für den Roman

Das Kapitel beschreibt, wie Grenouille schrittweise die technischen Grundlagen entwickelt, um Menschen die „duftende Seele" (S. 237) zu rauben. Die teuflischen Züge Grenouilles werden durch die Mitleidlosigkeit, mit der er vorgeht, verstärkt. Gleichzeitig erscheint Grenouille als eine Art olfaktorischer Frankenstein[1]. Die Liebe, die er in sei-

[1] Roman von Mary Shelly (1797–1851) aus dem Jahr 1818, erzählt die Geschichte des Arztes Frankenstein, der aus Leichenteilen ein künstliches Wesen erschafft

nem Leben weder erfahren noch empfunden hat, möchte er künstlich herstellen, indem er jene Menschen tötet, die in der Lage sind, Liebe hervorzurufen. Aus ihren Leichen will er einen Duft erschaffen, der es ihm selbst ermöglicht, Liebe zu erwecken. Grenouille wäre demnach Dr. Frankenstein und Frankensteins Monster in einem. Indirekt wird die Frage aufgeworfen, ob sich Liebe auf ein technisches Produkt bzw. auf einen biologischen Duftstoff reduzieren lässt. Hinter dieser Frage verbirgt sich zugleich die Frage nach den Grenzen moderner Wissenschaft.

39. Kapitel (S. 240–246): Kontrollgang zu rothaarigem Mädchen

Witwe Arnulfi heiratet den Gesellen Druot

Im Januar 1765 heiratet Madame Arnulfi ihren ersten Gesellen Dominique Druot. Dieser steigt zum Meister auf. Grenouille wird erster Geselle. Seine Arbeits- und Lebensbedingungen verbessern sich jedoch nicht. Er wird weiterhin rücksichtslos ausgebeutet.

Rückkehr zum Garten

An einem Sonntag im März 1765, circa ein Jahr nachdem er das rothaarige Mädchen das erste Mal gerochen hat, kehrt Grenouille zu dem Garten zurück, in dem es sich damals aufgehalten hat. Schon von Weitem riecht er, dass es weiter herangereift ist. In erlebter Rede wird das Mädchen aus Grenouilles Perspektive abermals mit einer „Pflanze" (S. 241) gleichgesetzt. Die erotischen Untertöne sind unverkennbar: Sie „stand im Saft, wuchs, dehnte sich, trieb prächtigste Blütenstände" (S. 241). Noch aber ist sie nicht ausgereift. Ein Jahr noch will Grenouille abwarten.

Liebe als Eigenliebe

Dabei fühlt er sich wie ein „Liebhaber[ ]" (S. 241), der auf seine Braut wartet. In einer wertenden Erzählhaltung stellt der Erzähler fest, dass dieses Gefühl der Liebe für Grenouille eine völlig neue Empfindung sei. Zugleich entlarvt er Grenouilles Liebe jedoch als Eigenliebe. Sie gilt nicht dem Mädchen, sondern lediglich ihrem Duft, den er sich selbst aneignen möchte (vgl. S. 242). Der Erzähler kritisiert diese Haltung als typisch für „das Scheusal“ (S. 242), den „Unmensch[en]“ (S. 242) und den „solitäre[n] Zeck“ (S. 242), Grenouille, der nur auf „selbstverliebte“ (S. 242) Weise zur Liebe fähig sei. Die Kritik des Erzählers wirft jedoch die Frage auf, ob Grenouille nicht beispielhaft für den modernen Menschen steht, für den Liebe und Eigenliebe untrennbar verbunden sind und der den geliebten Menschen als Spiegelbild eigener Sehnsüchte betrachtet.

Vergänglichkeit von Duft und Gefühlen

Noch immer ganz berauscht und beseelt von seiner Selbstliebe liegt Grenouille nachts in seinem Verschlag, als ihm klar wird, dass die gestohlene Identität in Duftform vergänglich ist. Die Vorräte des Duftes, den er dem Mädchen abgewinnen kann, sind irgendwann aufgebraucht. Liebe und Identität sind an einen Duft gebunden, der „flüchtig“ (S. 243) ist. Aus Angst vor dem Verlustschmerz denkt Grenouille darüber nach, seinen Plan aufzugeben. Letztlich aber erscheinen ihm „Besitz *und* Verlust begehrenswerter als der lapidare Verzicht auf beides“ (S. 244). Zumal ihm der Weg zurück ins eigene Ich versperrt ist, seit er realisiert hat, dass er keinen Eigengeruch hat.

Grenouille will „Duftdiadem“ schmieden

Obwohl Grenouille bereit wäre, den Verlust auf sich zu nehmen, möchte er ihn nach Möglichkeit doch am liebsten vermeiden oder zumindest hinauszögern (vgl. S. 245). Dies glaubt er erreichen zu können, indem er den Duft des rothaarigen Mädchens nicht „roh“ (S. 246) verwendet, sondern ihn an andere Düfte bindet und so eine Art „Duftdiadem“ (S. 246) schmiedet. Das rothaarige Mädchen soll in diesem „Menschenparfum“ (S. 246) die „Herznote“ (S. 246) bilden.

Kein moralisches, sondern ein „parfümistisches Problem“

Mit diesen Zutaten sind offensichtlich andere Mädchen gemeint. Abermals verdeutlichen die Formulierungen in erlebter Rede, dass die Menschen für Grenouille bedeutungslos sind. Nur ihr Duft zählt für ihn. Darum hat er auch keinerlei moralische Bedenken, mehrere unschuldige

Mädchen zu ermorden, wenn es ihm dadurch gelingt, sein „parfümistisches Problem" (S. 245) zu lösen.

Funktion des 39. Kapitels für den Roman

Auf der Handlungsebene dient das Kapitel dazu, weitere Monate zu überbrücken. Der Plan, den Duft des rothaarigen Mädchens an die Düfte anderer Mädchen zu binden, verleiht dem folgenden Geschehen eine zusätzliche Dynamik. Moralisch betrachtet bedeutet es eine weitere Eskalation. Nachdem Grenouille zunächst nur unbelebte Dinge verarbeitet hat, später dann Tiere getötet und mit Menschen experimentiert hat, plant er jetzt, nicht nur ein Mädchen für sein Parfüm zu ermorden, sondern gleich mehrere.

40. Kapitel (S. 246–253): Die Jungfrauenmorde

24 Mädchenmorde zwischen Mai und September 1765

Im Mai wird die erste Leiche eines 15-jährigen Mädchens in einem Rosenfeld gefunden: nackt und mit abgeschnittenen Haaren. Während die Behörden und Bewohner von Grasse rätseln, wer das getan haben könnte und warum, wissen Leserin und Leser Bescheid. Grenouille, der in diesem Kapitel nicht ausdrücklich erwähnt wird, hat offenbar mit seiner „Arbeit" am Duftdiadem begonnen. Bis „Ende September" (S. 252) ermordet er insgesamt 24 Mädchen. Seine Opfer sind alle außergewöhnlich hübsche Jungfrauen. Haare und Kleider nimmt er mit, offensichtlich – auch das ahnen nur die Leser – um ihnen im Parfümatelier den Duft der toten Mädchen zu entlocken.

Unsicherheit und Vorurteile bestimmen Tätersuche

Die Menschen in Grasse wissen nicht, wer der Täter ist. Auch seine Motive kennen sie nicht. Diese Unsicherheit versetzt sie in Angst. Bei ihrer Suche nach einem Täter verhalten sie sich irrational. Sie hoffen auf schnelle, beruhigende Antworten. Ihre Suche wird von Vorurteilen bestimmt. Fremde und alle, die anders sind als die durchschnittliche Bevölkerung (vgl. S. 247f.), werden verdächtigt: „Zigeuner" (S. 247), „italienische Wanderarbeiter" (S. 248), „Juden" (S. 248). Diese versteckte Anspielung auf die Judenverfolgung setzt die Grasser Bevölkerung in einen symbolischen Bezug zur deutschen Bevölkerung in der Zeit des Nationalsozialismus.

Zufällige Zusammenhänge werden missdeutet

Das Verhalten der Grasser erscheint beispielhaft für das Verhalten einer verunsicherten Bevölkerung. Die Grasser handeln irrational und lassen sich leicht in die Irre führen. Sie möchten sich nur möglichst rasch wieder sicher fühlen. Anstatt nach dem wirklichen Täter zu suchen, sollen Fremde als Sündenböcke herhalten. Dass es dazu nicht kommt, liegt nur daran, dass keine Fremden in der Stadt sind (vgl. S. 248) bzw. die Fremden selbst zu den Opfern gehören (S. 248 f.). Wären zufällig noch andere Fremde in der Nähe gewesen, hätte man sie für die Taten verantwortlich gemacht. In der von Angst bestimmten Atmosphäre werden Zufälle zu Ursachen umgedeutet. So ist die Bevölkerung davon überzeugt, dass der bischöfliche Bann Ende September 1765 den Mörder aus der Stadt getrieben hat (vgl. S. 251 f.). Tatsächlich aber hat Grenouille seine Mordserie nur zufällig zur selben Zeit beendet. Und das, wie sich im weiteren Romanverlauf zeigen wird, auch nur vorläufig.

Normalität wichtiger als Wahrheit

Als dann im Dezember das Gerücht kursiert, in Grenoble ginge ein Mädchenmörder um, glauben die Grasser, den Täter endgültig vertrieben zu haben. Die offensichtlichen Widersprüche ignorieren sie (vgl. S. 252). Zu Beginn des Jahres 1766 lockern sie die verstärkten Sicherheitsvorkehrungen. „Mit unglaublicher Schnelligkeit" (S. 252) kehrt wieder „Normalität" (S. 252) ein. Offensichtlich sind den Menschen diese Normalität und ein trügerisches Gefühl von Sicherheit wichtiger als eine unbequeme Wahrheit.

Funktion des 40. Kapitels für den Roman

Das Kapitel fasst die Zeit zwischen Mai 1765 und Januar 1766 in einer stark zeitraffenden Darstellung zusammen. Es verlagert die Perspektive weg von Grenouille auf die Einwohner von Grasse und damit vom Täter auf die Opfer. Grenouille selbst tritt nicht unmittelbar in Erscheinung. Zugleich markiert das Kapitel den Auftakt der Kriminalhandlung. Thematisch wirft es einen Blick auf die Psyche und das irrationale Verhalten einer verunsicherten, vorurteilsbehafteten, fremdenfeindlichen Bevölkerung.

41. Kapitel (S. 253–257): Antoine Richis

Antoine Richis – herausragender Charakter

Schon die ersten Worte, mit denen Antoine Richis eingeführt wird, verdeutlichen, dass der Zweite Konsul eine Ausnahmeerscheinung ist: „Einen Mann aber gab es in Grasse" (S. 253). Die ungewöhnliche Satzstellung hebt Richis' Einzigartigkeit hervor. Nur „einen" Mann gab es, der sich von der Masse abhob, wie die nach hinten verschobene Konjunktion „aber" signalisiert. Richis ist „einer der wenigen" gewesen, die zur Zeit der Mädchenmorde einen „kühlen Kopf" (S. 256) behalten haben. Er hat sich nicht von der allgemeinen Panik anstecken lassen. Und während alle anderen wieder zur Tagesordnung übergehen, macht er sich erst richtig Sorgen (vgl. S. 256). Richis ist ein selbstbewusster Mann, der sich nicht nach der Menge richtet. Stattdessen will er den anderen ein „Vorbild" (S. 256) sein. Er versteht sich als Anführer, besitzt einen „sagenhafte[n] Reichtum" (S. 254), strebt danach, „eine Dynastie [zu] gründen" (S. 254) und in den Adel aufzusteigen.

Richis' wunderschöne Tochter Laure

Richis' größter Schatz aber ist seine Tochter Laure, die er vorteilhaft verheiraten möchte. Die rothaarige 16-Jährige ist von einer derartigen Schönheit, dass es allen, die sie sehen, die Sprache verschlägt. Ihre verführerische Ausstrahlung zieht Männer und Frauen gleichermaßen an und macht auch vor ihrem eigenen Vater nicht halt. Das geht so weit, dass Richis sich „verflucht[ ]" (S. 255), ihr Vater zu sein, und nicht irgendein Mann, der sich ihr sexuell annähern dürfte.

Richis ahnt die Gefahr

Gerade weil er spürt, dass die Anziehungskraft seiner Tochter seit der Zeit der Morde stärker geworden ist und sie ihre kindliche Unschuld verloren hat (vgl. S. 255 f.), ahnt Richis, dass sie sich in tödlicher Gefahr befindet. Wahrhaben will er es aber nicht. Obwohl Grenouille in diesem Kapitel nicht erwähnt wird, wissen Leserin und Leser, dass die Gefahr von Grenouille ausgeht. Offenbar handelt es sich bei Laure um das rothaarige Mädchen, auf das es dieser abgesehen hat.

Funktion des 41. Kapitels für den Roman

In diesem Kapitel spitzt sich die Krimihandlung zu. Abermals tritt Grenouille nicht in Erscheinung. Stattdessen wird zum ersten Mal ein ernst zu nehmender Gegenspieler in das Geschehen eingeführt. Der selbstbewusste, mächtige Richis erscheint im Gegensatz zu Baldini oder dem Marquis nicht als Witzfigur. Zwar ist auch er um Anerkennung und sozialen Aufstieg bemüht. Er bleibt sich dabei aber selbst treu. Er richtet sich nicht nach der Menge, sondern möchte ein Vorbild sein. Er lässt sich von der allgemeinen Panik nicht anstecken und trifft eigenständige Entscheidungen. Zudem scheint er in der Lage, sich in den Täter einzufühlen. Jedenfalls ahnt er, dass seine Tochter in Gefahr schwebt.

42. Kapitel (S. 257–261): Richis erkennt Methode des Mörders

Laure als „Schlussstein“ des Mordwerkes

An einem Tag im März 1766 verliert Richis seine Tochter, die ihm so schön scheint wie nie zuvor, kurz aus den Augen. Nach einem Albtraum in der folgenden Nacht fürchtet er um ihr Leben. Jetzt gesteht er sich ein, was er bislang nicht wahrhaben wollte: Der Mörder ist noch immer in Grasse. Sorgfältig analysiert Richis die bisherige Mordserie und entdeckt darin ein klares Muster. Der Mörder tötet nicht willkürlich, sondern erweist sich als „Sammler von Schönheit“ (S. 259). Seine Morde folgen einem „höheren Prinzip“ (S. 258) und verbinden sich zu einem „Bildnis der Vollkommenheit“ (S. 259). Das aber muss ohne den „kostbarsten Baustein“ (S. 259), nämlich Laure, unvollendet bleiben. Richis ist sich sicher: Seine Tochter bildet den „Schlußstein“ (S. 259) im Mordwerk des Mörders.

Krimi-Duell zweier Genies

Indem sich Richis in Grenouille hineindenkt, schlüpft er selbst in die Rolle des Gegenspielers. Die „Hochachtung vor dem Mörder“ (S. 260), die er empfindet, fällt dadurch, dass er glaubt, diesen durchschaut zu haben, auf ihn selbst zurück (vgl. S. 260). Aus dieser Perspektive entwickelt sich die Kriminalhandlung zum Duell zweier Genies, zwischen dem Mörder und dem Ermittler. Beide denken ähnlich, vertreten jedoch moralisch entgegengesetzte Positionen und verfolgen unterschiedliche Interessen. Daraus entwickelt sich eine Art geschäftlicher Konkurrenzkampf „um den Besitz an Laure“ (S. 261). Denn auch Richis ist zur „Verwirklichung seiner höchsten Ambitionen“ (S. 261) auf seine Tochter und ihre vorteilhafte Verheiratung angewiesen.

Richis als aufgeklärter Deuter von Grenouilles Taten

Richis, betont der Erzähler, sei ein „aufgeklärt denkender Mensch“ (S. 259). Entsprechend widerstrebt es ihm, die Morde als Taten eines „Dämon[s]“ (S. 261) zu bewerten. Stattdessen sucht er nach einer rationalen Erklärung. Richis betrachtet den Mörder nicht als „destruktive[n] Geist“ (S. 258), sondern als eine Art Künstlergenie, freilich ohne zu wissen, welcher Kunst sich dieser verschrieben hat.

Richis unterschätzt Grenouille

Obwohl Richis mit seiner Analyse in erstaunlich vielen Punkten richtigliegt, unterschätzt er Grenouille, wenn er glaubt, diesem „haushoch überlegen“ (S. 260) zu sein. Diese Fehleinschätzung lässt sich auf zweierlei Weisen erklären. Zum einen könnte sie darin begründet sein, dass Richis das besondere, ihm unbekannte Talent des Geruchsgenies Grenouille nicht ausreichend berücksichtigt. Das wäre dann ein Fehler innerhalb des aufgeklärten Denksystems.

Grenzen der Aufklärung?

Möglich ist aber auch, dass Richis' Fehler darin liegt, dass er sich zu sehr auf dieses Denksystem verlässt. Richis' Fehleinschätzung wäre dann ein Beleg für die Grenzen der Aufklärung. In dieser Lesart unterschätzt Richis Grenouille, weil er die dämonische, irrationale Ebene außen vorlässt und damit nicht die gesamte Deutungsvielfalt von Grenouilles Taten (und zugleich des Romans) erfasst. Grenouille wäre demnach genialer Künstler, Mörder *und* Dämon zugleich.

Funktion des 42. Kapitels für den Roman

Richis wird in diesem Kapitel als Gegenspieler Grenouilles etabliert. Damit greift das Kapitel eine Kriminalkonstellation auf, bei der sich die Dynamik der Handlung aus dem geistigen Wettstreit eines genialen Mörders und eines ebenso genialen Ermittlers ergibt. Wie im Schachspiel versuchen die beiden Kontrahenten, die nächsten Züge ihres Gegners vorauszuahnen. Richis' Analyse von Grenouilles Taten eröffnet zugleich mehrere Deutungsmöglichkeiten des Romans. Dass Richis' rein rationale Interpretation im weiteren Handlungsverlauf letztlich dennoch zu kurz greift, kann in diesem Zusammenhang auch als Verweis auf die Grenzen der Aufklärung verstanden werden.

43. Kapitel (S. 262–266): Aufbruch der Richis'

Früher Aufbruch und Hochzeitspläne

Nachdem sich Richis über die Pläne des Mörders klar geworden ist, bereitet er noch in der Nacht die Abreise seiner Tochter vor. Er möchte sie im Kloster Saint-Honorat, einem der „sichersten Ort[e] der Provence" (S. 265) unterbringen, um sie anschließend so schnell wie möglich mit dem Sohn eines Barons zu verheiraten. Zurecht geht er davon aus, dass eine „verheiratete Frau, defloriert und womöglich schon geschwängert" (S. 265 f.) für den Mörder uninteressant wäre.

Grenoble als Finte

Richis Täuschung

Um acht Uhr morgens brechen Vater und Tochter in Begleitung von ihrem Personal in einer Pferdekarawane auf. Richis lässt verbreiten, dass er nach Grenoble reise. Tatsächlich aber ist das eine „Finte" (S. 264). Außerhalb von Grasse zieht der Großteil der Karawane in Richtung Grenoble weiter. Richis, Laure und deren Zofe machen sich dagegen auf den Weg zur Küste, um von dort aus am nächsten Tag auf die Insel überzusetzen, auf der sich das Kloster befindet.

Erzählerischer Vorgriff

Die Menschen in Grasse, die den Aufbruch Laures beobachten, ahnen, dass das Mädchen „verloren" (S. 264) ist. Wie der Erzähler bemerkt, sollte sich diese Ahnung „als richtig erweisen" (S. 264). Der Erzähler, der sich in diesem Kapitel mehrfach ausdrücklich zu Wort meldet (vgl. auch S. 266) und damit ein auktoriales Erzählverhalten an den Tag legt, durchbricht mit dieser Vorausdeutung den chronologischen Erzählablauf. Damit weicht er entscheidend vom Aufbau eines typischen Kriminalromans ab, der den Ausgang des Duells zwischen Ermittler und Täter bis zur Auflösung des Falles zumindest scheinbar offenlässt. Dramaturgisch könnte dies darin begründet sein, dass auch die Leserinnen und Leser längst ahnen, dass Richis' Manöver keinen Erfolg haben wird. Indem der Erzähler diese Annahme bestätigt, verlagert er die Spannung von der Frage, was als Nächstes geschieht, auf die Frage, wie es geschieht. Zugleich bereitet er damit den Wechsel von der Perspektive Richis' zur Perspektive Grenouilles vor. Darüber hinaus verleiht der erzählerische Vorgriff dem bevorstehenden Tod Laures einen schicksalhaften Charakter.

Funktion des 43. Kapitels für den Roman

In diesem Kapitel spitzt sich das Duell zwischen Richis und Grenouille zu. Richis entwickelt einen Plan, wie er Laure beschützen kann. Der Erzähler nimmt dessen Scheitern jedoch vorweg. Damit ist die Kriminalhandlung aus Richis' Perspektive größtenteils zu Ende erzählt. Dieser erzählerische Vorgriff bedeutet einen Verstoß gegen die typische Krimidramaturgie. Die Frage, die es nun zu beantworten gilt, ist, wie es Grenouille gelingt, die Pläne Richis' zu durchkreuzen.

44. Kapitel (S. 267 – 272): Aufeinandertreffen von Richis und Grenouille

Grenouille plant Laures Ermordung

Grenouille bemerkt nichts von Richis' Flucht. Er bereitet sich darauf vor, Laure in der kommenden Nacht zu ermorden. Dass es sich um eine Neumondnacht handelt, verleiht seiner Tat einen unheimlichen, mystischen Charakter. Auch dass es sich um den 25. Mord handelt, hat besondere Bedeutung. Die „25" überschreitet die Stundenanzahl eines Tages (24) und zugleich auch die doppelte Anzahl der biblischen Apostel (2 x 12). Grenouille selbst rückt damit in die Nähe eines pervertierten Jesu bzw. des Antichristen. Mit dem Mord an Laure will er sein Werk vollenden, um dann aus den Duftessenzen der getöteten Jungfrauen, die er in Flakons in seinem Verschlag aufbewahrt, das „beste Parfum der Welt" (S. 268) zu kreieren und Grasse als „der bestriechende Mensch auf Erden" (S. 268) zu verlassen.

Verfolgung

Als er gegen Mittag vor die Tür tritt, riecht er jedoch sofort, dass Laure nicht mehr in der Stadt ist. Durch Druot erfährt er von der Abreise der Richis'. Vor den Toren der Stadt wittert er ihren Geruch, und obwohl die Stadtwache ihm versichert, Richis habe die Straße nach Grenoble genommen, verlässt sich Grenouille auf seine Nase. Nachdem er sein Werkzeug in seinen Reisesack gepackt hat, bricht er nach Süden auf. Unterwegs nimmt er den Geruch der Verfolgten bald deutlich war. Er holt sie ein, überholt sie und quartiert sich im Stall eben jenes Gasthauses ein, das Richis ansteuert.

Aufeinandertreffen der Gegenspieler als Höhepunkt der Kriminalhandlung

Nachdem Grenouille in den vorangegangenen vier Kapiteln nicht vorkam, steht er zu Beginn dieses Kapitels wieder im Zentrum der Handlung. Die Erzählperspektive verlagert sich von Richis zu Grenouille. In dem Moment, in dem Richis im Gasthaus von La Napoule eintrifft, kehrt der Erzähler vorübergehend zu Richis zurück. Die Handlung spitzt sich zu, ehe es im nächtlichen Stall zum ersten Aufeinandertreffen der beiden Kontrahenten kommt. Damit erreicht die Kriminalhandlung ihren vorläufigen Höhepunkt. Richis geht in den Stall, um den vermeintlichen Gerbergesellen zu überprüfen. Weil Grenouille seinen Unauffälligkeitsduft aufgetragen hat (vgl. S. 272), hält ihn Richis für „geradezu rührend harmlos[ ]" (S. 271). Gleichzeitig vergewissert sich Grenouille witternd, dass von Richis nichts weiter zu befürchten ist. Und tatsächlich: Während Grenouille sich erhebt, um Laure zu töten, schläft Richis im trügerischen Gefühl der Sicherheit einen „tiefen, ruhigen, erquickenden Schlaf" (S. 272).

Parallelen zwischen Grenouille und Richis

Grenouille hat in der direkten Konfrontation mit Richis den Sieg davongetragen. Es ist ihm gelungen, seinen Gegner zu täuschen. Bereits durch den Erzählaufbau dieses Kapitels, in dem sich der Erzähler zunächst Grenouille, dann Richis und schließlich beiden zuwendet, werden die beiden Gegenspieler zueinander in Bezug gesetzt. Sie scheinen sich auf einer Ebene zu begegnen. Der abschließende Hinweis am Kapitelende bestätigt diese Einschätzung. Darin kommt der Erzähler zu dem Schluss, dass Richis die Auffassung Grenouilles, sein Wissen um Richis' Harmlosigkeit und seine eigene, vorgetäuschte Harmlosigkeit erleichterten ihm sein „Geschäft" (S. 272), „im umgekehrten Fall durchaus geteilt hätte" (S. 272).

Grenouille als Kind des Zeitalters der Aufklärung

In ihrer klar durchdachten, rationalen Vorgehensweise ähneln die beiden Charaktere einander. Dies lässt sich zum einen als Verweis auf die lauernden inneren Abgründe Richis' deuten, der sich inzestuös zu seiner Tochter hingezogen fühlt. Umgekehrt scheint Grenouille trotz seiner vom Erzähler im Laufe des Romans immer wieder hervorgehobenen animalischen und teuflischen Charakterzüge zugleich auch ein Produkt des Zeitalters der Aufklärung zu sein.

Funktion des 44. Kapitels für den Roman

In diesem Kapitel erreicht die Kriminalhandlung mit dem Aufeinandertreffen der beiden Kontrahenten Richis und Grenouille ihren Höhepunkt. Der Showdown fällt jedoch aus. Grenouille gelingt es, Richis zu täuschen. Nachdem Richis mit seiner plötzlichen Flucht Grenouille zuvorgekommen ist und dessen Pläne, Laure in ihrer eigenen „Kammer" (S. 267) zu ermorden, durchkreuzt hat, ist mittlerweile Grenouille seinem Gegner wieder voraus. Er ist zwei Stunden früher im Gasthaus angekommen als Richis.

Nun macht er sich daran, die Flucht- und Heiratspläne Richis' zu durchkreuzen.

45. Kapitel (S. 272–279): Die Ermordung Laure Richis'

Grenouille erschlägt und präpariert Laure

Sorgfältig und ruhig trägt Grenouille die Pomade auf das Leintuch auf, mit dem er Laure umhüllen möchte. Mithilfe einer Leiter klettert er in ihr Schlafzimmer. Dort tötet er die schlafende Laure mit einem kurzen, harten Schlag auf den Hinterkopf. Er entkleidet sie, schneidet ihr die Haare ab und wickelt sie in das Leintuch.

Gewissenlose, mitleidlose Tat

lakonisch → knapp, treffend, trocken

Die lakonische Art, mit der Laures Tod geschildert und auf ein hässliches Geräusch reduziert wird, macht die Gewissenlosigkeit, mit der Grenouille handelt, deutlich. Grenouille empfindet keinerlei Mitleid. Laures Tod bedeutet ihm nichts, weil ihm auch ihr Leben gleichgültig ist. Nur ihr Duft zählt für ihn. „Das Geräusch des Schlages" (S. 275) hasst er, aber nicht weil es Laures Tod bedeutet, sondern weil es Grenouilles andächtige Stimmung stört. Grenouille erweist sich einmal mehr als amoralisch und auf sich selbst fixiert.

Mord als Kunstwerk

Grenouille betrachtet den Mord an Laure als künstlerische Tat. Das Einbalsamieren des Leichentuches wird in erlebter Rede aus der Sicht Grenouilles zur „künstlerische[n] Technik" (S. 273) überhöht, die „den Genuß des zu erwartenden Endergebnisses auf ideelle Weise vorwegnahm" (S. 273). Dass dieses Endergebnis den Tod eines jungen Menschen bedeutet, spielt keine Rolle. Auch die sechsstündige (vgl. S. 276) Totenwache, die Grenouille an Laures Totenbett hält, würdigt nicht etwa das Mordopfer, sondern dient dem „Geist des Gelingens" (S. 277). Grenouille verklärt das Warten zu einem feierlichen Prozess, der sein mit großer „Kunstfertigkeit" (S. 277) erarbeitetes „Werk" (S. 277) vollendet. Diese romantische Betrachtungsweise steht im Widerspruch zur geschäftlichen Rationalität, die

Sieht sie nicht als Mensch

ihn mit Richis verbindet. Hierin zeigt sich die Vielschichtigkeit und innere Widersprüchlichkeit Grenouilles.

Identitätsstiftende Funktion in der Mordtat

Das Warten „befriedigt[ ] ihn zutiefst" (S. 277). Dabei formen sich in seinem „düsteren Hirn fast heitere Gedanken" (S. 278). Grenouille fühlt sich eins mit der Welt. Der Widerspruch zwischen Innen- und Außenwelt scheint überwunden. Rückblickend scheinen alle Demütigungen und Zurückweisungen, die Grenouille erleben musste, einen Sinn zu bekommen (vgl. S. 278). Er fühlt sich gar als ein „vom Glück besonders begünstigter Mensch" (S. 278). Die zum Kunstwerk überhöhte Mordtat verleiht seinem Leben eine Bestimmung und ihm selbst die ersehnte Identität. Dies zeigt sich daran, dass Grenouille sich im Dialog mit sich selbst beim Namen nennt („Jean-Baptiste Grenouille", S. 278f.) und dafür dankt, dass „du so bist, wie du bist" (S. 279).

Identität als genialer Mörder und Parfümkünstler

Grundlage von Grenouilles neuer, scheinbarer Identität ist der Glaube an eine innere Bestimmung. Grenouille hält sich für ein vom „Schicksal" (S. 278) auserwähltes, „begnadetes Individuum" (S. 278). Seine Identität erscheint damit in ihm selbst angelegt. Insofern handelt es sich um eine die Person betreffende Identität. Aber anders als die von der Außenwelt völlig losgelöste, autonome personale Identität, die sich Grenouille im Bergstollen herbeifantasiert hat (vgl. S. 154f.), erfordert der hier angedeutete Identitätsbegriff zusätzlich eine nach außen gerichtete Tat, mit der Grenouille seine Bestimmung erfüllt: Er muss zum Mörder und zugleich zum Schöpfer eines (parfümistischen) Kunstwerkes werden. Dadurch bewegt sich der Identitätsbegriff zwischen den Polen einer von innen und einer von außen begründeten Identität, das heißt zwischen den Polen einer personalen und sozialen Identität. Die Quelle der Identität ist eine innere Bestimmung, die sich jedoch erst im schöpferischen bzw. zerstörerischen Wirken in der Außenwelt erfüllt. Durch die Mädchenmorde und die Kreation eines Parfüms bringt Grenouille seine personale und seine soziale Identität vorübergehend in eine scheinbare Balance.

Grenouilles Identität als genialer Mörder und Parfümeur

„begnadetes Individuum" (S. 278), Genie	→	**Tat:** Mädchenmorde, Parfümherstellung	→	Mörder, Parfümeur/Künstler
↓		↓		↓
personale Identität	→	**scheinbare Balance**	←	**soziale Identität**

→ Identität als genialer Täter (Mörder & Schöpfer/Künstler)

Identität nicht von Dauer

Da Grenouilles Identität an seine Tat gebunden ist, deutet sich bereits an, dass sich diese Identität nach Beendigung der Tat – also nach dem Ende der Mordserie und nachdem Grenouille sein Parfümkunstwerk fertiggestellt hat – nicht länger aufrechterhalten lässt. Entsprechend wird sich Grenouilles vermeintliche Identität im weiteren Romanverlauf als Illusion entpuppen. Eine dauerhafte Identität könnte er nur erlangen, wenn es ihm tatsächlich gelänge, wie er hofft, Laures „herrlichen Duft" (S. 279) zu „seinem" (S. 279) zu machen.

Funktion des 45. Kapitels für den Roman

Innerhalb der Kriminalhandlung stellt das Kapitel einen Wendepunkt dar. Laure Richis ist tot. Grenouille hat das Duell mit ihrem Vater für sich entschieden. Stand bislang die Durchführung bzw. Verhinderung der Mordtat im Zentrum der Handlung des dritten Romanteils, geht es im Folgenden allenfalls noch um deren Bestrafung. Innerhalb des Gesamtromans beschreibt das Kapitel hingegen einen kontinuierlichen Entwicklungsprozess, der noch nicht abgeschlossen ist. Legt man den Aufbau eines Bildungsromans zugrunde, so steht Grenouille nun unmittelbar davor, sein Meisterstück zu vollenden und seine Meisterprüfung abzulegen. Bereits jetzt scheint er in der Balance zwischen Innen- und Außenwelt eine eigene Identität gefunden zu haben. Diese gilt es aber dauerhaft zu bestätigen. Grenouille muss seinen festen Platz in der Gesellschaft finden – oder daran scheitern.

46. Kapitel (S. 279–282): Richis findet Laure tot vor

Grenouille „vollendet[ ]" seine Arbeit

Noch vor der Morgendämmerung „vollendet[ ]" (S. 279) Grenouille seine Arbeit. Er entfernt das Leintuch, in das er Laure gewickelt hat, schält das Fett von ihrem Körper, schnürt Kleider und Haare zu einem Paket und schleicht sich durch das Fenster nach draußen.

Richis' Albtraum wird Wirklichkeit

Gegen sieben Uhr erwacht Richis. Er hat gut geschlafen, ist bestens aufgelegt. Diese gute Laune, die der Erzähler betont, bildet einen makaberen Kontrast zum Tod Laures, von dem Richis noch nichts ahnt. Dadurch veranschaulicht der Erzähler, wie gut es Grenouille gelungen ist, Richis zu täuschen und in Sicherheit zu wiegen. Der Anblick seiner nackten, toten und kahl rasierten Tochter im gleißenden Morgenlicht trifft Richis vollkommen unvorbereitet. Gerade weil er geglaubt hat, dem Mörder voraus zu sein (vgl. S. 260), vergrößert das seine Niederlage. Zudem erinnert sich Richis jetzt daran, dass er genau diesen Anblick „vorausgeträumt" hat. All seine Vorahnungen aber haben ihm nichts geholfen.

Aufgeklärter Verstand scheitert am Schicksal

Der Umstand, dass Richis den Tod seiner Tochter im Traum vorausgesehen hat, und das helle, weiße Licht, in das der Raum mit der Toten getaucht ist, verleihen dem Geschehen einen geheimnisvollen, schicksalhaften Charakter. Es entsteht der Eindruck, Richis' aufgeklärtes Denken sei an seine Grenzen gestoßen. Richis' Verstand, so scheint es, muss vor den schicksalhaften, dämonischen Mächten, mit denen Grenouille im Bunde ist, kapitulieren.

Funktion des 46. Kapitels für den Roman

Das im 45. Kapitel geschilderte Geschehen wird weitergeführt und abgerundet. Auf pointierte Weise werden Grenouilles erfolgreich vollendetes Werk und Richis' gescheiterter Plan miteinander konfrontiert. Der rationale Verstandesmensch Richis erscheint dem mörderischen Künstlergenie Grenouille hoffnungslos unterlegen.

47. Kapitel (S. 282–287): Grenouille wird verhaftet

Laures Tod versetzt die Bevölkerung in Angst

Die Nachricht von Laures Tod verbreitet sich in Grasse rasant. Mit einem Schlag kehrt die Angst zurück. Da es nicht einmal Richis, einem der mächtigsten Männer der Stadt, gelungen ist, seine Tochter zu schützen, fürchten sich die Grasser mehr denn je vor dem Mörder. Wie schon während der Mordserie flüchten sie sich in ihrer Angst und Hilflosigkeit in irrationale Erklärungen und Handlungen. Glaube, Aberglaube und Pseudowissenschaften haben Hochkonjunktur (vgl. S. 283f.). Der Erzähler beschreibt das mit leicht ironischem Unterton.

Widersprüchliche Deutungen des (unzuverlässigen) Erzählers

Erzähler widerspricht sich

Die Vorstellung, Grenouille könne mit dem „Teufel im Bund" (S. 283) sein, wenn er nicht gar „selbst der Teufel" (S. 283) sei, bringt der Erzähler mit den „einfältigeren Gemüter[n]" (S. 283) der Stadt in Verbindung. Den Gedanken, in Grenouille eine teuflische Figur zu sehen, tut er als abwegig ab. Damit jedoch widerspricht sich der Erzähler selbst. Schließlich hat er im Laufe des Romans immer wieder eine solche Lesart nahegelegt. Derartige Widersprüche und Ungereimtheiten können Konstruktionsfehler des Autors Patrick Süskind sein. Möglicherweise aber sind sie auch ein Zeichen für die Unzuverlässigkeit des Erzählers (vgl. S. 28).

Deutungsoffenheit und Deutungsvielfalt

Zugleich lassen sie Grenouille als eine schillernde Figur erscheinen, eine interpretatorische Projektionsfläche, die sich einer einzelnen Deutung entzieht. Ähnliches gilt für den gesamten Roman, der aufgrund seiner Deutungsoffenheit vielfältige, teilweise widersprüchliche Interpretationen erlaubt.

Grenouilles Verhaftung

Richis, der Wirt des Gasthofes von Napoule und der Stallknecht bezeugen, in der Mordnacht einen kleinen, un-

Ben Whishaw als Grenouille in Tom Tykwers Verfilmung „Das Parfum" (2006)

scheinbaren Gerbergesellen gesehen zu haben, der, wie der Wirt bemerkt, leicht gehinkt hat. Richis setzt eine Belohnung zur Ergreifung des Täters aus. Die Spur führt zu einem Unschuldigen. Doch kurz bevor dieser unter Folter befragt wird, erkennt der Hauptmann der Grasser Stadtwache Grenouille wieder, als er ihm zufällig vor dem Atelier von Druot und Madame Arnulfi begegnet. Er erinnert sich daran, wie Grenouille ihn nach Richis' Abreise nach dem Weg gefragt habe, auf dem die Karawane die Stadt verlassen habe. Dies teilt er den zuständigen Richtern mit, und schon eine Stunde später wird Grenouille verhaftet. In einem Verschlag entdeckt man die Kleider und Haare Laures. Auch die Kleider der 24 zuvor ermordeten Mädchen tauchen auf. Der Mörder ist endlich gefasst.

Funktion des 47. Kapitels für den Roman

In diesem Kapitel werden die Geschehnisse zusammengefasst, die auf den Tod Laures folgen. Mit der Verhaftung Grenouilles ist ein weiterer Abschnitt der Kriminalhandlung abgeschlossen. Die Tat konnte zwar nicht verhindert werden, aber der Täter wurde überführt. Jetzt fehlen nur noch seine Verurteilung und Bestrafung.

48. Kapitel (S. 287 – 295): Vorbereitungen für Hinrichtung

Grenouille wird der Menge vorgeführt

Anfangs reagiert die Grasser Bevölkerung auf die Nachricht von Grenouilles Verhaftung skeptisch. Das ändert sich, als die Beweismittel (Kleider und Haare) öffentlich ausgelegt werden. Auffällig ist, dass die Grasser Bevölkerung als eine Einheit dargestellt wird. Die Individuen verbinden sich zu einer „Menge" (S. 288), die eine gemeinsame „öffentliche Meinung" (S. 288) vertritt. Der Hass auf den Mörder entwickelt sich zum Massenphänomen: Die Menschen rotten sich zu einem Mob zusammen, der den Mörder sehen möchte. Als Grenouille am Fenster präsentiert wird, fällt die Reaktion einmütig aus: Das „Gebrüll" (S. 288) verstummt. Niemand kann sich vorstellen, dass dieser unscheinbare kleine Mann, dieses „armselige Häuflein" (S. 288) der gefürchtete Massenmörder sein soll. Erst als die Menge nicht mehr mit dem Anblick Grenouilles konfrontiert wird, steigert sich der Zorn der Masse zu „einem einzigen donnernden Wut- und Racheschrei" (S. 289). Abermals agieren die Menschen als Masse – wie ein einziges Wesen.

Veränderung der 1. Szene im Film

Prozess und Urteil

Der Prozess gegen Grenouille ist schnell beendet. Die Beweise sind eindeutig, und Grenouille gesteht die Tat. Am 15. April 1766 wird er zu einem qualvollen Tod durch Kreuzigung verurteilt. Trotz seines Geständnisses schweigt sich Grenouille über sein Motiv aus. Auch unter Folter sagt er nur, er habe die Mädchen „gebraucht" (S. 290).

Fehleinschätzungen von Grenouilles Wesen und Charakter

„Die Richter", heißt es, „hielten ihn für geisteskrank." (S. 290) Eine Formulierung, die an einen Satz aus dem fünften Kapitel erinnert: „Sein Lehrer hielt ihn für schwachsinnig." (S. 35) In beiden Fällen handelt es sich um Fehleinschätzungen. Richter und Lehrer unterschätzen Grenouille, weil sie sein wahres Wesen nicht durchschauen. Aus diesem Grund bringt auch die Menge Grenouilles Erscheinungsbild nicht mit ihrem Vorstellungsbild von einem

Mädchenmörder in Einklang. Weil die Menschen die Beweggründe Grenouilles nicht kennen, verstehen sie ihn nicht. Deshalb aber können sie ihn auch nicht wirkungsvoll bekämpfen. Das wiederum ist der Grund, weshalb Grenouille seine Motive geheim hält.

Grenouille als leere Projektionsfläche

Nach dem Todesurteil besucht ein Priester Grenouille in seiner Zelle. Als der Geistliche von Gott spricht, schaut ihn Grenouille „absolut verständnislos" (S. 291) an. Kurz darauf fällt er in „tiefsten Schlaf" (S. 291). Auf den ersten Blick scheint diese Reaktion Grenouilles teuflische Natur zu belegen. Tatsächlich aber widerlegt sie diese eher. Der Teufel nämlich kennt Gott sehr gut, ist er doch dessen ärgster Widersacher. Bei einer Teufelskreatur hätte die „Erwähnung des Namens Gottes" (S. 291) eine negative Reaktion hervorrufen müssen. Grenouille aber scheint gar keinen Begriff von Gott zu haben, was auch bedeutet, dass er keine Vorstellung vom Teufel hat.

Nach dieser Lesart führen die vielen Hinweise auf den teuflischen Charakter Grenouilles im Roman letztlich ins Leere. Es handelt sich um Zuschreibung des (unzuverlässigen) Erzählers oder anderer Romanfiguren. Grenouille definiert sich vor allem über das, was er *nicht* ist. Er ist geruchlos, seelenlos, gottlos. Da er keine Vorstellung von Moral hat, ist er amoralisch, aber nicht unmoralisch im Sinne von „böse" oder „teuflisch". Er hat keine eigene Identität und wird so zur Projektionsfläche für das, was andere in ihm sehen möchten, egal, ob es sich um die „Gläubigen" (S. 294), „die Satansjünger" (S. 294) oder „die gebildete Noblesse" (S. 294), also den Adel, handelt. Grenouille als Teufel zu deuten ist deswegen nicht falsch. Es bleibt aber nur eine von mehreren Lesarten.

Vorbereitungen für die Hinrichtung

Nach Grenouilles Todesurteil fiebert die Stadt der Hinrichtung förmlich entgegen. Nicht nur ein Schafott wird errichtet, sondern auch eine Holztribüne für bedeutende Persönlichkeiten. Fensterplätze werden vermietet, Limonadenverkäufer füllen ihre Bestände auf. Wie auf einen „hohen Festtag“ (S. 293), ein Volksfest bereiten sich die Menschen auf die Hinrichtung vor.

Richis' einsamer Ekel

Richis empfindet die Feststimmung als abstoßend. Erneut hebt er sich damit von der Masse ab (vgl. 41. Kapitel). Er trauert um Laure und gibt sich eine Mitschuld an ihrem Tod (vgl. S. 294f.). Das einzige Gefühl, das ihn noch antreibt, ist Ekel, „vor der Welt und vor sich selbst“ (S. 295) und nicht zuletzt „vor dem Mörder“ (S. 295). Die Vorstellung, dem Mörder „in vorderster Reihe“ (S. 295) beim Sterben zuzusehen und den gesammelten Ekel auf ihm abzuladen, ist die einzige Perspektive, die Richis geblieben ist. Auch Richis nutzt Grenouille damit als Projektionsfläche – für seinen Ekel.

Funktion des 48. Kapitels für den Roman

Der Prozess gegen Grenouille, seine Verurteilung sowie die Vorbereitungen für die Hinrichtung werden in diesem Kapitel zusammengefasst. Während sich die Bevölkerung in Grasse in kollektiver Rachelust und Vorfreude zu einer einheitlichen Masse formiert, distanziert sich Richis vom lüsternen Mob. Sein eigenes Rachegefühl entspringt dem Ekel vor der Welt, vor sich selbst und vor dem Mörder. Grenouille erscheint in diesem Kapitel als Projektionsfläche für Empfindungen, Triebe oder Ängste anderer, ohne eigene Identität.

49. Kapitel (S. 296–308): Grenouilles Triumph und Scheitern

Geplante Hinrichtung verwandelt sich in Orgie

Ungeduldig warten an die zehntausend Schaulustige am Hinrichtungsplatz auf Grenouille. Üblicherweise werden die Verurteilten zu Fuß oder in einem Eselskarren zum Schafott gebracht. Grenouille aber erscheint wie ein Fürst in einem zweispännigen Wagen „mit Kutscher, livrierten Dienern und Reiterbegleitung“ (S. 298). Zudem ist er wie ein hoher Herr gekleidet, mit „weiße[n] Seidenstrümpfe[n]“ und „Schnallenschuhe[n]“ (S. 299). Wie ein „freier Mann“

(S. 299) entsteigt er der Kutsche. Kaum tritt er ins Freie, geschieht ein „Wunder“ (S. 299). Obwohl die Menge ihn als den verurteilten Mörder wiedererkennt, ist sie mit einem Mal von seiner Unschuld überzeugt. Ein „mächtiges Gefühl von Zuneigung“ (S. 300), ja „von Liebe“ (S. 300) breitet sich unter den Anwesenden aus, das sich zu einem „Gefühlsrausch“ (S. 302) und schamlosen Begehren steigert. Schließlich geben die „Menschentiere“ (S. 304) ihrem animalischen Verlangen nach und fallen hemmungslos übereinander her. Die geplante Hinrichtung artet zu einer Massenorgie aus. Das alles geschieht unter dem Einfluss von Grenouilles Jungfrauenparfüm.

Hinrichtung und Bacchanal als Massenphänomene

Sowohl in Erwartung der Hinrichtung als auch während der Orgie agieren die anwesenden Menschen als einheitliche Masse. Ähnlich haben sich die Zuschauer des Feuerwerks in Paris verhalten (vgl. S. 49 f.). Vergleicht man diese Massenphänomene, zeigen sich eine Reihe von Gemeinsamkeiten, aber auch Unterschiede. In allen drei Fällen treten die Menschen nicht als Individuen, sondern als Publikum, als Menschenmenge bzw. Masse in Erscheinung. Im Vorfeld der geplanten Hinrichtung formen die „Schaulustigen“ (S. 296) einen „Teig der Menschenmenge“ (S. 296). Später, unter dem Einfluss von Grenouilles Parfüm, verflüssigen sie sich gleichsam zu einer „amorphe[n]“ (S. 300), ungestalteten Masse.

Manipulation und Verführbarkeit der Massen

Sowohl in Paris als auch in Grasse bildet diese Massendynamik die Basis der Verführbarkeit. Hier wie dort wird nicht die Verführung eines einzelnen Menschen dargestellt, sondern die Manipulation einer Menschenmasse. Auffällig ist, dass eine ähnliche, volksfestartige Stimmung herrscht, obwohl sich die Anlässe unterscheiden. Das Feuerwerk wird zum „Jahrestag der Thronbesteigung des Königs“ (S. 49) veranstaltet; in Grasse soll eine Hinrichtung stattfinden. Offenbar spielt der Anlass eine untergeordnete Rolle. In beiden Fällen lassen sich die Zuschauer beeinflussen. In Paris feiern sie den unbeliebten König. In Grasse verwandelt sich einer „der verabscheuungswürdigsten Verbrecher seiner Zeit" (S. 303) in der Vorstellung der Menschen zum „Heiland" oder „Höchste[n] Wesen" (S. 303). Die manipulative Kraft der Verführung, die beim Feuerwerk angedeutet worden ist, steigert sich im Übergang von der Hinrichtung zum „Bacchanal" (S. 303) ins Extrem.

Parfüm als Symbol der Manipulation

Ausgelöst wird der Gesinnungswandel durch Grenouilles Parfüm, „das vor den Menschen beliebt macht" (S. 305). Feuerwerk und Parfüm versinnbildlichen die jeweiligen verführerischen Kräfte. Während sich die Kraft des Feuerwerks eher spielerisch entfaltet, entfacht das Parfüm eine dämonische Macht. Übt das Feuerwerk nur eine leichte manipulative Wirkung auf die Zuschauer aus, führt das Parfüm zum vollständigen Kontrollverlust. Das Feuerwerk ähnelt damit tendenziell einer Werbemaßnahme oder Imagekampagne, wohingegen das Parfüm für wahnhafte Besessenheit, ideologische Gehirnwäsche, Propaganda oder Volksverhetzung steht. Der „Große Grenouille" (S. 305) rückt einmal mehr in die Nähe Adolf Hitlers.

Der bedrohliche Charakter der Parfümverführung ist bereits in der als Spektakel geplanten Hinrichtung angelegt. Die verführerische Kraft geht dabei von der Tötung eines Menschen aus. Das „Schafott" (S. 296) liegt sinnbildlich auf einer Linie mit Feuerwerk und Parfüm. Während das Schafott die verführerische Dynamik des Feuerwerks ins Morbide steigert, hebt das Parfüm die Verführung auf eine neue Ebene. Die niederen Triebe der Menschen werden nicht nur angestachelt, sondern übernehmen die Kontrolle. Diese verführerische Dimension geht mit einem Wechsel der angesprochenen Sinne einher. Zielten Feuerwerk und Hinrichtung auf Augen und Ohren ab, erreicht das Parfüm die Menschen über die Nase. Die Manipulation findet unterschwellig, im Verborgenen statt und erweist sich dadurch als besonders erfolgreich und gefährlich.

Drei Beispiele für Massenphänomene in Süskinds Roman „Das Parfum"

	Menschen als Masse	Sinn(bild) der Verführung	Wirkung	Moral
Feuerwerk (S. 49f.)	„vieltausendköpfige Menge" (S. 49)	Feuerwerk (Sehen, Hören)	„Beifall" (S. 49), „Vivats" (S. 49) auf den König	oberflächlich, opportunistisch
Hinrichtung (S. 296ff.)	„Teig der Menschenmenge" (S. 296)	Schafott (Sehen, Hören)	„Applaus" (S. 297), „Jubel" (S. 297)	amoralische Haltung, blutrünstig
Bacchanal (S. 299ff.)	„amorphe[ ]" (S. 300) Masse	Parfüm (Geruch)	Orgie, willenloser Gehorsam	amoralisches Handeln

Negatives Menschenbild durch vereinfachende Darstellung?

Der Mensch erscheint in der Darstellung des Romans nicht von Grund auf unmoralisch, aber – besonders in der Masse – moralisch anfällig, korrumpierbar und manipulierbar. Zurecht hebt Süskind die Manipulierbarkeit des Massenmenschen hervor. Die Geschichte hat wiederholt gezeigt, dass ganz „normale" Menschen im Kollektiv und mit (pseudo-)ideologischen Rechtfertigungen zu grausamen Verbrechen fähig sind. Allerdings lässt sich Süskinds Darstellung auch als stark vereinfachend und einseitig kritisieren. Der schwache, verführbare Mensch, den Süskind entwirft, erscheint in seinem Massenwahn für seine Taten moralisch nicht länger verantwortlich, da es ihm von Natur aus unmöglich scheint, sich der Manipulation des Verführers zu entziehen. Tatsächlich aber kennt die Geschichte viele Beispiele von Menschen, die der „Verführung zum Bösen" nicht erlegen sind, sondern aktiv dagegen Widerstand geleistet haben. Bei Süskind jedoch kann sich nicht einmal Grenouilles stärkster Widersacher der Verführung entziehen (vgl. S. 307).

Diese mögliche Kritik gilt es jedoch zu relativieren. Offensichtlich geht es Süskind bei seiner Darstellung nicht darum, ein möglichst realistisches und differenziertes Menschenbild zu entwerfen. Stattdessen verdichtet er die Manipulierbarkeit des Menschen zu einem parabelartigen Geschehen. Indem er die negativen Seiten des menschlichen Wesens hervorhebt und die positiven unterschlägt, weist er überspitzt auf eine reale Gefahr hin.

Zugleich aber bleibt die Frage nach dem Wesen des Menschen, die das von Grenouille herbeigeführte Bacchanal aufwirft, zentral für das Verständnis des Romans. Es ist die Frage nach der menschlichen Identität, die auch Grenouilles Handeln prägt.

Grenouilles prometheische Tat

Wechsel Erzähl-perspektive

Nachdem die Hinrichtung zu einer Massenorgie ausgeartet ist, wechselt die Erzählperspektive von einem auktorialen zu einem personalen Erzählen (vgl. S. 304). Statt der Menge rückt nun Grenouille in den Mittelpunkt. Dieser vergleicht sich mit Prometheus, dem er sich sogar überlegen fühlt. Wie Prometheus hält sich Grenouille im Vergleich zu Gott für den besseren Schöpfer/Künstler. Er glaubt, „ein herrlicherer Gott als jener weihrauchstinkende Gott“ (S. 304) zu sein. Und Prometheus fühlt er sich überlegen, weil er – im Gegensatz zu diesem – auch sich selbst erschaffen habe.

Verachtung und Ekel

Während sich Prometheus mit den Menschen solidarisiert und die Welt verbessern möchte, stellt sich Grenouille gegen die Menschen. Er empfindet nur Verachtung und „Ekel“ (S. 304 f.) für sie. Darin ähnelt er Richis, der nach Laures Tod ebenfalls von „Ekel vor der Welt“ (S. 295) erfüllt ist. Anders als bei Richis ist dieser Ekel bei Grenouille aber nicht moralisch begründet. Und während Richis sich auch „vor sich selbst“ ekelt (S. 295), erscheint der Ekel bei Grenouille eine Reaktion auf die Ablehnung, die er erfahren hat. Der Ekel erweist sich als treibende Kraft seiner Sinn- und Identitätssuche.

Der „Große Grenouille" wird Wirklichkeit

Nachdem Grenouille die Richtung seiner Suche von innen nach außen verlagert hat, scheint er nun am „größten Triumph seines Lebens" (S. 305) angelangt. Denn das, was er sich in seiner Höhle lediglich erträumt hat (vgl. S. 161 ff.), wird nun Wirklichkeit. Er ist der „Große Grenouille" (S. 305). Doch ähnlich wie seine nach innen gerichtete Suche an der Erkenntnis gescheitert ist, dass er keinen Eigengeruch besitzt, scheitert nun die nach außen gerichtete Suche daran, dass es nicht Grenouilles eigener Geruch ist, den die Menschen vergöttern.

Tragisches Scheitern

Ausgerechnet in dem „Augenblick" (S. 305), in dem er sich am Ziel seiner Träume wähnt, realisiert Grenouille, dass er sich grundlegend täuscht. Die Fallhöhe vom „größten Triumph" (S. 305) zu dieser „fürchterlich[en]" (S. 305) Erkenntnis verleiht seinem Scheitern eine tragische Dimension. Nachdem er „zwei Jahre lang" (S. 305) alles dafür getan hat, ein Parfüm herzustellen, „das vor den Menschen beliebt macht" (S. 305), begreift er nun, dass die Liebe, die es hervorruft, nicht ihm gilt. Er selbst wiederum liebt die Menschen nicht, „er haßte sie" (S. 305). Dieser Hass aber kommt bei den Menschen nicht an. Stattdessen reagieren sie auf das Parfüm, das er aufgetragen hat, und nehmen sein „häßliches, zynisches Grinsen" (S. 304) als liebevolles, bezauberndes „Lächeln" (S. 304) wahr.

Widerspruch zwischen Grenouille und Außenwelt besteht weiter

Dieses Missverständnis ist Ausdruck des Missverhältnisses, das zwischen Grenouille und der Außenwelt besteht. Grenouille hat diesen Widerspruch nicht überwunden. Die ekstatischen Liebesreaktionen, die das Parfüm auslöst, führen Grenouille vor Augen, dass nicht er damit gemeint ist. Der Hass und Ekel, die er empfindet, belegten zugleich, dass er sich das Parfüm nicht zu eigen machen kann. Es ist ihm nicht gelungen, sich mit dem Parfüm eine eigene Identität zu erschaffen. Noch immer besitzt er keinen Eigengeruch. Es ist ihm eben doch nicht geglückt, den „göttlichen Funken [...] in seinem Innern" (S. 304) zu schlagen. Er ist nicht

„größer als Prometheus" (S. 304). Im Gegenteil: Im Gegensatz zu Prometheus besitzt Grenouille noch immer keine eigene Identität.

Nebel versinnbildlicht Grenouilles gescheiterte Identitätssuche

Grenouilles Sehnsucht nach Liebe und Anerkennung schlägt in die Sehnsucht nach Hass um, als er erkennen muss, dass die Liebe der Menschen nicht ihm gilt, sondern lediglich seinem Parfüm. Er möchte nur einmal sein „wie andre Menschen auch" (S. 306), ein Wunsch, der Grenouilles Sehnsucht nach einer sozialen Identität Ausdruck verleiht. Er möchte als eine eigenständige Persönlichkeit in „seiner wahren Existenz zur Kenntnis genommen werden" (S. 306). Dies aber bleibt ihm verwehrt. Ohne personale Identität kann er auch keine soziale Identität erhalten. Wie zuvor die nach innen gerichtete Identitätssuche führt nun auch die nach außen gerichtete Suche nicht zum Ziel. Abermals löst sich Grenouilles Ich-Persönlichkeit im sinnbildlichen „Nebel" (S. 306 ff.) auf.

Die Nebel-Metaphorik innerhalb des Romans

Seiten	S. 57	S. 171	S. 307
Sinnbild	„höchst nebulöser Kenntnis seiner selbst"	„Der Nebel war sein eigener Geruch"; kein Eigengeruch	„die entsetzlichen Nebel seines eigenen Geruchs, den er nicht riechen konnte"
Bedeutung	fehlendes Ich-Bewusstsein, keine Bestimmung bzw. Lebensaufgabe	Scheitern der nach innen gerichteten Identitätssuche, keine personale Identität	Scheitern der nach außen gerichteten Identitätssuche, keine echte, nur scheinbare soziale Identität

→ Nebel versinnbildlicht fehlende Identität und Bestimmung
→ Grenouilles Sinn- und Identitätssuche scheitert

Gegensätzliche Interpretationsansätze zu Grenouilles Scheitern

Vor dem Hintergrund des Zeitalters der Aufklärung erlaubt Grenouilles Scheitern (vgl. S. 304 ff.) zwei gegensätzliche Lesarten:

- Nach der ersten Lesart offenbart Grenouilles Scheitern die Grenzen von Vernunft und Wissenschaft: Wahre Liebe und Persönlichkeit lassen sich nicht im Labor herstellen.
- Nach der zweiten Lesart belegt Grenouilles (oberflächlicher) Triumph, dass Liebe sich auf ein Reiz-Reaktions-System reduzieren lässt und die menschliche Identität eine Illusion ist.

Kritik an technisch-wissenschaftlichem Menschenbild

Man kann Grenouilles Suche nach einer olfaktorischen, also letztlich chemischen Formel für eine individuelle Persönlichkeit und die zwischenmenschliche Liebe als – gescheiterten – Versuch deuten, die Welt bzw. das menschliche Dasein rein rational-wissenschaftlich, materialistisch zu begreifen und zu bewältigen. In dieser Lesart würde Süskinds Roman ein einseitiges Aufklärungsverständnis kritisieren, das ausschließlich Verstand und Vernunft gelten lässt. Grenouilles Schicksal würde dann den Beweis dafür liefern, dass Persönlichkeit und Liebe sich nicht auf chemische Formeln reduzieren ließen. Grenouille gelingt es zwar, die Massen zu täuschen, aber nicht sich selbst. Er weiß, dass nicht er es ist, den die Menschen lieben, und dass ihre Liebe eine oberflächliche ist, keine wahrhaftige. Grenouille kann die Illusion, den Anschein von Liebe hervorrufen. Die echte Liebe kann ihm das aber nicht ersetzen.

Liebe und Ich-Identität sind Illusionen

In der entgegengesetzten Lesart verzweifelt Grenouille am Ende nicht daran, dass er wahre Liebe und individuelle Identität nicht erreichen kann, sondern an der Erkenntnis, dass es beides gar nicht gibt. Der Erfolg, den sein Parfüm erzielt, wäre dann ein Beleg dafür, dass Identität und Liebe sich letztlich auf ein chemisches – oder in diesem Fall olfaktorisches – Reiz-Reaktions-System reduzieren ließen.

Grundsätzlich erlaubt Süskinds Roman beide Deutungen. Dass es aber Grenouille nicht gelingt, sich selbst zu täuschen, spricht eher für die erste Lesart. Auch wenn die Menschen sich so verhalten, „als ob" sie Grenouille lieben würden, tun sie es doch nicht wirklich.

Vorgetäuschte Liebe kann wahre Liebe nicht ersetzen

Während die „fürchterlichen stickigen Nebel" (S. 307) wieder in Grenouille aufsteigen, kommt Richis „wie ein rächender Engel" (S. 307) auf ihn zu. Inständig hofft Grenouille, dass sich Richis von seinem Parfüm nicht täuschen lässt. Eine Hoffnung, die verdeutlicht, dass die Wirkung des Parfüms für Grenouille keinen Sieg mehr bedeutet, sondern im Gegenteil ein Beleg für sein Scheitern ist. Würde ihn Richis aber trotz des Parfüms auch weiterhin hassen, so gälte dieser Hass Grenouille selbst. Im Vergleich zur Vorstellung, dass Grenouille für die anderen Menschen im Grunde gar nicht existiert, erscheint Richis' Hass wie eine Erlösung (vgl. S. 308). Doch auch diese letzte Hoffnung erfüllt sich nicht. Unter dem Einfluss des Parfüms fleht Richis den Mörder seiner Tochter um Vergebung an. Damit bleibt Gre-

Auch Richis lässt sich täuschen

letzte Hoffnung auf Identität

Alan Rickman (li.) und Ben Whishaw als Richis und Grenouille in Tom Tykwers Verfilmung „Das Parfum" (2006)

nouille ohne Identität. Die Nebel bemächtigen sich seiner, er bricht zusammen und verliert das Bewusstsein.

Funktion des 49. Kapitels für den Roman

Das 49. Kapitel stellt einen entscheidenden Höhe- und Wendepunkt des Romans dar. Mit dem Jungfrauenparfüm hat Grenouille sein Meisterstück vollendet. Indem er es öffentlich testet, legt er seine Meisterprüfung ab. Die Handlung spitzt sich dramatisch zu: Grenouille entgeht der Hinrichtung, die sich in eine Orgie verwandelt. Dieser scheinbare Triumph erweist sich jedoch als Niederlage.

Auf der Grundlage einer Gliederung in fünf „Akte" leitet das Kapitel die Wende vom „Umschwung" zum „Schluss" ein. Auch die Hinwendung zur Außenwelt (im 4. „Akt"), hat Grenouille nicht den gewünschten Erfolg gebracht. Er vermisst weiterhin eine eigene Identität und einen Lebenssinn. Anders als im klassischen Bildungsroman gelingt es Grenouille am Ende nicht, den Widerspruch zwischen Innen- und Außenwelt, Individuum und Gesellschaft zu überwinden. Grenouille besteht seine Meisterprüfung nicht. Er kann sich nicht in die Gesellschaft integrieren.

Vergleicht man „Das Parfum" mit einem Bildungsroman, so zeigt sich, dass das Werk „Das Parfum" zwar den Aufbau eines Bildungsromans kopiert, den Inhalt jedoch ins Gegenteil verkehrt. Eine positive Entwicklung findet bei Grenouille nicht statt. Mit ihm scheitert auch das Konzept des Bildungsromans.

50. Kapitel (S. 308–314): Aufbruch und Verdrängung

Richis hält Grenouille für Laure-Ersatz

Nach seinem Zusammenbruch kommt Grenouille im Bett von Laure Richis wieder zu sich. Laures Vater steht ganz unter dem Einfluss des Parfüms und begegnet Grenouille mit „hohle[r], dümmliche[r]" (S. 309) Liebe. Der Geruch des Parfüms hat sich so verändert, dass nun die „Herznote von Laures Geruch noch herrlicher hervortrat" (S. 309). Die Liebe, die Richis scheinbar dem Mörder entgegenbringt, gilt in Wirklichkeit seiner Tochter. Es bestätigt sich, was Grenouille während der Orgie begriffen hat: Nicht er wird geliebt, sondern der Geruch seines Parfüms. Aufgrund dieses Geruches glaubt Richis in Grenouille seine Tochter wiederzuerkennen: „Du bist ihr ähnlich." (S. 309) Richis möchte Grenouille als Sohn bei sich aufnehmen, damit dieser ihm die verlorene Tochter ersetzt. Von den Mordvorwürfen ist Grenouille zwischenzeitlich freigesprochen worden.

Grenouille schleicht sich davon

Grenouille erklärt sich scheinbar damit einverstanden, in die Rolle von Richis' Sohn zu schlüpfen. Anschließend stellt er sich schlafend. Als in „Haus und Stadt" (S. 310) alles ruhig ist, schleicht er sich davon. Mittlerweile hat sich das Parfüm verflüchtigt, sodass er unerkannt an den Menschen vorbeigehen kann, die nach der nächtlichen Orgie erst allmählich wieder zu sich kommen.

Grasser Bevölkerung verdrängt Schuldgefühle

Nach dem bösen Erwachen (vgl. S. 312) wollen die Grasser nicht mehr an die Orgie erinnert werden. Den Grassern und ihren Behörden liegt wenig daran, den wahren Mädchenmörder zu finden. Die Bevölkerung verdrängt das Geschehen. Die Behörden verurteilen in einem kurzen Scheinprozess einen Unschuldigen, nur um möglichst schnell wieder zur „normalen" (vgl. S. 314) Tagesordnung übergehen zu können. Dominique Druot muss als Sündenbock herhalten und wird anstelle von Grenouille verurteilt. Unter Folter gesteht er die Morde. Anschließend wird er erhängt. Druot reiht sich damit in die Reihe derjenigen Nebenfiguren ein, die für ihre Begegnung mit Grenouille mit dem Leben bezahlen. Zuvor hat er, wie die anderen auch, hemmungslos von Grenouille profitiert.

Parallelen zur deutschen Nachkriegsvergangenheit

Vergleicht man den „Großen Grenouille" mit Adolf Hitler, liegt es nahe, auch zwischen der Grasser Bevölkerung und dem deutschen Volk Parallelen zu ziehen. Ähnlich wie große Teile der deutschen Bevölkerung nach Ende des Zweiten Weltkrieges verdrängen die Grasser ihre jüngste Vergangenheit. An einer grundlegenden Aufarbeitung und Bewältung der nationalsozialistischen Verbrechen hatten

Bevölkerung und Behörden im Nachkriegsdeutschland oftmals kein Interesse. Anstatt die Schuldigen des Holocaust und die Kriegsverbrecher zur Rechenschaft zu ziehen, wollten die meisten möglichst schnell wieder zu einem vermeintlich normalen Alltag zurückkehren.

Grundlegende Unterschiede

Trotz der Parallelen, die sich zwischen Grenouille und Hitler herstellen lassen, greift ein solcher Vergleich dann zu kurz, wenn man ihn aus einer historischen oder biografischen Perspektive als Gleichsetzung von Personen oder Geschehnissen betrachtet. Bei der Orgie in Grasse verloren die Menschen zwar die Kontrolle, verübten aber keine Völkermorde. Auch wäre es falsch und gefährlich verharmlosend, den Holocaust zu einem unbedachten Akt verblendeter und verführter Massen zu bagatellisieren. Dies würde die historische Dimension sowie die persönliche Verantwortung der Täter infrage stellen. Tatsächlich aber handelten nicht nur die führenden Nationalsozialisten, sondern auch viele sogenannte Mitläufer aus Überzeugung, persönlichen Interessen und wohlbedachtem Kalkül. Dem komplexen historischen Kontext der Judenverfolgung und des Holocaust wird die Darstellung von Massenverführung und Massenmorden in Süskinds Roman ohnehin in keiner Weise gerecht.

Grenouille ist nicht Hitler

Allerdings nimmt Patrick Süskind eine solche simple Gleichsetzung zwischen Grenouille und Hitler auch gar nicht vor. Der Name „Hitler" taucht im Roman nicht auf. Die Anspielungen auf Hitler und den Nationalsozialismus dienen wohl kaum dazu, Hitler, seine Ideologie oder gar den Holocaust zu erklären, sondern lassen sich eher so deuten, dass Süskind auf die Gefahren von Massenphänomenen und kollektiven Mechanismen hinweisen möchte, indem er daran erinnert, dass diese Mechanismen unter anderem auch von Adolf Hitler und den Nazis instrumentalisiert wurden.

Untypisches Ende der Kriminalhandlung

Mit der Hinrichtung Druots ist auch der Kriminalfall innerhalb des Romans „erledigt" (S. 314). Es ist allerdings ein für einen Kriminalroman untypisches Ende. Das Verbrechen wird nicht zufriedenstellend aufgeklärt. Der Verbrecher entgeht seiner Strafe. Stattdessen wird ein Unschuldiger hingerichtet. Analog zum Bildungsroman, der scheitert, ließe sich das Werk „Das Parfum“ daher als Kriminalroman, der scheitert, beschreiben. Geschildert wird ein Anti-Krimi. Das Geschehen lässt sich nur teilweise rational erklären. Oftmals hat es fantastische Züge oder einen stark sinnbildlichen Gehalt. Als Kriminalroman lässt sich Süskinds Roman schon deshalb nicht bezeichnen, weil die Kriminalhandlung nur vorübergehend in den Vordergrund rückt. Das Verbrechen bildet nicht den roten Faden des Romanverlaufes. In weiten Passagen spielen kriminalistische Aspekte keine Rolle. Das Werk „Das Parfum“ ist demnach kein Kriminalroman, enthält und verarbeitet jedoch Elemente eines solchen.

Funktion des 50. Kapitels für den Roman

Mit diesem Kapitel endet der dritte Teil des Romans. Gliedert man den Roman analog zu einem Fünf-Akt-Drama, markiert das Kapitel das Ende des vierten „Aktes“ bzw. des „Umschwungs“. Grenouilles Hinwendung an die Welt ist nun ebenso gescheitert wie zuvor sein Rückzug ins eigene Ich im dritten „Akt“. Und so wie der dritte „Akt“ damit endete, dass Grenouille seine Höhle verlassen hat, endet der vierte „Akt“ nun mit Grenouilles Aufbruch aus Grasse.

Das Scheitern des Bildungsromankonzeptes, das im 49. Kapitel deutlich geworden ist, wird ebenfalls noch einmal aufgegriffen. Richis scheint Grenouille eine Chance zu eröffnen, sich in die Gesellschaft zu integrieren, indem er ihn als Sohn bei sich aufnehmen möchte. Dieses Angebot basiert jedoch auf einer Täuschung. Unter dem Einfluss des Parfüms setzt Richis Grenouille mit seiner Tochter Laure gleich. Nur zum Schein geht Grenouille daher auf das Angebot ein. Als sich das Parfüm am anderen Morgen verflüchtigt hat, ist Grenouilles Meisterprüfung endgültig beendet – und gescheitert.

Auch die Kriminalhandlung endet mit einem Scheitern. Richis, der einzige ernst zu nehmende Gegenspieler des Täters, will diesen bei sich aufnehmen. Die Behörden sprechen Grenouille frei und richten einen Unschuldigen hin. Die Bevölkerung verdrängt ihre Schuld. Am Ende des Kapitels dominieren Lüge, Scheitern und Disharmonie.

Vierter Teil (S. 315–320)

Zirkelschluss, Scheitern, Tod

Im vierten Romanteil, der aus einem einzigen sechsseitigen Kapitel (S. 315–320) besteht, wird Grenouilles Rückkehr nach Paris geschildert. Am „28. Juni 1767" (S. 317) kommt er in Paris an.[1] Gleichzeitig kehrt er damit an den Ort seiner Geburt zurück. Die positive Entwicklung des Helden eines Bildungsromans wird durch diesen Zirkelschluss infrage gestellt. Grenouille ist am Ende wieder dort, wo alles angefangen hat. Er ist noch immer ausgeschlossen, ungeliebt und ohne Identität. Er hat sich nicht in die Gesellschaft eingegliedert. Eine nachhaltige Entwicklung fand nicht statt. Auf die Meisterjahre folgt das Eingeständnis seines Scheiterns. Seine scheinbare Bestimmung mündet in einer furchtbaren Enttäuschung, weshalb er seine anfängliche Entscheidung „*für* das Leben" (S. 28) nun zurücknimmt und stattdessen den Tod wählt.

Gliedert man den Roman auf der Basis eines Fünf-Akt-Dramas, entspricht der vierte Romanteil dem Schluss bzw. dem fünften „Akt".

51. Kapitel (S. 315–320): Grenouilles Tod

Rückkehr ohne Hoffnung

Allein der Umstand, dass Grenouille in seine Geburtsstadt zurückkehrt, ist noch kein Zeichen dafür, dass er sich in der Zwischenzeit nicht weiterentwickelt hat. Vielmehr könnte die räumliche Rückkehr auch die Persönlichkeitsveränderung hervorheben. Bei Grenouille aber hat eine solche Ver-

---

[1] Vermutlich handelt es sich bei dieser Zeitangabe um einen Kontinuitäts- oder Editionsfehler. Da Grenouille Ende April 1766 aus Grasse aufbricht, dürfte er eher am 28. Juni 1766 in Paris eintreffen.

änderung letztlich nicht stattgefunden. Auf dem Weg von Grasse nach Paris verhält er sich wieder so wie „zu Beginn seiner Reise" (S. 315). Er geht nachts und isst alles, „was er am Wege" (S. 315) findet. Damit macht er die scheinbare Verwandlung in einen gesellschaftstauglichen Menschen, die er in Montpellier vollzogen hat, wieder rückgängig. Der Wandel vom Nachtwesen zum Tagmenschen (vgl. S. 209) entpuppt sich als Täuschungsmanöver, das zu keiner nachhaltigen Veränderung geführt hat.

Grenouilles Sinn- und Identitätssuche ist gescheitert. Sowohl das „Höhlenleben" (S. 315), also der Rückzug ins eigene Ich, als auch das Leben „unter den Menschen" (S. 315), also die Hinwendung zur Außenwelt, haben sich für Grenouille als „unlebbar" (S. 315) erwiesen. Deshalb kommt für ihn ein erneuter Rückzug in die Höhle auch gar nicht infrage. Denn obwohl sich Grenouilles Persönlichkeit nicht (weiter-)entwickelt hat, hat sich eines doch entscheidend verändert: Weil er glaubt, alles versucht zu haben, hat er die Hoffnung auf eine solche Entwicklung verloren.

Grenzen der Macht

Obwohl Grenouille die Möglichkeit hat, der mächtigste Herrscher der Erde zu werden und sich wie ein „Gott" (S. 316) verehren zu lassen, nutzt ihm diese Macht nichts, weil er doch stets weiß, dass nicht er es ist, dem die Liebe der Menschen gilt (vgl. S. 316f.). Wie Grenouilles Scheitern auf dem Höhepunkt seiner Macht im 49. Kapitel lässt sich nun auch seine Resignation auf zweierlei Weisen deuten: In der ersten Lesart erkennt er, dass er die wahre Liebe, nach der er sich sehnt, nicht erzwingen kann. In der zweiten Lesart begreift er, dass es diese wahre Liebe nicht gibt. Für die erste Lesart spricht, dass Grenouille die Liebe der Menschen offenbar annehmen könnte, wenn sie ihm persönlich gälte (vgl. S. 317), wenn es sein eigener, persönlicher Geruch wäre, der diese Liebe inspirierte (vgl. S. 316). Letztlich scheitert er demnach daran, dass er nicht weiß,

Ben Whishaw als Grenouille in Tom Tykwers Verfilmung „Das Parfum" (2006)

wer er ist (vgl. S. 316), und keine eigene Identität, keinen Eigengeruch besitzt.

Grenouille verschwindet spurlos

Diese geisterhafte Existenz findet an Grenouilles Geburtsstätte in Paris ihr passendes Ende. Grenouille überschüttet sich nachts mit seinem Parfüm, woraufhin er vom herumlungernden „Gesindel" (S. 318) bei lebendigem Leibe „aufgefressen" wird: „Eine halbe Stunde später war Jean-Baptiste Grenouille in jeder Faser vom Erdboden verschwunden." (S. 320) Es ist, als hätte er seine Geburt rückgängig gemacht, als hätte er nie existiert.

Mehrdeutiger Schluss

Die Menschen, die Grenouille unter dem Einfluss des Jungfrauenduftes getötet und „aufgefressen" haben, sind hinterher stolz auf ihre Tat. Sie haben das Gefühl, „zum ersten Mal etwas aus Liebe getan" (S. 320) zu haben. Da ihre Liebe offenbar nicht echt ist und nicht Grenouille gilt, lässt sich dies als weiterer Beleg dafür deuten, dass Liebe lediglich eine Illusion ist.

Eine andere Lesart ist, dass es Grenouille selbst in dem Moment, in dem er sich körperlich vollständig entäußert und er von den Menschen „aufgefressen" wird, nicht gelingt, von ihnen als eigenständige Person wahrgenommen zu werden. Sein Wunsch, wenn nicht geliebt, dann wenigstens aufrichtig gehasst zu werden (vgl. 49. Kapitel), bleibt unerfüllt. Dies lässt sich als ein letztes tragisches Scheitern deuten oder aber als eine bewusste Selbstaufgabe. Mit seinem Tod macht Grenouille seine Geburtsentscheidung „*gegen* die Liebe und [...] *für* das Leben" (S. 28) rückgängig. Er entscheidet sich gegen das Leben und für die Liebe. Denkbar ist aber ebenso eine entgegengesetzte Interpretation. Grenouilles Tod kann auch als Verkehrung des Opfertodes Jesu verstanden werden. Während Jesus aus Liebe zu den Menschen stirbt, um deren Schuld auf sich zu nehmen, wählt Grenouille den Tod aus Hass auf die Menschen und macht sie zu Mördern. Das Sinnbild vom Leib Christi wird dabei wörtlich genommen und ins Kannibalische verzerrt. Grenouille erscheint in dieser Lesart als Antichrist.

Diese teilweise widersprüchlichen Deutungen, die der Schluss ermöglicht, stehen beispielhaft für die Vieldeutigkeit des Romans.

Funktion des 51. Kapitels für den Roman

Mit diesem Kapitel endet der Roman. Grenouille scheint durch seinen Tod seine Geburt rückgängig zu machen. Er löst sich buchstäblich in nichts auf. Dies lässt sich als Hinweis darauf deuten, dass es sich bei Grenouille ohnehin nur um ein Fantasieprodukt und eine reine Projektionsfläche gehandelt hat. Das Gleiche gälte dann auch für den Roman. Die Vieldeutigkeit des Schlusskapitels sowie die Deutungsoffenheit des Romans unterstützen diese Interpretation.

Vergleicht man das Schlusskapitel des Romans „Das Parfum" mit dem Ende eines klassischen Bildungsromans, so erscheint „Das Parfum" als Anti-Bildungsroman. Der Zirkelschluss legt nahe, dass eine nachhaltige Persönlichkeitsentwicklung bei Grenouille nie stattgefunden hat. Damit stellt Süskind auch den klassischen Bildungs- und Persönlichkeitsbegriff infrage.

Hintergründe

Süskinds Lebensstationen

Kindheit und Ausbildung

Patrick Süskind kam am 26. März 1949 in Ambach am Starnberger See zur Welt. Seine Mutter Annemarie war Sportlehrerin. Sein Vater Wilhelm Emanuel arbeitete als Journalist, Übersetzer und Sprachkritiker. Außerdem war Süskinds Vater langjähriger Mitarbeiter der Süddeutschen Zeitung. In seinen Glossen erwähnte er mehrfach auch seinen Sohn Patrick. Patrick Süskinds 2009 verstorbener, älterer Bruder Martin war ebenfalls als Journalist tätig.

Patrick Süskind

Nach seinem Abitur und dem anschließenden Zivildienst studierte Patrick Süskind in München und Aix-en-Provence Geschichte. Das Studium beendet er jedoch nicht.

Drehbuchautor und Dramatiker

Gemeinsam mit Helmut Dietl, den er Mitte der 1970er-Jahre in München kennenlernte, verfasste Süskind die Drehbücher zu den TV-Serien „Monaco Franze" und „Kir Royal". Sein 1981 in München uraufgeführtes Ein-Mann-Theaterstück „Der Kontrabaß" war ein großer Erfolg.

Romandebüt und Welterfolg: „Das Parfum"

1985 veröffentlichte Süskind mit dem Werk „Das Parfum" seinen ersten Roman, der sich sogleich zu einem Weltbestseller entwickelte. Der Roman hielt sich über Jahre hinweg in den deutschen Bestsellerlisten, wurde in mehr als 40 Sprachen übersetzt und ist mit weit über 15 Millionen verkauften Exemplaren[1] der erfolgreichste deutsche Roman der Nachkriegszeit.

---

[1] Einzelnen Angaben zufolge sind es bereits über 20 Millionen.

„Das Parfum" ist bis heute Süskinds einziger Roman geblieben. Nur noch gelegentlich trat der Autor nach diesem Jahrhunderterfolg literarisch in Erscheinung. 1987 und 1991 veröffentlichte er die beiden Novellen „Die Taube" und „Die Geschichte von Herrn Sommer". 1995 erschien der Erzählband „Drei Geschichten". Und 2006 veröffentlichte Süskind den Essay „Über Liebe und Tod". Außerdem verfasste er gemeinsam mit Helmut Dietl die Drehbücher zu den Komödien „Rossini – oder die mörderische Frage, wer mit wem schlief" (1997) und „Vom Suchen und Finden der Liebe" (2004).

Weitere Werke

Nachdem sich Patrick Süskind jahrelang geweigert hatte, seinen Roman „Das Parfum" verfilmen zu lassen, trat er die Filmrechte schließlich für geschätzte 10 Millionen Euro an den befreundeten Filmproduzenten Bernd Eichinger ab. Der deutsche Regisseur Tom Tykwer inszenierte den Film „Das Parfum – Die Geschichte eines Mörders" (2006) als internationale Großproduktion mit Ben Whishaw (Grenouille), Dustin Hoffman (Baldini) und Alan Rickman (Richis) in den Hauptrollen.

Verfilmung des Romans „Das Parfum"

Anschließend zog sich Süskind aus der Öffentlichkeit zurück. Schon zuvor hatte er sich dem üblichen Medienbetrieb weitgehend verweigert. Er gab kaum Interviews und lehnte öffentliche Auszeichnungen und Auftritte wiederholt ab. Über sein Privatleben ist nur wenig bekannt.

Rückzug aus der Öffentlichkeit

Literarische Einflüsse

Der Verweis auf andere literarische Texte sowie Gattungen ist ein markantes Merkmal von Süskinds Roman „Das Parfum". Diese Verweisvielfalt und die daraus folgende Vieldeutigkeit bzw. Deutungsoffenheit des Romans verleihen dem Text einen postmodernen Charakter. Die Literatur der Postmoderne kann daher als ein wesentlicher literarischer

Postmoderne Intertextualität

Einfluss auf den Roman „Das Parfum" benannt werden. Mehrfach wurde Süskinds Roman in diesem Zusammenhang mit Umberto Ecos „Der Name der Rose" (1980) verglichen, bei dem es sich zudem, wie auch im Werk „Das Parfum", um einen historischen Roman handelt.

Gattungsvielfalt

Die Gattungsvielfalt bzw. die Schwierigkeit, den Roman „Das Parfum" eindeutig einer Gattung zuzuordnen, ist ein weiteres (postmodernes) Kennzeichen des Romans. Wesentliche Gattungen, die in den Roman einfließen, sind: der Schauerroman, der Künstlerroman, der Kriminal- und Detektivroman, der Bildungs- und Entwicklungsroman, die Parabel und das Märchen.

Verweise auf konkrete Werke

Für jede einzelne dieser Gattungen lassen sich meist mehrere mögliche Vorbilder finden, die Süskind in seinem Roman verarbeitet haben könnte. Zu nennen sind vor allem Goethes „Wilhelm Meister"-Romane („Wilhelm Meisters theatralische Sendung" (1776), „Wilhelm Meisters Lehrjahre" (1795/96), „Wilhelm Meisters Wanderjahre" (1821/29)), die u. a. den Romanaufbau wesentlich geprägt haben dürften.

Darüber hinaus finden sich immer wieder einzelne Passagen oder Motive, die Bezüge zu anderen literarische Texten herstellen. So ähnelt der Romananfang dem Beginn von Heinrich Kleists Novelle „Michael Kohlhaas" (1810). Grenouille, der Frosch, trägt Züge des „Froschkönigs" aus dem gleichnamigen Märchen der Gebrüder Grimm. Und als sich Grenouille im zweiten Teil des Romans ein inneres Duftreich erschafft, wird dies in ironischer Weise mit dem biblischen Schöpfungsmythos „Die Erschaffung der Welt" (Genesis 1,1–2,4a) in Verbindung gebracht. Es ließen sich noch eine ganze Reihe weiterer Verweistexte nennen, so etwa Adelbert von Chamissos Märchenerzählung „Peter Schlemihls wundersame Geschichte" (1813), in der der Titelheld seinen Schatten verkauft und dadurch seinen Platz in der Gesellschaft verliert. Grenouille ergeht es ohne Eigengeruch ganz ähnlich.

Besonders bedeutsam erscheint jedoch der Bezug zu Mary Shelleys erstmals 1818 veröffentlichtem Schauerroman „Frankenstein oder Der moderne Prometheus". Viele Motive und Themen, die Süskind in seinem Roman verarbeitet, sind bei Shelley bereits angelegt: die Künstlerthematik, die Identitätssuche, die Auseinandersetzung mit der Epoche der Aufklärung. Grenouille wiederum lässt sich sowohl zu Viktor Frankenstein als auch zu Frankensteins Monster in Bezug setzen. Er ist Schöpfer und Geschöpf in einem.

Mary Shelleys Roman „Frankenstein"

Mit der Figur des modernen, sich die Rolle Gottes anmaßenden Wissenschaftlers Viktor Frankenstein verarbeitet Shelley in ihrem Roman zwei Motive, die auch bei Süskind eine wesentliche Rolle spielen. Das „Prometheus"- sowie das „Faust"-Motiv.

Das „Prometheus"-Motiv

Grenouille vergleicht sich selbst mit „Prometheus", der sich in der griechischen Mythologie gegen Göttervater Zeus auflehnte. Prometheus ist in der Literatur oftmals – so auch bei Shelley – eine Symbolfigur für die Selbstüberschätzung und den Hochmut der (modernen) Menschheit. Goethe dagegen wendet das Motiv des „Prometheus" in seiner gleichnamigen Hymne (1774) ins Positive. Prometheus erscheint darin als rebellisches Genie, das sich der Autorität eines ungerechten und nicht länger zeitgemäßen Herrschers widersetzt.

In seinem Streben nach allumfassendem Wissen und Allmacht ähnelt die deutsche Sagengestalt Dr. Faust, die Goethe in seinen „Faust"-Dramen („Faust. Eine Tragödie" (1808), „Faust. Der Tragödie zweiter Teil" (1832)) verarbeitet, der „Prometheus"-Figur. Hinzu kommt bei Faust jedoch das Motiv des Teufelspaktes (Faust mit Mephisto), das auch Thomas Mann in seinem Roman „Doktor Faustus" (1947) aufgreift. Mann verknüpft in seinem Roman das Motiv des Teufelbündlers mit demjenigen des genialen Künstlers. Beide Motive finden sich auch im Roman „Das Parfum" wieder. Allerdings variiert Süskind diese dahin gehend, dass Grenouille ähnlich wie bei Frankenstein und seinem Mons-

Das „Faust"-Motiv

ter erneut Züge beider Figuren aufweist, also von Faust *und* dem Teufel bzw. Mephisto. Wer sich auf Grenouille einlässt, scheint selbst einen Pakt mit dem Teufel einzugehen.

Bildungsroman

Untergattung des Entwicklungsromans

Bei der Gattung des Bildungsromans handelt es sich um eine deutsche Sonderform des Entwicklungsromans. Der Entwicklungsroman schildert den persönlichen Reifeprozess einer Hauptfigur. Dabei gerät sowohl die innere Entwicklung der Figur ins Blickfeld als auch ihre Auseinandersetzung mit der Gesellschaft bzw. der Außenwelt. Als Sonderform des Entwicklungsromans entstand gegen Ende des 18. Jahrhunderts in Deutschland der Bildungsroman.

Formale Dreiteilung

Formal ist für den Bildungsroman die Dreiteilung in „Jugendjahre", „Wanderjahre" und „Meisterjahre" charakteristisch. Diese Dreiteilung greift Süskind mit den ersten drei Teilen seines Romans auf. Er erweitert sie jedoch um einen zusätzlichen vierten Teil, der den Aufbau und die Entwicklung grundsätzlich infrage stellt: Grenouilles Rückkehr und Scheitern.

Positiver Bildungsbegriff

Grundlage des klassischen deutschen Bildungsromans ist ein positiver Bildungsbegriff in der Tradition der Epoche der Aufklärung. Unter Bildung wird die Ausbildung und Vervollkommnung der individuellen Anlagen eines Menschen verstanden. Bildung bedeutet in diesem Sinne, dass ein Individuum seine natur- oder gottgegebene persönliche Bestimmung erkennt und erfüllt. Die bereits bei Geburt angelegte Persönlichkeit eines Menschen entfaltet sich. Ein weiterer wesentlicher Aspekt dieser Vorstellung von Bildung ist, dass damit auch ein moralischer und sozialer Reifeprozess einhergeht, durch den eine Harmonie zwischen Individuum und Außenwelt bzw. Gesellschaft erreicht wird.

Die im idealtypischen Bildungsroman dargestellte Entwicklung erhebt nicht den Anspruch, in dem Sinne realistisch zu sein, dass sie eine normale, alltägliche Entwicklung beschreibt. Vielmehr geht es darum, die bestmögliche Entwicklung auf idealistische Weise darzustellen. Indem der Bildungsroman eine solche vorbildliche Entwicklung beschreibt, übernimmt er selbst eine Vorbildfunktion für seine Leserinnen und Leser.

Idealistische Darstellung

Typischerweise beschreibt der Bildungsroman eine persönliche Entwicklung, die sich über viele Jahre, oftmals Jahrzehnte hinweg erstreckt. Die Handlung erhält dadurch Züge einer Biografie. Zu Beginn der Handlung befindet sich der meist jugendliche Held im Konflikt mit der Außenwelt. Er ist sich über seine eigene Bestimmung noch im Unklaren. Am Ende seines Reifeprozesses haben sich seine individuellen Anlagen in Harmonie mit der Gesellschaft entfaltet. Der Held hat seine individuelle Bestimmung erkannt und folgt ihr im Einklang mit der Außenwelt.

Typischer Handlungsverlauf

Das Werk „Das Parfum" weist deutliche Ähnlichkeiten mit einem Bildungsroman auf. Im Zentrum steht die Entwicklung einer anfangs jugendlichen Hauptfigur auf der Suche nach ihrer eigenen Bestimmung und ihrem Platz in der Welt. Die Ausgangskonstellation von Patrick Süskinds Roman entspricht damit zu einem großen Teil derjenigen eines Bildungsromans.

Das Werk „Das Parfum" als Anti-Bildungsroman

Die Entwicklung Grenouilles geht jedoch in eine andere Richtung als die des Helden eines klassischen Bildungsromans. Dem moralischen Reifeprozess steht bei Süskind der Abstieg zu einem Massenmörder entgegen. Und während sich der Held des Bildungsromans in die Gesellschaft integriert, gaukelt Grenouille das lediglich vor.

Am stärksten weicht der Roman „Das Parfum" daher am Ende vom Bildungsroman ab. Dessen Dreiteilung wird um einen vierten Teil erweitert, der das Scheitern des klassischen Bildungskonzeptes beschreibt. Die Harmonie erweist sich als Trugbild und schlägt ins Gegenteil um. Grenouille ist so einsam und verlassen wie zu Beginn. Eine grundlegende Entwicklung fand weder in Bezug auf seine Persönlichkeit noch auf sein Verhältnis zur Gesellschaft statt. Mit diesem Zirkelschluss entpuppt sich der Roman „Das Parfum" als vorgetäuschter und letztlich negativer Bildungsroman – als Anti-Bildungsroman.

Postmoderne

Abgrenzung von der Moderne

Der Begriff „Postmoderne" ist nicht eindeutig definiert. Er wurde in vielen verschiedenen – kulturellen, politischen, gesellschaftlichen, philosophischen oder auch sprachwissenschaftlichen – Zusammenhängen sehr unterschiedlich, teilweise widersprüchlich verwendet. Eine wesentliche Grundlage der Postmoderne ist jedoch stets der Bezug zur Moderne, von der sich die Postmoderne bewusst abgrenzt. So stellt die Postmoderne den modernen Neuerungsanspruch grundsätzlich infrage.

Postmoderne Literatur verbindet Moderne und Tradition

In Bezug auf die Literatur bedeutet das eine Abkehr von einem elitären, avantgardistischen Vorreiteranspruch hin zu einem spielerischeren, offeneren und zwangloseren Umgang mit Texten. War für die Moderne der Bruch mit literarischen Regeln und Traditionen charakteristisch, so greift die Postmoderne diese Regeln spielerisch auf, ohne sie dadurch wieder in Kraft zu setzen. Das heißt, die Regeln werden zwar angewendet, zugleich jedoch immer wieder auch ironisch gebrochen. Durch dieses ironische Spiel mit Traditionen verbindet die postmoderne Literatur Moderne und Tradition.

Stilmittel der Unterhaltungsliteratur

In gezielter Abkehr von einem elitären Kunstverständnis öffnet sich die Postmoderne auch den Stilmitteln der Unterhaltungsliteratur. Anstatt etwas Neues, nie Dagewesenes erschaffen zu wollen, verknüpft die Postmoderne litera-

risches und kulturelles Ausgangsmaterial zu einem collagenartigen Text. Dabei bedient sie sich anspruchsvoller Quellen ebenso wie trivialer oder volkstümlicher Vorlagen. Die vielfältigen Querverweise, die durch diesen Zitatcharakter und die oft ironischen Anspielungen entstehen, eröffnen mehrere mögliche Lesarten für den postmodernen Text. Man kann ihn einerseits (auf oft verschiedene Arten) ernst nehmen oder aber als ironisches Verweisspiel lesen. Im Idealfall soll postmoderne Literatur vergnüglich und anspruchsvoll zugleich sein. Die Grenzen von Kunst und Unterhaltung sollen überwunden und ein breiteres Publikum soll erschlossen werden.
Stichwortartig lässt sich das so zusammenfassen:

Charakteristische Merkmale postmoderner Literatur

- Zitatcharakter, Collage
- spielerischer Umgang mit Tradition, Verwendung traditioneller Erzähl- bzw. Darstellungsmittel
- Ironie
- Unterhaltsamkeit
- Vieldeutigkeit: eröffnet mehrere Lesarten; man kann den Text als ironisches Spiel verstehen oder ernst nehmen
- Grenze zwischen Kunst und Unterhaltung wird überwunden
- zielt auf ein breites Publikum

Postmoderne Elemente im Roman „Das Parfum"

Vielfalt und Vieldeutigkeit sind wesentliche Aspekte von Patrick Süskinds Roman. Die Erzähltechnik wechselt häufig; etwa zwischen einer auktorialen und personalen Perspektive. Sprachlich löst sich der bisweilen als „altmodisch" charakterisierte Erzählstil vom modernen Gestus des Sprachzerschmetterns. Elemente unterschiedlicher Gattungen vom Kriminalroman über das Märchen, den Schauerroman bis hin zur Parabel und nicht zuletzt zum Bildungsroman sind im Werk „Das Parfum" eingeflossen. Darüber hinaus werden zahlreiche Einzeltexte zitiert. Der Roman steckt voller Anspielungen und Querverweise.

Bei all diesen Anleihen übernimmt Süskind das Ausgangsmaterial jedoch nicht einfach nur, sondern er verleiht diesem – bei entsprechender Lesart – zusätzlich einen ironischen Dreh. So verwandelt er den Bildungsroman in eine Art Anti-Bildungsroman und der Verweis auf den biblischen Schöpfungsbericht im zweiten Romanteil dient ihm dazu, Grenouilles vergleichsweise erbärmliche und egozentrische Allmachtfantasien ironisch zu entlarven.
Unterm Strich eröffnet „Das Parfum" etliche unterschiedliche Lesarten, die sich in aufwendiger Interpretation zueinander in Bezug setzen lassen. Man kann den Text jedoch auch einfach als Unterhaltungsroman genießen. Ein breites Publikum hat Süskind auf diese Weise in jedem Fall erreicht.

Die Entstehungsgeschichte des Romans „Das Parfum"

Idee und Recherche

Die Idee, einen Roman über einen Parfümeur zu schreiben, hatte Süskind nach eigenen Aussagen offenbar schon viele Jahre, bevor er mit der Niederschrift des Romans begann. Im Vorfeld bereiste er die Handlungsorte und besuchte die Grasser Parfümmanufaktur Fragonard, wo er bei einer Führung durch die Produktionsstätten die später im Roman geschilderten Verfahren zur Duftgewinnung besichtigen konnte. Eine wichtige Inspirationsquelle dürfte zudem Alain Corbins historische Abhandlung „Pesthauch und Blütenduft. Eine Geschichte des Geruchs" (im Original: 1982) gewesen sein. Vermutlich zwei Jahre hat Süskind kontinuierlich an seinem Roman gearbeitet, ehe er das Manuskript im Mai 1984 seinem Verleger Daniel Keel vom Diogenes Verlag vorstellte.

Vorabdruck und Erstauflage

Keel war auf Anhieb begeistert. Bereits am 16. Oktober 1984 erschien das Werk „Das Parfum" als Fortsetzungsroman im Vorabdruck in der „Frankfurter Allgemeinen Zeitung". Die zahlreichen und positiven Leserreaktionen veranlassten den Diogenes Verlag anschließend dazu, den geplanten Erscheinungstermin um einen Monat auf den 26. Februar 1985 vorzuziehen. Der Roman erschien in einer ersten Auflage von 50 000 Exemplaren, die in kürzester Zeit ausverkauft war.

Best- und Longseller

In den folgenden Wochen und Monaten entwickelte sich der Roman zu einem sensationellen Best- und Longseller. Mittlerweile ist Patrick Süskinds Werk „Das Parfum" der erfolgreichste deutsche Roman der Nachkriegszeit; möglicherweise sogar der erfolgreichste deutsche Roman überhaupt.

Wirkung und Rezeption

Zeitgenössische Reaktionen

Die zeitgenössischen Kritiken und Besprechungen des Romans fielen überwiegend positiv aus. Als beispielhaft kann hier Marcel Reich-Ranickis Kritik in der „Frankfurter Allgemeinen Zeitung"[1] gelten, die besonders den traditionellen, unterhaltsamen und sinnlich-kraftvollen Erzählstil Patrick Süskinds hervorhob, der sich erfreulich von der herkömmlichen Gegenwartsliteratur unterscheide.

Kritikpunkte

Unter die vielen positiven, teilweise begeisterten Besprechungen mischten sich jedoch auch einige kritische Stimmen. Dabei kristallisierten sich vor allem drei Hauptkritikpunkte heraus:

1. Die Erzählweise wurde als uneinheitlich, oberflächlich oder gar trivial bemängelt.
2. Eine politische oder ethische Haltung bzw. eine tiefgründige Botschaft und Sinnhaftigkeit wurden vermisst.
3. Der Roman wurde als epigonal, also als lediglich nachahmend kritisiert. Der Roman sei altmodisch, er kopiere literarische Vorlagen, und es fehle ihm an Eigenständigkeit.

[1] Reich-Ranicki, Marcel: Des Mörders betörender Duft. In: FAZ, 2. März 1985

Literaturwissenschaftliche Analysen

Vor allem den Vorwurf des Epigonentums bzw. des ungefilterten Nachahmens wiesen die meisten Autorinnen und Autoren zurück, die den Roman „Das Parfum" in den 1990er-Jahren literaturwissenschaftlich analysierten. Stattdessen hoben sie den postmodernen Charakter des Romans hervor, der sich intertextueller Bezüge bediene, um diese eigenständig und oftmals parodistisch zu verarbeiten. Thematisch in den Blickpunkt gerieten insbesondere die Auseinandersetzung mit

- dem Künstler- und Geniebegriff,
- dem „Prometheus"-Motiv,
- dem historischen und literarischen Identitätsbegriff,
- den Vorstellungen der Moderne.

Tom Tykwers Verfilmung 2006

Die vom deutschen Regisseur Tom Tykwer inszenierte Verfilmung „Das Parfum – Die Geschichte eines Mörders" stammt aus dem Jahr 2006. Der von Bernd Eichinger produzierte Spielfilm entstand unter internationaler Beteiligung und wartete mit einer namhaften, ebenfalls internationalen Besetzung auf: Ben Whishaw (Jean-Baptiste Grenouille), Alan Rickman (Antoine Richis), Rachel Hurd-Wood (Laure), Dustin Hoffman (Giuseppe Baldini), Karoline Herfurth (das Mirabellenmädchen). Der Film verlagert den Schwerpunkt der Handlung auf das Kriminalgeschehen. Grenouille erscheint insgesamt menschlicher und kommt dadurch eher als Identifikationsfigur in Betracht. Die Erzählweise gestaltet sich einheitlicher und stringenter. Ähnlich wie der Roman wurde auch die Verfilmung ein großer internationaler Erfolg. Die Kritiken fielen dagegen tendenziell negativer aus.

Der Roman „Das Parfum" in der Schule

Der Blick auf die Figuren: Die Personencharakterisierung

Eine literarische Figur charakterisieren – Tipps und Techniken

In einer literarischen Charakterisierung analysiert man neben den äußeren Merkmalen besonders die inneren Wesenszüge einer literarischen Figuren. Auf diesem Wege gelangt man zu einer Gesamtinterpretation der Figur. Sämtliche Elemente der Charakterisierung – äußere Merkmale, charakterisierende Aussagen sowie weiterführende Deutungen – basieren auf der Textvorlage.
Bei einem Prosatext ist es wichtig, zwischen der *Darstellung durch den Erzähler*, der *Selbstdarstellung der Figur* und den *Aussagen anderer Figuren des Werks über die Person* zu unterscheiden. Durch direkte und indirekte Textbelege lassen sich die Aussagen über die charakterisierende Figur in nachvollziehbarer Weise begründen. Die Zeitstufe ist das Präsens.

Für die Erarbeitung einer literarischen Charakterisierung können unter anderem folgende Aspekte und Leitfragen von Bedeutung sein:

1. **Personalien und sozialer Status:**
   - Was erfahren wir über den Namen, das Geschlecht, das Alter und den Beruf der Figur?
   - Werden auffällige äußere Merkmale beschrieben?
   - Wie stellen sich die Lebensverhältnisse und das soziale Umfeld der Figur dar?
   - Gibt es Informationen zur Vorgeschichte der Figur?

2. Wesentliche Charaktereigenschaften und Verhaltensweisen:

- Zeigt die Figur typische Verhaltensweisen und Gewohnheiten?
- Was sind ihre hervorstechenden Wesensmerkmale und Charakterzüge?
- Welche Umstände prägen und bestimmen ihre Existenz?
- Welches Bild hat die Figur von sich selbst?
- Welche inneren Einstellungen, welches Weltbild hat die Figur?
- Zeigt die Figur eine Veränderung in ihren äußeren Merkmalen bzw. eine innere Entwicklung?
- Wie wird sie durch die anderen Figuren wahrgenommen?
- Welcher Art sind die Beziehungen zwischen der Figur und anderen Figuren?

3. Sprachgebrauch und Sprachverhalten:

- Wie kann man den Sprachgebrauch der Figur allgemein beschreiben (Sprachebene, Sprachstil)?
- Welche Auffälligkeiten lassen sich auf Satz- und Wortebene erkennen (Satzbau, Wortwahl …)?
- Welche kommunikativen Aussagen werden durch die nonverbale Kommunikation (Gestik, Mimik, Körperhaltung) transportiert?
- Welches Gesprächsverhalten, welche Gesprächsstrategien verfolgt die Figur?

4. Zusammenfassende Bewertung:

- Wie lässt sich die Funktion der Figur für den Roman beschreiben?
- Handelt es sich um einen individuellen Charakter oder bloß um einen Typus?

- Inwieweit sind die charakterlichen Merkmale gesellschaftlich bedingt?
- Welche Gesamtdeutung der Figur ergibt sich aus den gewonnenen Erkenntnissen?

Diese Zusammenstellung dient als „Checkliste" für die Erarbeitungsphase der Charakterisierung.

Grenouille

1. Personalien und sozialer Status

Grenouille wird am 17. Juli 1738 auf einem Pariser Fischmarkt als uneheliches Kind einer armen Fischverkäuferin geboren (vgl. S. 7). Seine Mutter möchte ihn sterben lassen, aber als er schreit, wird er von Passanten entdeckt (vgl. S. 9). Nach der Hinrichtung seiner Mutter rangiert Grenouille als Waisenkind auf der untersten Stufe der sozialen Leiter (vgl. S. 9 ff.).
Er wird in die Obhut eines Klosters übergeben und auf den Namen Jean-Baptiste getauft (vgl. S. 10). Anschließend kommt er zunächst zur Amme Jeanne Bussie (vgl. S. 11 ff.) und später ins Kinderheim der Madame Gaillard (vgl. S. 25). Als das Kloster seine Zahlungen einstellt, verkauft Madame Gaillard den achtjährigen Grenouille wie einen Sklaven an den Gerber Grimal.
Bei Grimal gilt Grenouilles Leben „gerade noch so viel wie die Arbeit, die er verrichten" (S. 41) kann. Als er wider Erwarten den Milzbrand überlebt und er eine Resistenz dagegen entwickelt, steigt „der Wert seiner Arbeit und damit der Wert seines Lebens" (S. 42).
Grenouilles soziale Position verbessert sich, als er mit 15 Jahren beim angesehenen Parfümeur Giuseppe Baldini eine Lehrstelle antritt. Nachdem ihm Baldini wenige Monate vor seinem 18. Geburtstag den ersehnten Gesellenbrief aushändigt (vgl. S. 139 f.), steht Grenouille eine ordentliche Laufbahn als Handwerker innerhalb seiner Zunft offen.

Anstatt sich aber nun in die Gesellschaft zu integrieren, verkriecht sich Grenouille sieben Jahre lang in eine Höhle auf dem Gipfel des Plomb du Cantal (vgl. zweiter Romanteil). Erst als ihm klar wird, dass er keinen Eigengeruch besitzt, kehrt er in die menschliche Gesellschaft zurück.

In Montpellier gelingt ihm die äußerliche Verwandlung in einen respektablen Bürger. In Grasse findet er im Parfüm-Atelier der Witwe Arnulfi eine Anstellung als zweiter Geselle. Als Mädchenmörder führt er jedoch ein Doppelleben, das zu seiner Verhaftung und Verurteilung führt.

Mithilfe des Parfüms, das er aus den Gerüchen der ermordeten Mädchen gewonnen hat, kann er seine Hinrichtung verhindern. Seine gesellschaftliche Macht erreicht ihren Höhepunkt. Die Bevölkerung in Grasse betet ihn wie einen Gott an. Da Grenouille aber weiß, dass die Bewunderung nicht ihm, sondern seinem Parfüm gilt, hat er noch immer keinen Platz in der Gesellschaft gefunden (vgl. S. 305 ff.).

2. Wesentliche Charaktereigenschaften und Verhaltensweisen

2.1 Einseitige Begabung

Gleich im ersten Satz des Romans wird Grenouille einerseits als „genial“ und andererseits als „abscheulich[ ]“ (vgl. S. 5) charakterisiert. Einerseits ist er ein olfaktorisches „Wunderkind[ ]“ (S. 35) und ein genialer Parfümeur. Andererseits hat er keinerlei Vorstellung von Moral (vgl. S. 33) und ist in seiner sprachlichen und sozialen Entwicklung zurückgeblieben (vgl. S. 31 ff.).

2.2 Animalische und teuflische Züge

In der Fremdwahrnehmung durch andere Romanfiguren und den Erzähler erhält Grenouille animalische und teilweise teuflische Züge. Wiederholt wird er als hässlich, klein und abstoßend beschrieben. Durch verschiedene Krankheiten und Zwischenfälle wird er körperlich entstellt (vgl. S. 27, S. 42).

Die mütterlich liebevolle Amme Jeanne Bussie behauptet, der Säugling Grenouille sei „vom Teufel besessen“ (S. 14). Wie ein Tier „fresse“ (vgl. S. 11) er alles in sich hinein, was man ihm anbiete. Der Erzähler vergleicht Grenouille mit einem „Zeck“ (vgl. u.a. S. 27, S. 29, S. 43, S. 90, S. 114,

S. 242) und allerlei weiterem Getier. Grenouille erscheint körperlich robust und widerstandsfähig wie ein Ungeziefer. In Verbindung mit dem Attribut „schwarz" (vgl. S. 96, S. 99) wirkt Grenouille geradezu teuflisch. So heißt es, Grenouille habe eine „schwarze[ ] Seele" (S. 55). Später beschreibt der Erzähler diese Seele als tot (vgl. S. 151).

Doch nicht nur in der Fremdwahrnehmung weist Grenouille animalische und teuflische Merkmale auf. Auch das Romangeschehen selbst deutet mitunter darauf hin. Bereits der Name Grenouille, der übersetzt „Frosch" bedeutet, lässt sich entsprechend interpretieren. Dass Grenouille die Welt in erster Linie durch die Nase wahrnimmt (vgl. S. 51), rückt ihn in die Nähe eines Tieres. Der Hinkefuß, den er sich in seiner Kindheit zuzieht (vgl. S. 27), erinnert an den Teufel. Auch die instinktive Furcht, die das Mirabellenmädchen in Grenouilles Gegenwart befällt (vgl. S. 55 f.), deutet in diese Richtung. Zuletzt lässt sich auch das entweder tödliche oder tragische Schicksal vieler Nebenfiguren, die mit Grenouille zu tun haben (Grenouilles Mutter, S. 8 f.; Madame Gaillard, S. 38 ff.; Grimal, S. 113 f.; Baldini, S. 143 ff.; Marquis de la Taillade-Espinasse, S. 206 ff.; Druot, S. 313 f.), so deuten, dass sie durch den Kontakt zu Grenouille verflucht worden sind bzw. ihren Tribut für einen Teufelspakt zahlen müssen.

2.3 Sinn- und Identitätssuche

In Grenouilles Selbstwahrnehmung markiert die Begegnung mit dem Mirabellenmädchen einen Wendepunkt. Bis dahin hat er sein Leben „bloß animalisch" (S. 57) geführt, in „höchst nebulöser Kenntnis seiner selbst" (S. 57). Hinterher glaubt er zu wissen, „wer er wirklich sei" (S. 57), nämlich ein genialer Parfümeur. Seine „Bestimmung" (S. 57) sieht er fortan darin, der „größte Parfumeur aller Zeiten" (S. 58) zu werden.

Diesem Zielpunkt nähert sich Grenouille jedoch nicht geradlinig. Während seines Aufenthalts in der Höhle eines entlegenen Berges (vgl. zweiter Teil) verlagert er seine

Sinn- und Identitätssuche ins Innere. Zwar erreicht er als „Große[r] Grenouille" (S. 161 ff.) sein Ziel. Das allerdings nur in seiner Fantasie (vgl. S. 158 ff.). Als Grenouille bemerkt, dass er selbst keinen Eigengeruch besitzt, erscheint ihm diese Fantasiewelt sinnlos (vgl. S. 170 ff.).

Anschließend verlagert er seine Suche in die Außenwelt. Abermals scheint er sein Ziel zu erreichen. Mithilfe des von ihm kreierten Parfüms aus Gerüchen ermorderter Mädchen wird er als der „Große Grenouille" (S. 305) verehrt. Doch die Huldigungen gelten nicht ihm, sondern nur seinem Parfüm. Die Sinn- und Identitätssuche, die den Großteil seines Lebens bestimmt hat, ist damit für ihn endgültig gescheitert. Grenouille findet nicht zu sich selbst, er glaubt, keine Identität zu besitzen, und sieht keinen Sinn mehr in seinem Leben (vgl. S. 305 ff.).

2.4 Nur scheinbare Entwicklung

Von außen betrachtet entwickelt sich Grenouille im Laufe des Romans von einem mittellosen Waisenkind über die Stationen eines Lehrlings und Gesellen zu einem Mann, dem eine Stadt zu Füßen liegt. Sein sozialer Aufstieg geht einher mit äußerlichen Veränderungen. Nach einem Rückfall in animalische Verhaltensmuster während der Jahre, die er auf dem Plomb du Cantal zubringt (vgl. zweiter Teil), verwandelt er sich in Montpellier in einen „feine[n] Herr[en]" (S. 185). Auch die gesellschaftlichen Umgangsformen erlernt er. Zu seiner vermeintlichen Hinrichtung lässt er sich gekleidet wie ein vornehmer Herr kutschieren (vgl. S. 299 ff.). Aus der tierähnlichen Kreatur ist ein Mensch (vgl. S. 184) und schließlich ein gottähnlicher Übermensch (vgl. S. 302 ff.) geworden.

Dieser Wandel findet jedoch nur äußerlich statt. Grenouille „verkleidet[ ]" und „maskiert[ ]" (S. 186) sich, trainiert „Posen" (S. 186), übertüncht seinen fehlenden Eigengeruch mit verschiedenen Parfümen (vgl. S. 194 ff.) und erweckt mit seinem „Engelsduft" (S. 198) ein Gefühl von Liebe (vgl. S. 299 ff.). Dadurch täuscht er die Menschen über sein wahres Wesen bzw. seine fehlende Identität hinweg. Die äußere Veränderung geht nicht mit einer inneren Charakterentwicklung einher. Grenouille fühlt sich noch immer so ungeliebt wie in seiner Kindheit und empfindet anderen gegenüber noch immer dieselbe Verachtung (vgl. S. 305 ff.). Nur scheinbar hat er sich weiterentwickelt, tatsächlich tritt er auf der Stelle. Symbolisch zeigt sich das daran, dass er zum Sterben an seinen Geburtsort zurückkehrt (vgl. vierter Teil).

2.5 Tragischer Held oder Projektionsfläche

Deutet man Grenouille als realen Menschen, erscheint er als eine tragische Figur. Ausgerechnet als er am Ziel seines Lebensweges angekommen zu sein scheint (vgl. S. 305), begreift er, dass er sich getäuscht hat. Der Weg hat ihn in die Irre geführt, und sein Triumph verwandelt sich in eine grausame Niederlage.

Da er keine eigene Identität zu besitzen scheint, lässt sich Grenouille auch als Projektionsfläche für die Sehnsüchte und Ängste Dritter (auch der Leserinnen und Leser) deuten. Entsprechend projizieren auch die Bewohner von Grasse genau das in Grenouille hinein, was sie in ihren „geheimsten Phantasien am stärksten" (S. 303) begehren.

2.6 Sozialer Außenseiter

Grenouilles Verhältnis zu anderen Menschen bewegt sich zwischen den Polen „völlige Isolation" (vgl. zweiter Teil) und „scheinbare Integration" (vgl. S. 230 f.). Echte „Freundschaften oder nähere Bekanntschaften" (S. 230) entstehen jedoch nie. Grenouilles gesellschaftliches Leben bleibt Fassade. Auch als die Menschen ihn in Grasse scheinbar vergöttern (vgl. S. 300 ff.), ist er kein Teil von ihnen, sondern bleibt ein Außenstehender. Zudem basiert ihre scheinbare Liebe auf einer Täuschung.

Tendenziell lassen sich die Menschen, denen Grenouille im Laufe seines Lebens begegnet, in vier Kategorien unterteilen:

1. diejenigen, die ihn wie seine Mutter, die Amme Jean Bussie oder Pater Terrier zurückweisen,

2. diejenigen, die ihn ausbeuten wie Madame Gaillard, der Gerber Grimal, der Parfümeur Baldini, der Marquis de la Taillade-Espinasse, Madame Arnulfi und ihr Geselle Druot,
3. Grenouilles Gegenspieler Antoine Richis,
4. Grenouilles Opfer (das Mirabellenmädchen, die 24 Jungfrauen, Laure Richis).

Keine dieser Personen ist an Grenouille als Individuum interessiert. Umgekehrt interessiert sich auch Grenouille nicht für andere Menschen als Individuen. Die Beziehungen sind jeweils von persönlichen Interessen geleitet und einseitig.

3. Sprachgebrauch und Sprachverhalten

Grenouilles Widersprüchlichkeit und seine einseitige Begabung spiegeln sich in seinem Sprachgebrauch, seinem Sprachverhalten und Spracherwerb wider (vgl. S. 31 ff.). Wenn es um die Beschreibung von Gerüchen geht, ist Grenouilles Vorstellungsvermögen differenzierter als die zur Verfügung stehenden Bezeichnungen. Bei allem anderen aber tut er sich umso schwerer. Sein Spracherwerb ist verzögert. Sein erstes Wort spricht er mit vier Jahren (vgl. S. 31). Für abstrakte, insbesondere moralische Begriffe fehlt im jeglicher Sinn (vgl. S. 33).

Bei seiner äußerlichen Menschwerdung in Montpellier gewinnt Grenouille eine gewisse „Übung im Sprechen“ (S. 204). Er kann sich verständlich ausdrücken. Dennoch tut er sich mit der Sprache auch weiterhin schwer (vgl. S. 204).

Sprache erfüllt für Grenouille in erster Linie keine soziale Funktion, sondern sie dient ihm vor allem dazu, die Welt der Gerüche zu analysieren und zu differenzieren. Ähnlich gestört wie Grenouilles Verhältnis zur Sprache ist auch sein Verhältnis zu anderen Menschen sowie zur menschlichen Gesellschaft und den moralischen Werten, auf denen diese basiert.

4. Zusammenfassende Bewertung

Grenouille ist die Hauptfigur von Patrick Süskinds Roman. Vom untersten Ende der sozialen Leiter, eigentlich dem To-

de geweiht, gelingt dem hässlichen, moralisch empfindungslosen und egozentrischen Grenouille durch Zähigkeit und einen genialen Geruchssinn ein unwahrscheinlicher Aufstieg.
Von Anfang an ein Ausgestoßener, sehnt er sich nach Selbstbestätigung durch Anerkennung und Liebe. Beides kann er jedoch nur indirekt erlangen, über den Umweg von Düften und Parfümen. Es ist der Duft von Jungfrauen, in den er sich verliebt und den er sich aneignet, indem er die Mädchen ermordet. Und auch er wird von anderen nur des Parfüms wegen geliebt, das er aus den Düften der Ermordeten herstellt. Er selbst besitzt keinen eigenen Geruch. Die scheinbare Selbstbestätigung basiert damit auf einer Täuschung. Seine Identitätssuche bleibt letztlich erfolglos. Grenouille, der scheinbar von einer animalischen Kreatur zu einem engelsgleichen Übermenschen aufgestiegen ist, entwickelt keine eigene Persönlichkeit. Seine äußere Menschwerdung findet keine innere Entsprechung. Weil ihm das gerade auf dem Höhepunkt seiner äußerlichen Macht bewusst wird, erscheint Grenouille trotz seiner Untaten als eine tragische, bemitleidenswerte Figur.
Aufgrund seiner Identitätslosigkeit lässt er sich zudem auch als eine reine Symbolfigur deuten, eine Projektionsfläche ohne eigenständigen psychologischen Charakter. So könnte Grenouille beispielsweise die Sinn- und Identitätssuche des (post-)modernen Menschen verkörpern.

Madame Gaillard

1. Personalien und sozialer Status

Madame Gaillard, deren Vorname nicht genannt wird, ist „noch keine dreißig Jahre alt“ (S. 25). Sie ist Witwe und mehrfache Mutter (vgl. S. 26). Einige ihrer Kinder sind bereits gestorben, das Schicksal der anderen bleibt im Dunkeln. Offensichtlich jedoch hat Madame Gaillard kaum eine Beziehung zu ihnen.

Madame Gaillard betreibt vor den Toren von Paris in der Nähe eines Klosters eine Pension für Waisen-, Findel- und sonstige Kostkinder. Die räumliche Lage außerhalb der Stadt steht symbolisch für ihren sozialen Status. Das Geschäft ist zwar regulär, gleichzeitig möchten die Menschen jedoch möglichst wenig damit zu tun haben. Auch Pater Terrier schiebt Grenouille zu Madame Gaillard ab, weil er ihn nicht mehr in seiner Nähe haben will (vgl. S. 24). Madame Gaillard ist eine Außenseiterin. Sie pflegt keinerlei Freundschaften oder enge Beziehungen.

Mit dem Gewinn aus ihrer Pension kauft sie sich „mit fast siebzig Jahren“ (S. 38) eine Rente. Diese aber verliert infolge der Französischen Revolution an Wert. Für Madame Gaillard beginnt damit im hohen Alter ein dramatischer sozialer Abstieg. Sie muss ihr gesamtes Hab und Gut verkaufen und stirbt schließlich mittellos im Pariser Krankenhaus Hôtel-Dieu (vgl. S. 39f.).

2. Wesentliche Charaktereigenschaften und Verhaltensweisen

2.1 Gefühlskalt und geschäftstüchtig

Obwohl Madame Gaillard „noch keine dreißig Jahre alt“ (S. 25) ist, hat sie, wie der Erzähler erklärt, „das Leben schon hinter sich“ (S. 25). Äußerlich gleicht sie der „Mumie eines Mädchens“ (S. 25). Innerlich ist sie abgestorben, gefühl- und leidenschaftslos. Stattdessen besitzt sie einen „gnadenlosen Ordnungs- und Gerechtigkeitssinn“ (S. 26). Ihren Kostkindern bringt sie keinerlei Zuneigung, aber auch keine besondere Abneigung entgegen. Sie behandelt alle gleich und betrachtet die Kinder ausschließlich unter geschäftlichen Aspekten. Als Grenouille für ihr Geschäft zur Bedrohung wird (vgl. S. 35ff.), verkauft sie ihn an den Gerber Grimal. Dass das nach menschlichem Ermessen den Tod des Kindes bedeutet, ist ihr gleichgültig. Gerechtigkeit ist für sie keine moralische Größe, sondern das Resultat geschäftlicher Kalkulation. Sie achtet penibel darauf, dass alles „rechtens“ (S. 38) und korrekt zugeht. Sie hält sich an das Gesetz und erfüllt ihre „Pflicht“ (S. 38). Eine moralische Verpflichtung empfindet sie gegenüber ihren Kostkindern jedoch nicht.

2.2 Spiegelfigur zu Grenouille

Mit ihrer „vollkommenen Emotionslosigkeit" (S. 26) und ihrer Unfähigkeit, soziale Bindungen einzugehen, erinnert Madame Gaillard an Grenouille. Bei Madame Gaillard führt der Erzähler diese Eigenschaften auf einen Schlag durch ihren Vater zurück, wegen dem sie als Kind ihren Geruchssinn verloren hat (vgl. S. 25). Dadurch erscheint sie als Spiegelfigur zu Grenouille, dem es an einem Eigengeruch fehlt. Während der geniale Geruchssinn für Grenouille eine Quelle der Leidenschaften und Sehnsüchte ist, führt die strenge Madame Gaillard ihr Haus mit unbarmherziger Gerechtigkeit. Für Grenouille, den sonst alle so schnell wie möglich wieder loswerden wollen, erweist sich dieser Makel zunächst als Glücksfall. Erst spät erkennt Madame Gaillard, dass Grenouille anders ist als ihre anderen Kinder. Da sie aber von Grenouilles Geruchsbegabung nichts weiß, vermutet sie, er habe „das zweite Gesicht" (S. 37), und fürchtet, er könne das von ihr versteckte Geld aufspüren, weshalb sie ihn an den Gerber Grimal verkauft.

Auch wenn die Rechnung für Madame Gaillard zunächst aufgeht, könnte sich ihr Verhalten später doch noch gerächt haben. Sie stirbt den entwürdigenden, öffentlichen Tod, den sie durch Grenouilles Verkauf unbedingt verhindern wollte. Ähnlich wie Grenouille erleidet damit auch Madame Gaillard ein tragisches Schicksal. Möglicherweise ist das der Preis dafür, dass sie sich auf Grenouille eingelassen und sich rücksichtslos an ihm bereichert hat.

3. Sprachgebrauch und Sprachverhalten

In wörtlicher Rede kommt Madame Gaillard innerhalb des Romans nicht zu Wort. Ihr Sprachgebrauch und ihr Sprachverhalten lassen sich nur indirekt aus den Aussagen des Erzählers und den in erlebter Rede formulierten Erzählpassagen ableiten. In der in erlebter Rede formulierten Passage, in der sie Grenouille an Grimal verkauft, dominieren Begriffe, die darauf schließen lassen, dass sich Madame Gaillards geschäftstüchtiges, kühl kalkulierendes Wesen auch in einem entsprechenden Sprachgebrauch niederschlägt. Die Rede ist von „Pflicht“ (S. 38) und „gerechte[m]“ (S. 38) Handeln. Die Gefühllosigkeit Madame Gaillards zeigt sich besonders in einer ebenso emotionslosen Formulierung: „Wenn er durchkam, so war's gut, wenn er starb, so war's auch gut – Hauptsache, alles ging rechtens zu.“ (S. 38)

4. Zusammenfassende Bewertung

Madame Gaillard verkörpert den Typus einer strengen, unbarmherzigen Heimleiterin. Ähnlich wie bei Grenouille ist ihre Gefühlskälte jedoch nicht mit Boshaftigkeit gepaart. Vielmehr erscheint Madame Gaillard vollständig emotionslos. Sie leitet ihr Waisenheim im Stile einer bürokratischen Sachverwalterin. Ihr Leben wird allein von wirtschaftlichen Überlegungen bestimmt. Dabei bewegt sie sich stets im Rahmen der Gesetze. Ordnungs- und Geschäftssinn ersetzen Gewissen und Moral. Mit dieser roboterhaften Natur ähnelt sie Grenouille. Zudem verbindet beide ein existenzieller Mangel. Grenouille besitzt keinen Eigengeruch. Madame Gaillard keinen Geruchssinn. Die Folgen des jeweiligen Mangels ähneln einander. Sowohl Grenouille als auch Madame Gaillard sind asoziale und amoralische Außenseiterfiguren.

Der Parfümeur Giuseppe Baldini

1. Personalien und sozialer Status

Giuseppe Baldini ist ein altehrwürdiger Parfümeur und Handschuhmacher. Sein Wohn- und Geschäftshaus steht auf der Brücke Pont au Change, die zu den „feinsten Geschäftsadressen“ (S. 59) von Paris zählt. Baldini ist Ende 60 (vgl. S. 68, S. 138) und genießt einen ausgezeichneten Ruf. Die Parfümerie hat er von seinem Vater geerbt und erfolgreich weitergeführt.

Seit einigen Jahren aber befindet sich das Geschäft im Niedergang (vgl. S. 62, S. 65, S. 68). Als Parfümeur steht er in Paris längst im Schatten seines jüngeren und moderneren Kollegen Antoine Pélissier. Das ändert sich, als Baldini den jungen Grenouille als Lehrling bei sich aufnimmt und dessen Duftkreationen als seine eigenen verkauft. Baldini verschickt seine Produkte ins europäische Ausland und beliefert den französischen Königshof (vgl. S. 138). Im Alter von 70 Jahren ist er „zum unumstritten größten Parfumeur Europas aufgestiegen und zu einem der reichsten Bürger von Paris" (S. 138f.).

Auf den traumhaften Aufstieg folgt der jähe Absturz, nachdem Grenouille Paris verlassen hat. Die Brücke, auf der Baldinis Wohn- und Geschäftsgebäude stehen, stürzt in den Fluss und reißt Baldini mit sich in den Tod (vgl. S. 144).

2. Wesentliche Charaktereigenschaften und Verhaltensweisen

Eitle und heuchlerische Witzfigur

Es sind vor allem zwei Eigenschaften, die Giuseppe Baldini kennzeichnen: zum einen seine Eitelkeit und die damit einhergehende Geldgier und zum anderen seine heuchlerische Doppelmoral. Beides wird innerhalb des Romans derart überzeichnet, dass Baldini dadurch als Witzfigur erscheint. Er stellt eher eine Karikatur dar als einen psychologisch glaubwürdigen Charakter. Baldini versucht, nicht nur anderen, sondern auch sich selbst immer wieder etwas vorzumachen. Diese Täuschungs- (vgl. S. 63f.) und Selbsttäuschungsmanöver (vgl. S. 80) aber sind für die Leserin und den Leser derart offensichtlich, dass sie lächerlich und komisch wirken. Baldini erscheint dadurch wie eine Figur aus einer Komödie.

Dieses doppelte Spiel schlägt sich auf vielen Ebenen nieder. Beispielsweise wenn Baldini in einem Moment noch „alt und starr wie eine Säule" (S. 60) in seinem Laden steht und dann, kaum taucht Kundschaft auf, wieselflink und „unter vielen Bücklingen" (S. 60) „hervorgesaust" (S. 60) kommt. Oder wenn er über Pélissiers Erfolgsparfüm „Amor und Psyche" lästert und es trotzdem zu kopieren versucht. Und das, obwohl er längst weiß, dass ihm das nicht gelingen wird.

In solchen Momenten erhält Baldini bemitleidenswerte Züge. Da er in seinem Leben keinen einzigen guten Duft erfunden hat, sondern die Rezepte, die ihn berühmt gemacht haben, entweder geerbt oder gekauft hat (vgl. S. 66), erscheint Baldini zudem als oberflächlicher Scharlatan.

Vor diesem Hintergrund wirkt auch sein Lob der guten alten Zeit und des ehrlichen Handwerks, das er mit einer radikalen Kritik am modernen Zeitalter der Aufklärung verbindet (vgl. 11. Kapitel), wenig glaubhaft. Baldini ist vor allem neidisch auf seinen erfolgreicheren Kollegen Pélissier. Und als Baldini die Chance erhält, diesen zu übertrumpfen, lässt er sich auch auf Grenouille ein, der alle handwerklichen Traditionen mit seinen unorthodoxen Methoden ad absurdum führt (vgl. 15. Kapitel). Abermals im Stile eines Scharlatans gibt er Grenouilles Kreationen als die seinen aus. Baldinis Aufstieg basiert auf einer einzigen Täuschung. Sein Handwerk verkommt zur Fassade.

Tradition oder auch Glaube führt Baldini nur dann ins Feld, wenn es ihm darum geht, sein berufliches Scheitern (vgl. 11.–13. Kapitel) oder sein amoralisches Handeln (vgl. S. 141 ff.) zu rechtfertigen. Im Zweifelsfall aber haben der geschäftliche Erfolg und die persönliche Eitelkeit immer Vorrang. Zweimal möchte er in die Kirche gehen, um sich bei Gott für dessen Hilfe zu bedanken, und macht das am Ende dann doch nicht (vgl. S. 86 ff., S. 112 und S. 143 f.). Letztlich sind geschäftlicher Erfolg und persönliches Ansehen das Einzige, was für Baldini wirklich von Bedeutung ist.

3. Sprachgebrauch und Sprachverhalten

Es entspricht Baldinis affektiertem und wichtigtuerischem Wesen, dass er gerne große Reden schwingt. So hält er lange innere Monologe (vgl. S. 79 f.) oder seine ausschweifenden Gedanken werden in erlebter Rede wiedergegeben (vgl. S. 68 ff.). Ähnlich wortreich weist er Grenouille in seine Schranken (vgl. S. 107). Dabei legt Baldini stets ein resolutes Sprachverhalten an den Tag. Er urteilt hart und entschieden und duldet keinen Widerspruch. Oftmals jedoch revidiert er dieses Urteil anschließend wieder (vgl. S. 107 ff.). Zudem stehen seine Taten häufig im Widerspruch zu seinen Worten (vgl. S. 62 ff.). Baldini lügt, heuchelt, beschönigt und verfälscht die Wahrheit – auch sich selbst gegenüber (vgl. S. 141 f.). Dies geschieht derart offensichtlich, dass sein Sprachverhalten komödiantische Züge erhält.

Baldinis Sprachgebrauch unterstützt sein wichtigtuerisches, resolutes Sprachverhalten. Er verwendet kraftvolle Ausdrücke, um seinen Konkurrenten verächtlich zu machen, und behauptet, es sei ihm „schnurzegal" (S. 64), was der „Stümper" (S. 64) für ein Parfüm „gepanscht" (S. 64) habe. Bildhaft erläutert er, dass er die besten Düfte ohnehin allein aus sich heraus „gebäre" (S. 64).

Je entschiedener Baldini klingt, desto weniger darf man ihm glauben. Verzweifelt versucht die Witzfigur Baldini, seinen oftmals mit einem Ausrufezeichen versehenen (vgl. S. 62ff., S. 80f., S. 106f.), mitunter auch gebrüllten Aussagen eine Autorität zu verleihen, die er selbst längst nicht mehr besitzt und womöglich nie besessen hat.

4. Zusammenfassende Bewertung

Der Parfümeur Giuseppe Baldini ist die Nebenfigur, die während Grenouilles Zeit in Paris am ausführlichsten beschrieben wird. Als dessen Lehrmeister ist er für Grenouilles Werdegang am bedeutendsten. Eingeführt wird er als eitel und heuchlerisch. Insgesamt wirkt er lächerlich und unglaubwürdig. Er erscheint als verbitterter alter Mann, der seine beste Zeit hinter sich hat. Über die neue Zeit beklagt er sich jedoch nur, wenn er das Gefühl hat, kein Teil von ihr zu sein. Sorgen macht er sich letztlich nur um sich selbst. Entsprechend egoistisch und verlogen verhält sich Baldini auch gegenüber Grenouille, den er rücksichtslos ausbeutet.

Der Marquis de la Taillade-Espinasse

1. Personalien und sozialer Status

Der Marquis de la Taillade-Espinasse ist ein einflussreicher französischer Adliger. Er ist „Lehensherrn der Stadt und Mitglied des Parlaments in Toulouse" (S. 177). Vom französischen Königshof hat er sich allerdings schon länger – „mit vierzig Jahren" (S. 177) – abgewandt. Seitdem lebt er zurückgezogen auf seinen Gütern, wo er sich den verschiedensten „Wissenschaften“ (S. 178) zugewandt hat. Aufgrund seiner Stellung bildet der Marquis das gesellschaftliche Zentrum Montpelliers. Mit seinen wissenschaftlichen Theorien hat er ein Gefolge von „Jünger[n]“ (S. 207) um sich versammelt, die ihn wie einen Messias verehren. Als der Marquis auf dem Weg zum Gipfel des Pic du Canigou spurlos verschwindet, befindet er sich „an der Schwelle zum Greisenalter“ (S. 206). Da das Greisenalter im Frankreich des 18. Jahrhunderts früher einsetzte als heute, dürfte er zu diesem Zeitpunkt Ende fünfzig, höchstens Ende sechzig sein.

2. Wesentliche Charaktereigenschaften und Verhaltensweisen

2.1 Eitler Scharlatan

Die Darstellung des Marquis in Patrick Süskinds Roman erinnert über weite Strecken an diejenige des Parfümeurs Baldini. Beide werden eher karikiert als charakterisiert und erscheinen entsprechend als Witzfiguren. Beide sind ausgesprochen eitel. Und beide entpuppen sich als Scharlatane. Während Baldini jedoch die moderne Zeit und das Denken der Aufklärung kritisiert, gibt sich der Marquis als Vorreiter moderner Wissenschaften. Die Forschungen des Marquis erweisen sich jedoch als ebenso oberflächlich wie Baldinis Kritik.

Der Marquis wendet sich allen möglichen Themen zu, die gerade in Mode sind: von der Volkswirtschaft über die Erziehung bis hin zur Landwirtschaft (vgl. S. 178). Sein jüngstes Steckenpferd ist die Theorie vom „fluidum letale“, einem giftigen Verwesungsgas, das aus der Erde strömt (vgl. S. 178f.). Mit pseudowissenschaftlichen Methoden versucht er, seine obskuren Thesen zu belegen. Dabei schreckt er auch vor Lügen und Betrug nicht zurück (vgl. S. 182). Ähnlich wie Baldini macht aber auch der Marquis nicht nur anderen, sondern auch sich selbst etwas vor. Am Ende ist er so sehr von seiner Theorie überzeugt, dass er, ohne es zu ahnen, in den sicheren Tod marschiert (vgl. S. 207). Der Marquis liebt es, sich als Heilsbringer zu inszenieren. In seinem Größenwahn ähnelt er Grenouille. So brüstet er sich der „göttliche[n] Tat“ (S. 184), die er an

Grenouille begangen zu haben glaubt. Dabei ahnt er nicht, dass es vor allem Grenouille ist, der diese Tat mithilfe seines Parfüms vollbracht hat (vgl. S. 184ff.). Der Marquis erscheint dadurch als betrogener Betrüger.

2.2 Grenouille als Experimentierobjekt

Der Marquis nimmt Grenouille unter seine Fittiche, als dieser völlig verwahrlost vom Plomb du Cantal zurückkehrt. Aus dem „Waldwesen" (S. 177) will er einen vorzeigbaren Menschen formen (vgl. S. 180ff.). Damit möchte er seine Theorie vom „fluidum letale" beweisen. Mit seiner scheinbaren Menschwerdung wandelt sich Grenouille unter der Anleitung des Marquis von einer tierähnlichen Kreatur in ein soziales Wesen. Anders als Baldini, der Grenouille lediglich einige Regeln zur Herstellung von Parfümen beigebracht hat, führt der Marquis Grenouille in die Gesellschaft ein. Damit nimmt er gegenüber Grenouille eine Rolle ein, die sich mit derjenigen eines Lehrmeisters im Bildungsroman vergleichen lässt. Der Marquis ist jedoch nicht am Wohlergehen seines Schützlings interessiert. Um sein Experiment nicht zu gefährden, sperrt er Grenouille tagelang in einen Keller ein (vgl. S. 180f.). Auch lehrt der Marquis kein fundamentales Wissen und keine positiven moralischen Werte. Stattdessen vermittelt er Grenouille durch sein zweifelhaftes Vorbild die Kraft der Lüge, der Täuschung und der Maskerade (vgl. S. 185f.). Grenouille lernt vom Marquis, sich zu verstellen. Er hilft Grenouille nicht wirklich, seinen Platz in der Gesellschaft zu finden, sondern er bringt ihm lediglich bei, wie er andere über seine wahre Natur hinwegtäuschen kann (vgl. S. 196ff.).

3. Sprachgebrauch und Sprachverhalten

Passend zu seiner karikaturartigen Darstellung legt der Marquis ein überschwängliches, theatralisches Sprachverhalten an den Tag. Mal doziert er (vgl. S. 181), mal schreit er (vgl. S. 186), dann wieder beschwört er Grenouille und bettelt ihn an (vgl. S. 186). Schließlich marschiert er „laute Jauchzer ausstoßend" (S. 207) und „singend" (S. 207) in den Tod. Ständig dreht sich alles um ihn und seine Theorien. Beispielhaft zeigt sich dieser Narzissmus, als er Grenouille scheinbar zu dessen Menschwerdung gratuliert (vgl. S. 184). Tatsächlich entpuppt sich diese Gratulation als ein einziges Eigenlob. Das „Ich“ (vgl. S. 184) steht im Zentrum der Rede. Zu bestaunen gibt es „das Wunder, das ich an Ihnen vollbracht habe!“ (S. 184). Grenouille wird zu einem reinen Objekt degradiert.

Diese Heuchelei ist charakteristisch für das Sprachverhalten des Marquis. So täuscht er bei seinem ersten Vortrag Bescheidenheit vor, indem er von sich als „Referent“ (S. 181) spricht. Tatsächlich aber dient die Wortwahl lediglich dazu, seinem Vortrag einen wissenschaftlichen Anstrich zu verleihen. Überhaupt kennzeichnen hochtrabende Formulierungen wie „Trouvaille“ (S. 180), „raschestens“ (S. 180), „anheischig“ (S. 181), „Applikation“ (S. 187), „diätetischen Mitteln“ (S. 202), „Evidenz“ (S. 202) etc. den Sprachgebrauch des Marquis.

4. Zusammenfassende Bewertung

Der Marquis hat als wohlhabender Adliger kein finanzielles Interesse an Grenouille. Im Gegensatz zu Baldini, der die alte Zeit verkörpert, scheint der Marquis für die neue Zeit zu stehen. Seine Beschäftigung mit aufgeklärtem Gedankengut entpuppt sich allerdings als oberflächlich. Tatsächlich geht es dem Marquis mit seiner obskuren Theorie vom „fluidum letale“ vor allem darum, seine eigenen Eitelkeiten zu befriedigen. Mit dieser Widersprüchlichkeit und Ichbezogenheit ähnelt er Baldini. Wie Baldini trägt auch der Marquis als geckenhaft narzisstischer Scharlatan komische, karikaturartige Züge. Und wie Baldini nutzt auch der Marquis Grenouille aus. Er dressiert ihn sich zu einem Vorzeigeobjekt, mit dem er in der feinen Gesellschaft Montpelliers Eindruck schinden möchte.

Zugleich erweist er sich als verhängnisvoller Lehrmeister und falsches Vorbild. Grenouille schaut sich vom Marquis ab, sich zu verstellen und sich äußerlich anzupassen. Dadurch aber findet Grenouille weder zu sich selbst noch seinen Platz in der Gesellschaft. Im Gegensatz zum Marquis gelingt es Grenouille letztlich jedoch nicht, auch sich selbst zu täuschen. Insofern nimmt das Ende des Marquis zwar Grenouilles Tod vorweg: Beide lösen sich sozusagen in Luft auf (vgl. S. 207 f., S. 318 ff.). Aber anders als der Marquis ist sich Grenouille dessen bewusst.

Antoine Richis

1. Personalien und sozialer Status

Der Witwer Antoine Richis ist noch „keine vierzig Jahre alt" (S. 253) und bereits einer der mächtigsten Männer in Grasse. Er ist Zweiter Konsul und zugleich „der reichste Bürger der Stadt" (S. 282). Innerhalb der Bevölkerung genießt der „große Richis" (S. 282) enormen Respekt. Er gilt als „ein mächtiger, besonnener Mann" (S. 282). Richis bewohnt ein „stattliche[s] Anwesen" (S. 253) in Grasse. Trotz seines sagenhaften Reichtums, der sich aus etlichen Ländereien, Häusern, Handelsschiffen, Handelsniederlassungen und Handelslagern zusammensetzt (vgl. S. 254), betrachtet er seine schöne Tochter Laure als seinen kostbarsten Besitz (vgl. S. 254). Bislang ist sie sein einziges Kind. Richis plant jedoch, noch einmal zu heiraten – und zwar möglichst eine Adlige, um eine „Dynastie" (S. 254) zu gründen. Als ersten Schritt will er Laure an einen Adligen verheiraten (vgl. S. 254 f.).

2. Wesentliche Charaktereigenschaften und Verhaltensweisen

2.1 Vernunftgeleitet und souverän

Richis wird als „besonnener" (S. 282) Charakter geschildert. Er agiert wohlüberlegt, mit großer Autorität und Entschlusskraft (vgl. S. 253 ff.). Selbst als in der gesamten Stadt „Panik" (S. 256) herrscht, bewahrt er einen „kühlen Kopf" (S. 256). Stets handelt er mit Bedacht und auf der Grundlage rationaler Überlegungen (vgl. S. 258 ff.). Im Gegensatz zum Marquis de la Taillade-Espinasse, der sich lediglich den Anschein gibt, aufgeklärt zu sein, ist Richis tatsächlich ein „aufgeklärt denkender Mensch" (S. 259). Anders als der Marquis oder Baldini richtet er sich nicht nach der Menge, sondern er trifft seine Entscheidungen unabhängig und scheut sich nicht, gegen den Strom zu schwimmen (vgl.

S. 253, S. 256). Gerade dadurch aber erscheint er vorbildlich. Er agiert „souverän" (vgl. S. 262) und voller Tatkraft. Auch seine Triebe, insbesondere das inzestuöse Verlangen nach seiner Tochter, hat er im Griff (vgl. S. 254ff.). Insgesamt verkörpert Richis den Typus eines Verstandesmenschen, der sich nicht von seinen Gefühlen leiten lässt. Er erscheint als kühl kalkulierender, ehrgeiziger Geschäftsmann, der das Leben aus einer einseitig ökonomischen, materiellen Perspektive betrachtet und seinen sozialen Aufstieg entsprechend plant. Auch das Verhältnis zu seiner Tochter Laure ordnet er letztlich seinen „Ambitionen" (S. 261) unter.

2.2 Gegenspieler Grenouilles

Obwohl Richis in seiner Souveränität vorbildlich erscheint, steht er für Grenouilles Entwicklung nicht als Vorbild zur Verfügung. Stattdessen ist er die einzige Figur des Romans, die das Format zu einem echten Gegenspieler hat. Dies liegt nicht nur am „feinen analytischen Verstand" (S. 260) Richis' und an den durchdachten Strategien, die er entwickelt (vgl. S. 258ff.). Eine weitere wichtige detektivische Fähigkeit Richis' ist, dass er in der Lage ist, sich in den Mörder hineinzudenken (vgl. S. 260). Richis' inzestuöses Verlangen ähnelt dem olfaktorischen Begehren Grenouilles. Eine weitere Gemeinsamkeit zwischen den beiden Männern besteht darin, dass sie sich durch ihre Fähigkeiten, aber auch ihre Ansprüche aus der Masse abheben. Am Ende teilen beide den „Ekel" (S. 294f., S. 305), den sie vor den Menschen empfinden. Trotz seines klugen Verstandes ist Richis letztlich jedoch Grenouille nicht gewachsen. Möglicherweise symbolisiert die Macht der Gerüche, der er unterliegt, jene irrationale Gefühlsebene, die im einseitig rationalen und materialistischen Weltbild des Aufklärers Richis zu wenig berücksichtigt wird.

3. Sprachgebrauch und Sprachverhalten

Als Richis Sprachgebrauch zum ersten Mal innerhalb des Romans in wörtlicher Rede wiedergegeben wird (vgl. S. 308), ist er bereits nicht mehr er selbst. Er hat sichtlich die Kontrolle verloren. Unter Tränen und mit zitterndem Mund winselt er den Mörder seiner Tochter um Vergebung an. Der Kontrollverlust setzt sich nach Grenouilles Erwachen in Laures Bett fort, als Richis ihn stammelnd bittet, sein Sohn zu werden. Dieses unterwürfige und unkontrollierte Sprachverhalten steht im Gegensatz zu dem Sprachverhalten, das die Passagen nahelegen, in denen Richis' Gedankengänge in erlebter Rede wiedergegeben werden (vgl. S. 253ff.). Darin entfaltet Richis klar strukturierte, sorgfältig abgewogene Argumentationsketten, in denen auch mögliche Bedenken mitberücksichtigt werden (vgl. S. 259). Dieser Sprachgebrauch spiegelt den gehobenen Bildungsstand Richis' wider. Zum Bruch mit diesem differenzierten, zielgerichteten Denken kommt es nach Laures Tod. Danach kreisen Richis' Gedanken fast nur noch um ein Wort: „Ekel" (S. 294f.). Er empfindet ihn gegenüber den Menschen, dem Mörder und sich selber. Anstatt sein weiteres Vorgehen zu planen, ist er auf den Moment seiner Rache fixiert, an dem er diesen Ekel in den „Todeskampf" (S. 295) des Mörders „hineinschüttet" (S. 295). Für alles, was danach kommt, hat Richis mit einem Schlag keinen Plan mehr (vgl. S. 295).

4. Zusammenfassende Bewertung

Antoine Richis ist der einzige echte Gegenspieler Grenouilles. Sowohl aufgrund seines Reichtums, aber auch wegen seiner Klugheit ragt er aus der Menge heraus. Das Verhältnis zwischen Richis und Grenouille ähnelt demjenigen eines genialen Detektives und eines ebenfalls genialen Verbrechers. Richis ist klüger und weitsichtiger als alle anderen Bewohner in Grasse und deshalb auch der Einzige (vgl. S. 253), der noch Monate nach dem letzten Mord Grenouilles auf der Hut ist. Vielleicht auch aufgrund seines eigenen unterdrückten inzestuösen Verlangens ist er in der Lage, sich in die Gedanken des Jungfrauenmörders hineinzuversetzen. Dennoch scheitert Richis am Ende. Ein möglicher Grund für seine Niederlage könnte sein einseitig rationales Denken sein. Dies lässt sich auch als Kritik an einem einseitigen Verständnis der Aufklärung deuten.

Der Blick auf den Text: Die Textanalyse

Einen Textauszug analysieren – Tipps und Techniken

Für die Analyse (Beschreibung und Deutung) eines Textauszugs stehen grundsätzlich zwei verschiedene Methoden zur Auswahl: die Linearanalyse und die aspektgeleitete Analyse.

In der **Linearanalyse** werden die einzelnen Abschnitte des Aufgabentextes systematisch analysiert, das heißt ihrer Reihenfolge nach. Dies führt in der Regel zu genauen und detaillierten Ergebnissen. Allerdings besteht dabei die Gefahr, dass zu kleinschrittig gearbeitet wird und die übergeordneten Deutungsaspekte aus dem Blick geraten.

In der **aspektgeleiteten Analyse** werden diese Deutungsschwerpunkte von vornherein festgelegt. Daraus ergibt sich in der Regel eine sehr problemorientierte und zielgerichtete Vorgehensweise. Dabei werden jedoch die Deutungsaspekte, die nicht im Fokus des Interesses stehen, vernachlässigt.

Aufbauschema

1. **Einleitung:**
   - Basissatz: Autor; Titel; Textsorte; Erscheinungsjahr des Werks, aus dem der Text stammt; Thema des Romans
   - kurze Inhaltsangabe des Textauszugs

2. **Einordnung des Textauszugs in den Roman:**
   - Was geschieht vorher, was nachher?

Linearanalyse

3. **Inhaltlicher Aufbau:**
   - Auflistung der Textabschnitte/Textgliederung

4. **Beschreibung und Deutung der unter 3. angegebenen Textabschnitte:**
   - Aussagen zum Inhalt des Abschnitts
   - Aussagen zur Deutung, Einbetten in den Zusammenhang des Romans
   - Einbezug der sprachlichen Gestaltung

aspektgeleitete Analyse

3. **Untersuchungsschwerpunkte:**
   - Auflistung der ausgewählten Untersuchungsaspekte

4. **Beschreibung und Deutung der unter 3. angegebenen Aspekte:**
   - Benennen des jeweiligen Aspekts
   - Aussagen zur Deutung, Einbetten in den Zusammenhang des Romans
   - Einbezug der sprachlichen Gestaltung

5. **Schluss:**
   - Zusammenfassung der Ergebnisse
   - Einordnung in einen größeren Deutungszusammenhang
   - Bewertung

Zu beiden Analysemethoden wird im Folgenden je ein Lösungsvorschlag präsentiert.

Übungsvorschlag:
Erstellen Sie zuerst jeweils eine eigene Lösung und vergleichen Sie diese dann mit den unten angeführten Vorschlägen. Überprüfen Sie: An welchen Stellen erscheint Ihnen Ihre eigene Lösung schlüssiger? Welche zusätzlichen Anregungen und Einsichten können Sie den Beispieltexten entnehmen?

Beispiel für eine lineare Textanalyse

Aufgabe: Analysieren Sie das erste Romankapitel (S. 5–S. 11) nach inhaltlichen und sprachlichen Gesichtspunkten.

Einleitung mit knapper Inhaltsangabe des Textauszugs

Bei dem Textauszug handelt es sich um das erste Kapitel aus dem 1985 erschienenen Roman „Das Parfum – Die Geschichte eines Mörders“ von Patrick Süskind. Der Roman spielt im 18. Jahrhundert in Frankreich. Er erzählt die Lebensgeschichte des genialen Parfümeurs und gewissenlosen Mädchenmörders Jean-Baptiste Grenouille. Grenouille kommt am 17. Juli 1738 in Paris auf die Welt. Nach Aufenthalten in einem Pflegeheim und bei einem brutalen Gerber absolviert er eine Lehre beim angesehenen Parfümeur Baldini. Anschließend zieht er sich sieben Jahre in eine Berghöhle und ein Fantasieduftreich zurück, ehe er realisiert, dass er keinen Eigengeruch besitzt. Danach arbeitet er in Grasse als Geselle. Heimlich tötet er 25 Mädchen, deren Düfte er in einem Parfüm konserviert, das eine Art Liebeszauber auslöst. Obwohl die Menschen ihn nun wie einen Gott verehren, verzweifelt Grenouille daran, dass ihre Liebe nicht ihm, sondern seinem Parfüm gilt. Zurück in Paris überschüttet er sich am 29. Juni 1767 mit dem Parfüm und

lässt sich von der dadurch völlig außer sich geratenen Menge töten.
Im vorliegenden Textauszug, dem ersten Romankapitel, werden Grenouilles Geburt und die ersten Wochen danach geschildert. Grenouille wird auf einem stinkenden Pariser Fischmarkt geboren. Weil seine Mutter, eine arme Fischverkäuferin, ihn sterben lassen will, wird sie als Kindsmörderin hingerichtet. Der Waisenjunge Grenouille landet in einem Kloster, wo er auf den Namen Jean-Baptiste getauft wird. Anschließend wird er der Amme Jeanne Bussie übergeben.

Einordnung des Textauszugs in den Roman

Der Textauszug erfüllt die Funktion einer Exposition: Handlungsort, Handlungszeit und Hauptfigur werden eingeführt. Zudem werden mit den Motiven Gestank und Tod sowie Grenouilles einseitiger Begabung, seinem zwiespältigen, widersprüchlichen Wesen oder auch seiner Rolle als Ausgestoßener bereits zentrale Themen des Romans angedeutet.
Im anschließenden Kapitel wird Grenouille von der Amme Jeanne Bussie dem Pater Terrier übergeben, der ihn im darauffolgenden Kapitel in die Einrichtung von Madame Gaillard abschiebt. Die Zurückweisung, die Grenouille bereits im Moment seiner Geburt durch seine leibliche Mutter erfahren hat, setzt sich demnach fort. Sowohl die Amme als auch der Pater spüren, dass das Kind anders ist als andere Kinder. Einerseits fehlt ihm ein Eigengeruch, gleichzeitig aber besitzt es einen fast übermenschlichen Geruchssinn. Die Amme und der Pater fühlen sich unwohl in der Gegenwart Grenouilles. Madame Gaillard aber, die als Kind ihren „Geruchssinn verloren" (S. 25) hat, merkt davon zunächst nichts. Gerade aufgrund ihrer „vollkommenen Emotionslosigkeit" (S. 26) ist ihre Einrichtung der erste Ort, an dem Grenouille länger bleiben kann.

Inhaltlicher Aufbau

Das erste Romankapitel kann in drei Abschnitte unterteilt werden. Im ersten Abschnitt (S. 5–S. 7, Z. 13) führt der Erzähler in die Handlungszeit sowie den Handlungsort ein

und liefert eine erst kurze Charakterisierung der Hauptfigur Grenouille. Er beschreibt den in Frankreich und Paris herrschenden Gestank und nähert sich dabei Grenouilles Geburtsort an.
Im zweiten Abschnitt (S. 7, Z. 14–S. 9, Z. 22) wird Grenouilles Geburt geschildert. Seine Mutter, eine arme Fischverkäuferin, bringt ihn am Fischstand zur Welt. Eigentlich möchte sie ihn nach der Geburt zwischen den Fischabfällen „verrecken lassen" (S. 9), dann aber wird sie ohnmächtig, das Kind schreit und wird gerettet. Grenouilles Mutter aber wird als Kindsmörderin verurteilt und hingerichtet.
Im dritten Abschnitt (S. 9, Z. 23–S. 11, Z. 5) erfahren Leserin und Leser, was mit dem neugeborenen Grenouille in den ersten Wochen nach seiner Geburt passiert.

Beschreibung und Deutung der Textabschnitte: I. Abschnitt

Der auktoriale, allwissende Er-Erzähler führt zunächst in das Geschehen ein. Bereits der erste Satz des Romans (vgl. S. 5) liefert wesentliche Informationen einer Exposition. Das Geschehen spielt im „achtzehnten Jahrhundert" (Handlungszeit) in „Frankreich" (Handlungsort). Im Zentrum der Geschichte steht „ein Mann, der zu den genialsten und abscheulichsten Gestalten dieser an genialen und abscheulichen Gestalten nicht armen Epoche gehörte" (S. 5). Jean-Baptiste Grenouille, dessen Name zwei Sätze später genannt wird, wird bereits mit diesem ersten Satz auf mehrfache Weise charakterisiert:

1. als „genial",
2. als „abscheulich", unmoralisch,
3. als widersprüchlich: er vereint positive und negative Eigenschaften,
4. als Ausnahmeerscheinung: er lebt nicht nur in einer Zeit voller genialer Scheusale, sondern übertrifft diese auch noch an Genialität und Abscheulichkeit.

Diese Ausnahmestellung wird noch einmal dadurch hervorgehoben, dass Grenouille in eine Reihe mit historischen „Finstermännern" (S. 5) wie dem Marquis de Sade, Louis-

Antoine Léon de Saint-Just, Joseph Fouché und Napoleon Bonaparte gestellt wird. Dabei werden jedoch vor allem die negativen Eigenschaften, „Selbstüberhebung, Menschenverachtung, Immoralität, kurz [...] Gottlosigkeit" (S. 5) betont. Grenouille erscheint als die personifizierte Steigerung der Unmoral. Zugleich erweckt der Erzähler durch den Vergleich mit den historischen Persönlichkeiten den Eindruck, auch bei Grenouille handele es sich um eine Person, die tatsächlich real existiert habe. In Vergessenheit geraten sei Grenouille nur deshalb, weil sein Genie sich auf „das flüchtige Reich der Gerüche" (S. 5) beschränkt habe. Die Bemerkung, dass sich sein „einziger Ehrgeiz" (S. 5) auf dieses Gebiet „beschränkte" (S. 5), ist ein Hinweis darauf, wie einseitig Grenouilles Begabung ist. Jenseits der Geruchswelt besitzt er offenbar keinerlei Ehrgeiz. Einerseits wird Grenouille dadurch als einseitiges Geruchsgenie charakterisiert, andererseits wird mit dem Geruch ein wesentliches Motiv des Romans eingeführt.

Dieses Motiv wird im Folgenden aufgegriffen; allerdings zunächst ausschließlich in Form von Gestank (vgl. S. 5 ff.). Die Häufigkeit mit der das Lexem „stinken" in einer langen parataktischen Aneinanderreihung wiederholt wird (vgl. S. 5 f.), unterstreicht zunächst die Allgegenwärtigkeit des Gestanks. Auffällig ist zudem, dass die Aufzählung des Erzählers mit dem Gestank der „Straßen" beginnt und beim Gestank des Königspaares endet. Der Erzähler arbeitet sich gewissermaßen auf der sozialen Leiter nach oben, vom Gestank der „Hinterhöfe" (S. 5) zu den „Palästen" (S. 6), vom „Bauer" zum „König" (S. 6). Zudem wechselt er vom Gestank der Straßen und Gebäude zum Gestank der Menschen und Körper. Dadurch betont er, dass der Gestank überall gewesen ist und keine sozialen Unterschiede gekannt hat.

Bei seiner Beschreibung des „für uns moderne Menschen kaum vorstellbare[n] Gestank[es]" (S. 5) nähert sich der Erzähler, der sich als Zeitgenosse der Leserin bzw. des Lesers zu erkennen gibt, schrittweise dem Geburtsort Grenouilles an. Je mehr er sich diesem nähert, desto mehr nimmt auch der Gestank zu. Allgemein herrschte in den Städten jener Zeit ein „kaum vorstellbarer Gestank“ (S. 5). Am „größten“ (S. 6) war dieser Gestank allerdings in Paris. Innerhalb von Paris war der Gestank auf dem Friedhof Cimetière des Innocents „ganz besonders infernalisch“ (S. 6).

II. Abschnitt

Grenouilles Geburtsstätte „am allerstinkendsten Ort des gesamten Königreichs“ (S. 7) bildet gewissermaßen das Zentrum des Gestanks. Verbunden wird das Motiv des Gestanks mit dem Motiv des Todes. Der „Verwesungsbrodem“ (S. 7) des Friedhofs weht in die benachbarte Gasse, in der Grenouilles Mutter an einer Fischbude arbeitet. Auch die Fische, die sie verkauft, sind bereits derart vergammelt, dass deren Gestank sogar „den Leichengeruch“ (S. 7) überdeckt. Die schmerzenden Wehen, die bei der Hochschwangeren bereits eingesetzt haben, „töten“ (vgl. S. 7) „alle Empfänglichkeit für äußere Sinneseindrücke“ (S. 7). Von Anfang an steht Grenouilles Geburt, die bezeichnenderweise unter einem „Schlachttisch“ (S. 8) stattfindet, im Zeichen des Todes. Dies gilt umso mehr, da Grenouilles Mutter, die an der Fischbude bereits mehrere „Totgeburten oder Halbtotgeburten“ (S. 8) „absolviert“ (S. 8) hat, Grenouille „verrecken lassen“ (S. 9) möchte. Ein Verhalten, das sie als Anti-Mutter charakterisiert. Sie betrachtet ihr Kind als „Ding“ (S. 9), für das sie keinerlei Gefühle hegt. Statt ihm das Leben zu schenken, will sie ihn sterben lassen. Grenouille wird von Anfang an zurückgewiesen.

Auch bei Grenouilles Mutter sind die Zeichen des körperlichen Verfalls und des nahenden Todes offensichtlich. Der Erzähler schildert dies auf ironische Weise. Äußerlich bezeichnet er die Mitzwanzigerin zunächst als „noch ganz hübsch“ (S. 8). Gleich danach relativiert er dies jedoch,

indem er ironisch darauf hinweist, dass ihr Zähne fehlen („noch fast alle Zähne", S. 8) und sie kaum noch Haare hat („auf dem Kopf noch etwas Haar", S. 8). Ebenso ironisch verweist der Erzähler auf die vielen Krankheiten, die ihre Spuren hinterlassen haben. Grenouilles Mutter erscheint dadurch als eine von Armut und Krankheit gezeichnete, weitgehend gefühllose Frau, die vom Leben kaum noch etwas zu erwarten hat. Sie hofft, bestenfalls noch „zehn Jahre" (S. 8) zu leben und vielleicht sogar zu heiraten und „wirkliche Kinder" (S. 8) zu bekommen, „oder so" (S. 8). Realistische Pläne sind das ganz offenbar nicht. Das wiederholte „noch" (S. 8) hebt die Vergänglichkeit der vom Erzähler aufgezählten Eigenschaften hervor. Der Tod schwebt gewissermaßen bereits über ihr.
Die Ohnmacht, die sie unter dem Einfluss des betäubenden Gestankes erleidet (vgl. S. 8), nimmt diesen Tod gewissermaßen vorweg. Als sie wieder zu sich kommt, hat sich bereits eine Menschenmenge um sie versammelt. Auch die Polizei wurde gerufen. Trotz mehrfacher Nachfragen verschweigt sie die Geburt ihres Kindes. Dann aber macht Grenouille „wider Erwarten" (S. 9) mit einem Schrei auf sich aufmerksam. Dieser Schrei erhält im weiteren Verlauf eine doppelte symbolische Bedeutung. Zum einen unterstreicht er Grenouilles unbedingten Überlebenswillen und seine zähe Widerstandsfähigkeit. Zum anderen zeigt er beispielhaft die tödlichen Folgen von Grenouilles Überlebensdrang. Grenouilles Mutter wird als Kindsmörderin verhaftet, verurteilt und hingerichtet. Während Grenouille zwischen den „abgeschlagenen Fischköpfen" (S. 9) herausgezogen wird, teilt sie das Schicksal mit diesen Fischen und wird als Bestrafung geköpft.
Der „Schwarm von Fliegen" (S. 9) unter dem Grenouille hervorgezogen wird, lässt sich insbesondere im Hinblick auf den weiteren Romanverlauf nicht nur als Todessymbol, sondern auch als ein Hinweis auf Grenouilles möglicher-

weise teuflische Natur deuten. Traditionell werden Dämonen und Teufelswesen mit Fliegen in Verbindung gebracht. So lässt sich der biblische Dämon „Beelzebub" mit „Herr der Fliegen" übersetzen. Auch der Name „Grenouille", zu Deutsch „Frosch", könnte in diese Richtung deuten.

III. Abschnitt Nach dem Tod seiner Mutter wird der Waisenjunge Grenouille zunächst von einer Amme zur nächsten weitergereicht. Keine aber will ihn länger haben, da er sich als zu „gierig" (S. 9) erweist und zu viel Milch trinkt. Abermals wird Grenouilles Überlebenswille ins Negative gewendet. Seine früheste Kindheit stellt sich als eine Kette von Zurückweisungen dar. Dies wird sich auch im weiteren Verlauf seiner Kindheit und Jugend fortsetzen. Auch der zuständige Polizeioffizier will ihn so schnell wie möglich abschieben (vgl. S. 9f.). Da er Grenouille aber aus einer „Reihe von Schwierigkeiten bürokratischer und verwaltungstechnischer Art" (S. 10) nicht in das Großfindelheim von Rouen transportieren lassen kann, händigt er ihn schließlich dem Kloster von Saint-Merri aus. Dort wird er auf den Namen Jean-Baptiste getauft und anschließend der Amme Jeanne Bussie übergeben.

Schluss Das erste Romankapitel erfüllt die Funktion einer Exposition. Handlungszeit (18. Jahrhundert), Handlungsort (Frankreich, Paris) und Hauptfigur (Grenouille) werden eingeführt, wesentliche Themen und Motive angedeutet. Grenouilles Geburt steht im Zeichen von Gestank, Tod und Verfall. Seine Mutter möchte ihn sterben lassen. Stattdessen aber alarmiert sein Schrei die Umstehenden. Sie wird als Kindsmörderin hingerichtet und stirbt den Tod, den sie Grenouille zugedacht hat. Weil er angeblich zu „gierig" (S. 9) sei, wird Grenouille als Säugling von Amme zu Amme weitergereicht, ehe er in einem Kloster getauft und der Amme Jeanne Bussie übergeben wird.

Diese im ersten Kapitel beschriebenen Zurückweisungen setzen sich im weiteren Romanverlauf fort. Sie prägen Gre-

nouilles Kindheit und Jugend. Letztlich lässt sich sein ganzes Leben als eine Suche nach Heimat und Identität beschreiben. Der Tod bleibt dabei sein ständiger Begleiter. Er mordet und scheint denjenigen, die ihn einst ausgenutzt haben (Baldini, Grimal, der Marquis, Druot), den Tod bzw. Unglück (Madame Gaillards würdeloses Sterben) zu bringen. Auch die Charakterisierung Grenouilles als einseitiges Geruchsgenie und moralisches Scheusal ist wesentlich für den weiteren Romanverlauf. Grenouille gelingt es nicht, aus der Geruchswelt heraus eine Brücke in die Menschenwelt zu schlagen. Am Ende ist es sein Parfüm, das die Menschen begehren, nicht er selbst (vgl. S. 305 ff.).
Noch nicht absehen lässt sich, dass sich der als allwissend eingeführte Er-Erzähler im weiteren Romanverlauf als potenziell unzuverlässig erweist. Seine wertende Charakterisierung Grenouilles als geniales „Scheusal" (S. 5) muss daher vor dem Hintergrund des Gesamtromans zumindest kritisch hinterfragt werden.

Beispiel für eine aspektgeleitete Textanalyse

Aufgabe: Erörtern Sie anhand des Textauszugs des 49. Kapitels (S. 305, Z. 9–S. 308, Kapitelende), weshalb Grenouille den „größten Triumph seines Lebens" (S. 305) als Scheitern empfindet.

In dem 1985 erschienenen Roman „Das Parfum – Die Geschichte eines Mörders" erzählt Patrick Süskind die Lebensgeschichte des Geruchsgenies und Mädchenmörders Jean-Baptiste Grenouille, der im Frankreich des 18. Jahrhunderts über widrige Lebensumstände triumphiert und zum „größten Parfumeur aller Zeiten" (S. 58) aufsteigt. Obwohl er dieses selbst gesteckte Ziel erreicht, scheitert er letztlich bei seiner Suche nach einer eigenen Bestimmung und Identität. Seine Sehnsucht nach Liebe bleibt unerfüllt.

Einleitung mit knapper Inhaltsangabe des Textauszugs

In dem hier gewählten Textauszug entpuppt sich der scheinbar „größte[ ] Triumph“ (S. 305) in Grenouilles Leben als ein Scheitern. Grenouille, der das Parfüm, „das vor den Menschen beliebt macht“ (S. 305), an sich trägt, wird von der versammelten Grasser Bevölkerung wie ein Gott verehrt. Er selbst jedoch kann diese Liebe nicht erwidern. Stattdessen hasst er die Menschen und ekelt sich vor ihnen. Das aber hält die Menschen nicht davon ab, ihn weiter zu verherrlichen. Grenouille realisiert, dass nicht er es ist, den sie lieben, sondern sein Parfüm. Als er das begreift, kehren die „Nebel“ (S. 306), die seine Identitätskrise symbolisieren, mit brutaler Macht zurück. Als jedoch Richis, der Vater der von Grenouille ermordeten Laure, auf ihn „zugelaufen“ (S. 307) kommt, hofft er, doch noch eine Reaktion auf sein wahres Wesen zu erhalten. Aber anstatt sich an Grenouille zu rächen, lässt sich auch Richis vom Parfüm „täuschen“ (S. 307). Unter Tränen bittet er Grenouille um Vergebung. In dem Moment verliert Grenouille vollends die Kontrolle über sich und fällt in Ohnmacht.

Einordnung des Textauszugs in den Roman

Der Textauszug befindet sich am Ende des 49. Kapitels, welches wiederum das vorletzte Kapitel des dritten Romanteils ist. Grenouilles Erkenntnis, dass die Liebe der Menschen nicht ihm, sondern nur seinem Parfüm gilt, bedeutet für das Romangeschehen einen letzten Wendepunkt.

In den vorangehenden Kapiteln wird geschildert, wie Grenouille die schöne Laure Richis ermordet und damit sein Liebe inspirierendes Parfüm vollendet. Danach wird er als Mörder überführt, verhaftet und zum Tode verurteilt. Zu Beginn des 49. Kapitels schildert der Erzähler die Vorbereitungen zu Grenouilles Hinrichtung. Auf dem Hinrichtungsplatz herrscht Volksfeststimmung. Die Grasser Bevölkerung fiebert dem Moment entgegen, in dem Grenouille dem Henker entgegentreten muss. Als Grenouille dann jedoch vor die Menge tritt, ändert sich die Stimmung schlagartig.

Unter dem Einfluss des Mädchen-Parfüms, das er aufgetragen hat, verfällt die Menge in einen Liebesrausch. Die Hinrichtung verwandelt sich in eine ausschweifende Orgie zu Ehren Grenouilles, der mit einem Mal von allen vergöttert wird. Anfangs genießt Grenouille diesen scheinbar vollkommenen Triumph noch. Gleichzeitig aber empfindet er bereits „Verachtung" (S. 304) für die Menschen, die ihn sein ganzes Leben verkannt und verstoßen haben (vgl. S. 304f.).

Im vorliegenden Textauszug realisiert Grenouille dann, dass die Macht, die er über die Menschen ausübt, nicht von ihm ausgeht, sondern lediglich von seinem Parfüm.

Als er, im darauffolgenden Kapitel, wieder zu sich kommt, beschließt er, Grasse zu verlassen. Nachdem die Wirkung des Parfüms nachgelassen hat, schleicht er heimlich aus der Stadt. Im anschließenden letzten Kapitel (und zugleich vierten Teil) des Romans kehrt Grenouille nach Paris zurück, wo er sich mit seinem Parfüm übergießt und von dort herumlungernden Obdachlosen auffressen lässt.

Untersuchungsaspekte

Die Frage, weshalb Grenouille den „größten Triumph seines Lebens" (S. 305) als Scheitern empfindet, lässt sich ausgehend vom gewählten Textauszug in drei Teilfragen untergliedern:

1. Worin besteht Grenouilles „Triumph"?
2. Weshalb handelt es sich nur scheinbar um einen Triumph?
3. Weshalb erweist sich dieser scheinbare Triumph für Grenouille als ein Scheitern?

Beschreibung und Deutung der Aspekte:
1. Worin besteht Grenouilles „Triumph"?

Grenouille ist es gelungen, jene Macht, die er während seines Aufenthaltes auf dem Plomb du Cantal „in seinen selbstverliebten Phantasien" (S. 305) ausgeübt hat, nun auch in „Wirklichkeit" (S. 305) zu erlangen. So wie einst in seiner Innenwelt, glaubt er, nun in der Außenwelt der „Große Grenouille" (S. 161 f., S. 305) zu sein. Er herrscht über die Menschen, die ihn ein Leben lang ignoriert, zurückgewiesen oder ausgebeutet haben. Die Menschen vergöttern ihn. Endlich, so scheint es, hat er nun das erreicht, was er sich „immer ersehnt“ (S. 305) hat, nämlich, dass „die andern Menschen ihn liebten“ (S. 305).

2. Weshalb handelt es sich nur scheinbar um einen Triumph?

Der Triumph erweist sich deshalb als trügerisch, weil Grenouille klar wird, dass es im Grunde nicht sein eigener Triumph ist, sondern der Triumph seines Parfüms. Nicht er selbst ist es, den die Menschen lieben und vergöttern, sondern seine „angemaßte Aura, seine Duftmaske, sein geraubtes Parfum“ (S. 306). Von Grenouille selbst, seiner eigenen Persönlichkeit nehmen die Menschen dagegen „nichts wahr“ (S. 306). Sein Ekel und sein Hass bleiben „ohne Echo“ (S. 306).

3. Weshalb erweist sich dieser scheinbare Triumph für Grenouille als ein Scheitern?

Die heftigen Reaktionen, die das Parfüm auslöst, das sich Grenouille aus den Geruchs-Auren der ermordeten Mädchen zusammengemischt hat, führen Grenouille zugleich vor Augen, dass er selbst aus sich heraus nicht in der Lage ist, solche Reaktionen hervorzurufen. Sein lebenslanger Wunsch, von anderen geliebt zu werden, bleibt ihm weiterhin verwehrt. Wenn er aber schon nicht geliebt wird, so möchte er wenigstens aufrichtig gehasst werden. Denn ein echter Hass, der seiner Person gälte, würde zugleich eine Anerkennung seiner Person bedeuten – wenn auch eine negative. Er würde zumindest von anderen als er selbst wahrgenommen werden. Der Hass wird dadurch als „einziges wahres Gefühl“ (S. 306) zum Liebesersatz. Doch auch dieser wird ihm verweigert. Grenouilles Wunsch, so zu sein „wie andre Menschen auch“ (S. 306), bleibt unerfüllt. Nicht einmal Richis, dessen Tochter er ermordet hat, ist in der Lage, Grenouille unter seiner Duftmaske zu „erkennen“ (S. 307).

Wenn Grenouille aber von allen unerkannt bleibt, ist es, als ob er in den Augen der Menschen überhaupt nicht existiere. Mit dieser Erkenntnis kehren auch die „Nebel“ (S. 306 f.) zurück, die einst in der Berghöhle in seinem Inneren aufgestiegen sind, als er realisiert hat, dass er keinen Eigengeruch besitzt (vgl. S. 170ff.). Diese Nebel symbolisieren Grenouilles sich verflüchtigende, nicht greifbare Persönlichkeit. Grenouille droht sich gewissermaßen aufzulösen. Seine Identitätssuche ist gescheitert. So wie Nebelschwaden zurückzuweichen scheinen, wenn man sich auf sie zubewegt, kommt Grenouille sich selbst nie näher, so sehr er sich auch bemüht. Grenouille entgleitet sich selbst. Das „Ich" verliert seinen Zusammenhang. Der Kern der individuellen Persönlichkeit, die eigene Identität löst sich zu einer Illusion auf.

Schluss

Obwohl ihn die Menschen, die ihn sein Leben lang missachtet, verstoßen und ausgenutzt haben, nun endlich lieben und vergöttern, kann Grenouille diesen Triumph nicht genießen, weil er begreift, dass die Liebe der Menschen nicht ihm gilt. Es ist das Parfüm, zu dem sie sich hingezogen fühlen. Grenouilles Sehnsucht, geliebt oder doch wenigstens wahrgenommen zu werden, bleibt unerfüllt.

Nachdem Grenouilles nach innen gerichtete Suche nach einer eigenen Identität und Bestimmung daran gescheitert ist, dass er keinen Eigengeruch besitzt (vgl. S. 170ff.), scheitert nun auch seine nach außen gerichtete Suche. Ohne Eigengeruch nehmen die Menschen nicht ihn wahr, sondern lediglich sein Parfüm. Grenouille findet in sich keine Bestätigung seiner selbst, und er erhält diese auch nicht durch andere.

Dadurch, dass sich Grenouille dieses Scheiterns ausgerechnet im Augenblick seines scheinbar größten Triumphes bewusst wird, erhält es eine tragische Dimension. Auch Grenouille erscheint deshalb als tragische Figur.

Der Blick auf die Prüfung: Themenfelder

Dieses Kapitel dient zur unmittelbaren Vorbereitung auf die Prüfung: Schulaufgabe bzw. Klausur oder schriftliche bzw. mündliche Abiturprüfung. Die wichtigsten Themenfelder werden in einer übersichtlichen grafischen Form dargeboten. Außerdem verweist eine kommentierte Liste mit Internetadressen (S. 192) auf mögliche Quellen für Zusatzinformationen im Netz.

Die schematischen Übersichten können dazu genutzt werden,

- die wesentlichen Deutungsaspekte des Romans kurz vor der Prüfungssituation im Überblick zu wiederholen,
- die Kerngedanken des Romans noch einmal selbstständig zu durchdenken und
- mögliche Verständnislücken nachzuarbeiten.

Zum Verständnis der Schemata ist die Kenntnis der vorangegangenen Kapitel unerlässlich. Die Übersicht IV (Vergleichsmöglichkeiten mit anderen literarischen Werken) soll als Anregung dienen, um den eigenen Lektürekanon auf möglicherweise interessante Vergleichspunkte hin abzuklopfen.

Übersicht I: Zentrale Motive und Themenfelder

Metaphorik: Geruch und Parfüm	Auseinandersetzung mit der Epoche der Aufklärung	Manipulation und Verführbarkeit
Gestank • Tod, Verwesung, Verfall (vgl. S. 6 ff.) **Geruch** • Menschlichkeit, Sinnlichkeit, Persönlichkeit (vgl. S. 14 ff., S. 55, S. 214 ff.) **Geruchssinn** • animalische Natur, heidnischer Charakter (vgl. S. 20) • Suche nach Identität, Bestimmung, Liebe (vgl. S. 170 ff., S. 191 ff., S. 316) **Fehlender Eigengeruch** • unmenschliche, teuflische Natur (vgl. S. 14 ff., S. 194 ff.) • fehlende Identität (vgl. S. 170 ff., S. 191, S. 304 ff., S. 315 ff.) **Parfüm** • Lebensziel, Kunstwerk, Macht, Herrschaft, Anerkennung (vgl. S. 58, S. 198 f.) • Manipulation, Täuschung, Verführung (vgl. S. 196 ff., S. 304 ff., S. 315 ff.) • vorgetäuschte Identität (vgl. S. 196 ff., S. 304 ff., S. 315 ff.)	• Pater Terrier verkörpert **einseitige, oberflächliche Aufklärung** • Grenouilles amoralische Haltung als Resultat einer einseitigen Aufklärung bzw. eines einseitig rationalen Weltbildes • Baldinis Aufklärungskritik wirkt größtenteils lächerlich (vgl. S. 68 ff.), resultiert aus Angst vor Machtverlust; enthält aber auch bedenkenswerte Argumente, z. B. Kritik an „Großmannssucht" (S. 72), Verweltlichung (vgl. S. 74 f.) etc. • Marquis de la Taillade-Espinasse: **Aufklärung wird für Eigeninteressen instrumentalisiert** = Scharlatanerie (vgl. S. 177 ff.). • Antoine Richis steht für vorbildliche Vernunft (vgl. S. 259), Niederlage gegen Grenouille zeigt **Grenzen der Aufklärung** auf. • **Interpretationsansätze** zu Grenouilles wertlosem Triumph (vgl. S. 305 ff.): 1. Grenze der Aufklärung: Es gibt **keine Formel für wahre Liebe und Persönlichkeit**. 2. Liebe Teil eines Reiz-Reaktions-Systems: Die **menschliche Identität ist eine Illusion**.	**Verführbarkeit der Masse** • Beispiele: Feuerwerk (vgl. S. 49 f.), Hinrichtung (vgl. S. 296 ff.), Bacchanal (vgl. S. 299 ff.) • Metaphorik der Masse: „vieltausendköpfig" (S. 49), „Teig" (S. 296), „amorph" (S. 300) • Gefahren: Blutrausch (vgl. S. 296 ff.), Massenwahn (vgl. Orgie, S. 299 ff.) **Anspielungen auf Nationalsozialismus** • der „größte Parfumeur aller Zeiten" (S. 58) – „größte Feldherr aller Zeiten" • „Reich" (S. 161) und „Duftvolk" (S. 163) – nationalsozialistische Schlüsselbegriffe • keine Vergangenheitsbewältigung in Grasse (vgl. S. 312 ff.) und im Nachkriegsdeutschland **Täuschung und Maskerade** • Baldini und der Marquis als Scharlatane • Grenouilles äußerliche Menschwerdung in Montpellier (vgl. S. 176 ff.) • Grenouilles Duftmasken (vgl. S. 188 ff.)

Übersicht II: Handlungsverlauf u

	Erster Teil (Kindheit & Lehrjahre)	**Zweiter Teil** (Wande bzw. Wandlungsjahr
Kapitel/ Seitenzahlen	1–22/5–145	23–34/147–208
Datum/Alter Grenouilles	17. Juli 1738 (S. 7)–Mai 1756 (S. 140, S. 153)/ Geburt–17 Jahre	Mai 1756–Anfang März 1763 (S. 169, S. 205, S. 209)/ 17–24 Jahre
Ort	Paris	Plomp du Cantal (S. 147–176), Montpellier (S. 176–208)
Handlung in Stichworten	Geburt (Kapitel 1, S. 5 ff.); Kindheit als Waise (K. 2–7); G. erschnuppert die Welt (vgl. S. 22, S. 34, S. 48 f.); Mord an Mirabellenmädchen (K. 8); G. will Parfümeur werden (vgl. S. 58), Lehre (K. 9–21); Lebenskrise (K. 20); Aufbruch nach Grasse (K. 21)	glückselige Einsamkeit im Bergstollen, erschafft sich „innere Imperium“ (S. 158); erkennt, dass er keinen Eigengeruch hat, verlässt Berg (K. 29); Marquis erzieht ihn, G. kreier Menschenduft; G. lernt, andere durch Parfüme zu beeinflus sen (vgl. S. 195 ff.)
Identitätssuche	Grenouilles Kindheit: „animalisch existiert in […] nebulöser Kenntnis seiner selbst“ (S. 57) Mord: mögliche Identität als „der größte Parfumeur aller Zeiten“ (S. 58) → **Duftkünstler**	**nach innen gericht** „der große innere Grenouille“ (S. 160 f in der Berghöhle (vg 2. Teil, S. 152 ff.) scheitert: kein Eigengeruch (vgl. S. 170 ff.), Nebel (vg S. 170 f.)

dentitätssuche im Überblick

itter Teil leisterprüfung)	Vierter Teil (Scheitern)
–50/209–314	51/314–320
ärz 1763 (S. 209) – ril 1766 (S. 291, 314)/24–27 Jahre	bis 29. Juni 1767 (S. 317, S. 318)/28 Jahre
asse	Paris
selle bei Madame Arnulfi, ernt neues Verfahren zur ftherstellung; Begeg- ng mit Laure; Mädchen- orde für perfektes lenschenparfum" 246); G. jagt und nordet Laure, wird haftet; G. verwandelt richtung in Orgie	Rückkehr nach Paris; G. übergießt sich mit Parfüm und wird am Ort seiner Geburt von einer Men- schenmenge „aus Liebe" (S. 320) aufgefressen
ch außen gerichtet: er Große Grenouille" 305) in Grasse (vgl. 3. l, S. 296 ff.) eitert: die Menschen göttern nur „sein raubtes Parfum" (S. 306), ht ihn, Nebel (vgl. 306 ff.)	innere und äußere Identität **„unlebbar"** (S. 315): Identität als Mörder und Duftschöpfer an Tat und Schöpfung gebunden: geht verloren mit Ende der Mordserie und Fertigstel- lung des Parfüms

Übersicht III: Gattungsvielfalt

„Das Parfum“ als Kriminalroman	„Das Parfum“ als Bildungsroman	„Das Parfum“ als postmoderner Roman
• „Das Parfum“ ähnelt eher einem Kriminalroman als einem Detektivroman. • chronologischer Erzählaufbau • Täter als Handlungsträger • Vorbereitung, Durchführung und Entdeckung des Verbrechens als wichtige Handlungselemente • Das Verbrechen erscheint als Ereignis, nicht als Rätsel. • psychologische und soziale Aspekte **ABER:** • Opfer bleiben weitgehend austauschbar, oft anonym (ähnlich im Detektivroman). • Rationale Elemente (Kriminal- + Detektivroman) werden mit fantastischen Elementen vermischt. • Täter wird überführt (Kriminal- + Detektivroman), entgeht aber seiner gerechten Strafe. → **„Das Parfum“ enthält Elemente eines Kriminalromans, ist aber keiner.**	• zentrales Thema: Entwicklung bzw. Lebensgeschichte der Hauptfigur • Elemente einer Biografie • erstreckt sich über mehrere Jahre bzw. Jahrzehnte • beschreibt den Übergang von der Jugend ins Erwachsenenalter • beschreibt das Verhältnis der Hauptfigur zu seinem sozialen Umfeld bzw. zur Gesellschaft • Jugend geprägt von Konflikt zwischen Hauptfigur und Gesellschaft. • Entfaltung individueller Anlagen (olfaktorische Begabung) • zielorientierte Entwicklung („größte[r] Parfumeur aller Zeiten“, S. 58) **ABER:** • keine nachhaltige, positive Entwicklung • kein innerer Reifeprozess, sondern Täuschung und Manipulation • Sozialer Aufstieg geht einher mit moralischem Abstieg. • am Ende keine Harmonie zwischen Hauptfigur und Gesellschaft, sondern Enttäuschung und Disharmonie • Dreiteilung „Lehrjahre – Wanderjahre – Meisterjahre“ wird um „Scheitern“ (vierter Teil, S. 315 ff.) erweitert (Vierteilung). → **„Das Parfum“ als vorgetäuschter, negativer Bildungsroman**	• Zitatcharakter (Anleihen an Genres wie Kriminal- und Bildungsroman, Textbezüge zur Bibel, Goethes Drama „Faust“, Goethes Gedicht „Prometheus“, Kleists Novelle „Michael Kohlhaas“, das Märchen vom Froschkönig, Mary Shelleys Roman „Frankenstein“ etc.) • spielerischer Umgang mit traditioneller Erzählweise, ironische Bezüge • überwindet Grenze zwischen Kunst und Unterhaltung • zielt auf ein breites Publikum → **Doppelkodierung: lässt sich sowohl als ironisches Spiel deuten als auch ernst nehmen**

Übersicht IV: Vergleichsmöglichkeiten mit anderen literarischen Werken

Süskinds Roman „Das Parfum“

Figurenvergleiche, z. B.
- Grenouille mit Frankenstein oder/und dem Monster aus Mary Shelleys Roman „Frankenstein“
- Grenouille mit dem Titelheld aus Adalbert von Chamissos Märchenerzählung „Peter Schlemihls wundersame Geschichte“
- Giuseppe Baldini mit Jenny Treibel aus Theodor Fontanes Roman „Frau Jenny Treibel“
- Marquis de la Taillade-Espinasse mit dem Titelheld aus Thomas Manns Roman „Bekenntnisse des Hochstaplers Felix Krull“
- Antoine Richis mit Sherlock Holmes aus den Romanen von Sir Arthur Conan Doyle

Darstellung der Identitätssuche
- mit Max Frischs Roman „Stiller“
- mit J. W. v. Goethes Briefroman „Die Leiden des jungen Werthers“
- mit Franz Kafkas Erzählung „Die Verwandlung“
- mit Thomas Manns Roman „Buddenbrooks“
- mit Joanne K. Rowlings „Harry Potter“-Romanen
- mit Mary Shelleys Roman „Frankenstein“
- mit Frank Wedekinds „Lulu“-Dramen, „Der Erdgeist“ und „Die Büchse der Pandora“
- mit Paul Austers Roman „Stadt aus Glas“

Postmoderne Gestaltung im Vergleich
- mit einem Werk der Postmoderne, z. B. Umberto Ecos Roman „Der Name der Rose“ oder Peter Handkes Erzählung „Der kurze Brief zum langen Abschied“
- mit einem Werk der Moderne, z. B. Arthur Schnitzlers Novelle „Lieutenant Gustl“
- mit einem Werk der Weimarer Klassik, z. B. Friedrich Schillers Drama „Wilhelm Tell“
- mit einem Stück von William Shakespeare, z. B. „Hamlet“
- mit einem klassischen, antiken Drama, z. B. Sophokles' Tragödie „Antigone“

Motivvergleiche, z. B.
- mit dem Motiv der inneren Bestimmung eines Menschen in J. W. v. Goethes Bildungsroman „Wilhelm Meisters Lehrjahre“
- mit dem Motiv des Konfliktes zwischen Individuum und Gesellschaft in Fontanes Roman „Effi Briest“
- mit dem Motiv des Künstlers in Gottfried Kellers Roman „Der grüne Heinrich“
- mit dem Motiv der Manipulation und Verführung in Thomas Manns Novelle „Mario und der Zauberer“
- mit dem Motiv des Prometheus in J. W. v. Goethes Hymne „Prometheus“ oder/und in J. W. v. Goethes Drama „Faust“

Internetadressen

Unter diesen Adressen kann man sich zusätzlich informieren:

- http://bildungsserver.hamburg.de/patrick-sueskind/
  (Inhaltsangabe, Informationen zum Leben und Werk von Patrick Süskind, Materialien zum historischen Hintergrund)
- http://othes.univie.ac.at/2946/1/2008-11-20_0304586.pdf
  (Diplomarbeit zu „Patrick Süskinds ‚Das Parfum': Faktoren, die den Roman zum Bestseller werden ließen")
- www.faz.net/aktuell/feuilleton/buecher/rezensionen/belletristik/rezension-belletristik-patrick-sueskind-das-parfum-152362.html
  (Rezension aus dem Jahr 2002 zu Patrick Süskinds Roman und seiner Nachwirkung)
- www.dermerkur.de/was-ist-unter-der-postmodernen-literatur-zu-verstehen/
  (kurzer Text über die Merkmale postmoderner Literatur)

[Stand: 24.11.2015]

Literatur

Textausgabe

- Patrick Süskind: Das Parfum – Die Geschichte eines Mörders. Zürich: Diogenes Verlag 1994

Weitere Literatur

- Blödorn, Andreas und Hummel, Christine (Hrsg.): Psychogramme der Postmoderne – Neue Untersuchungen zum Werk Patrick Süskinds. Trier: Wissenschaftlicher Verlag Trier 2008
- Delseit, Wolfgang/Drost, Ralf: Erläuterungen und Dokumente. Patrick Süskind, Das Parfum. Stuttgart: Reclam 2000
- Reisner, Hanns-Peter: Patrick Süskind – Das Parfum: Klett 2012